달이 이끄는 이세계 여행 9

아즈미 케이

목차

미오
원래 모습은 거대한 거미. 마코토와 계약함으로써 사람의 모습을 얻었다. 애니메이션이나 특촬 작품들에 관심이 있는 모양이다.
시키
원래 모습은 「리치」라고 불리는 언데드 몬스터. 마코토와 계약함으로써 사람의 모습이 되었다.
토모에
원래 모습은 「신(蜃)」이라고 불리는 용. 마코토와 계약함으로써 사람의 모습을 지니게 되었다.

주요 등장인물
오토나시 히비키
리미아 왕국의 용사.
마족에 대한 위기감이 희박한 왕국
지도부의 사고방식을 바꾸기 위해
동분서주하고 있다.
이와하시 토모키
그리토니아 제국의 용사.
상대방을 매료하는 힘을 지닌다.
수많은 무기들을 자유자재로
다룰 뿐만 아니라
집단을 상대로 한 전투 기술을
주특기로 삼는다.
미스미 마코토
본작의 주인공. 부모의 사정으로
이세계에 소환된 비운의 고등학생.
여신의 간섭에 시달리고 있다.

마족령
스텔라 요새
왕도 우르
제도 루이나스
리미아 왕국
그리토니아 제국
아이온 왕국
학원 도시 롯츠갈드
로빈
보즈다
로렐 연방
츠이게
나오이
황금가도
끝의 황야
달이 이끄는
세계지도

1

롯츠갈드 학원의 정문—.

평상시에는 밤늦은 시각까지 적지 않은 숫자의 학생들이 드나드는, 언제나 불빛이 꺼지지 않는 불야성 같은 장소였다. 하지만 인기척이 전혀 눈에 띄지 않는 지금은, 고풍스러운 가스등 형태의 마술식 가로등이 아무도 안 다니는 길바닥을 쓸쓸히 비추고 있을 뿐이었다.

나— 미스미 마코토는 종자인 시키와 단 둘이 이곳을 걷고 있었다.

목적지가 따로 있는 것은 아니었다. 요컨대 소란을 피해 도망 나왔을 뿐이다.

무슨 일이 벌어질 경우에는 곧바로 달려갈 생각이지만, 금방 호출이 떨어지진 않을 것이다.

롯츠갈드의 현재 상황은 소강상태로 접어들었다. 중심가를 중심으로 일어나던 변이체들의 증식 현상은 일단 진정된 데다가, 우리의 사전 작업 덕분에 전체적인 토벌 작전 역시 순조롭게 이루어지는 중이다. 굳이 따지자면, 마족들에게 기습을 받았다는 소식 말고는 정확한 상황을 파악할 수 없는 리미아와 그리토니아의 상황이야말로 심각한 축에 속했다.

"리미아의 국왕과 그리토니아의 황녀는 꽤나 초조한 듯이 보이더군요."

시키가 골똘히 생각에 잠긴 듯이 턱으로 손을 가져가더니, 차분하게 입을 열었다.

"당연한 거 아니야? 나라의 수도가 공격을 당하고 있다는 건, 역시나 전체적인 전황 자체가 불리하게 돌아가고 있다는 뜻이잖아?"

"그렇군요. 분명 이번과 같은 기습은 상당히 「심각한」 상황입니다."

"그러면 저 사람들이 조바심을 느끼는 건 당연한 반응이 맞네. 그건 그렇고…… 마족 측은 로나뿐만 아니라 마장(魔將)을 한 명 더 파견한 모양이던데, 철벽같은 방어력을 자랑하는 스텔라 요새에 진을 치고 있던 그들이 도대체 무슨 이유로 선제공격을 걸어온 걸까? 요새로부터 출격하는 건, 모처럼 가지고 있는 방어력을 굳이 포기하는 거나 다름없잖아?"

"물론 상대방의 전투력을 깎는 것만이 목적일 경우, 농성을 유지하는 것이 최선입니다. 하지만 현실적으로 전쟁을 치르는 이상, 언젠가 공격을 가하지 않고선 상대방을 물리칠 수 없습니다. 뭐, 상대방에게 항상 요새에 틀어박혀 있다는 인상을 줌으로써 기습을 감행하기 쉽게 만들기도 하니까요. 지금껏 보인 방어 태세는, 녀석들의 미끼였을지도 모릅니다."

"으—음, 듣고 보니 납득은 가지만……."

나는 마족들의 이번 진군에 관해, 시키의 견해를 물었다.

마족들은 리미아의 왕도(王都)인 우르와 그리토니아의 제도(帝都)인 루이나스로 동시에 공격을 감행해 왔다. 역사 수업을 통해 배운 바로는, 전쟁을 치르다가 양면 작전을 펼치는 것— 즉 병력을 분산시키는 방법은 항상 나쁜 수법이었다. 어지간히 압도적인 국력의 격차가 나지 않는 이상에야 패배할 수밖에 없는 것이다.

전략적인 사고방식에 관해 꼬치꼬치 캐물은 건 아니지만, 그날의 선생님이 하시던 말씀은 대충 이해가 간다. 적이 둘이나 있을 땐 동시에 상대하기보다 하나씩 순서대로 물리치는 편이 훨씬 수월하리라. 두 나라의 동시 공격조차 버티고도 남을 정도의 방어 수단을 지닌 마족들이야 더욱더 말할 나위 없으리라. 지금까지 들은 얘기로 추측하건대, 마족들에게도 대대적인 공세를 펼칠 정도의 여유는 없어 보였다.

"하긴 마족들의 목적이 휴만들을 물리치는 것에 있다는 걸 고려하면, 공격을 시도한다는 결정 자체가 이상하진 않나……."

"하오나 리미아와 그리토니아 양국의 전황을 파악하고 있는 입장에 놓여 있는 왕족들의 초조한 반응은 약간 부자연스러웠습니다. 그들의 정보망으로 마족들의 동향을 예측할 수 없을 리가…… 아니, 휴만들은 그것이 가능한 건가? 그러나 마족들이 언제까지나 공세를 펼칠 리가 없다는 보증 따윈 무슨 수를 쓴다 한들 얻을 수 있을 리가 없을 텐데……."

시키는 나한테 대답하는 태도를 취하면서도, 골똘히 생각에 잠긴 듯이 보였다. 그에게도 마족들의 이번 침공에 관해선 납득이 안 가는 점이 많아, 여러모로 정리가 필요한 모양이다.

하지만 최소한 나보다는 상황을 정확하게 파악하고 있으리라.

나머지 두 사람의 종자들— 미오는 볼일을 보러 가서 아직 돌아오지 않았고 토모에는 아공에 있으니, 시키에게 물어보는 것이 가장 빠르다.

"뭔가 이상한 점이라도 있어?"

"마족들은 10년 전의 대침공을 중단한 이후로 내정과 군비 확충, 그리고 기술을 연구하는데 시간을 투자해 왔습니다. 간단히 말하자면, 전체적인 국력을 증진시켜 온 셈입니다."

시키의 설명은 정말 이해하기 쉽군. 즉, 힘을 키우기 위해 일단 멈춰 섰다는 뜻이다.

"국토가 넓어졌기에, 그런 시간이 필요했다는 건가?"

"예. 바꿔 말하자면, 지금의 그들은 대침공을 펼쳤을 당시의 그들과 완전히 다르다는 뜻입니다. 전체적인 종족의 역량 자체가 크게 성장한 걸로 봐야 할 테니까요."

"여신의 간섭을 차단하는 도구까지 동원할 정도니, 말해봤자 입만 아프지."

"모르긴 몰라도 그 도구 또한, 상대가 대책을 세울 가능성을 무릅쓰고 선보였을 겁니다. 마족들은 현재, 의심할 여지없이 휴만들을 아득히 능가하는 마술을 보유하고 있습니다. 휴만들 또한 당연히, 그러한 현실을 고려하고 있을…… 걸로 압니다만."

"그런데?"

"기습 소식이 들어왔을 때의 양국이 보인 반응으로 판단하자면, 전혀 예기치 못한 사태였던 것처럼 느껴지더군요. 저의 모자란 식견으로도 마족들이 이번 공격을 실현시키는데 쓴 속임수에 관해선 짐작이 갑니다. 그들은 지금껏 모습을 은폐하는 술식을 발전시켜 왔습니다. 그 술법을 응용한 방식으로 조금씩 이동시킨 부대들을 숲이나 골짜기에 잠복시켰다가, 기회를 봐서 전이(轉移) 마커로 모든 병력을 한데 결집시킨 것 같습니다. 제국의 경우엔 다수의 부대가 여러 군데에서 동시 출현한 모양입니다만, 방법 자체는 거의 같을 겁니다. 마커를 늘리는 것만으로도 그러한 효과를 볼 수 있을 테니까요."

"……오호라."

듣고 보니 모습을 위장하거나 감추는 술법을 응용한다면, 시키의 말마따나 부대 단위의 병력 정도 은폐할 수 있을지도 모른다는 생각이 들었다. 휴만으로 위장한 마족들은 태연하게 이 도시(롯츠갈드)로 숨어 들어올 수 있었을 뿐만 아니라, 로렐 연방에도 잠입한 상태로 보인다. 그러고 보니 로렐의 종교적 행사 등을 책임지는 사이리츠 양의 호위 중에도 마족들이 두 사람이나 섞여 있었다. 그녀에게 그 두 사람의 동향을 묻자, 본국의 지시로 귀환했다고 대답했지만…… 그것은, 로렐 연방에는 그 둘에게 지시를 할 수 있을 정도의 입장에 조차 마족들이 스며들어가 있을 가능성이 있다는 뜻이다.

전이를 시키는 것 또한, 호숫가에다가 설치한 마커로 집합하도록 제어하는 작업 자체는 별로 어렵지 않다. 마족들 가운데 시키 정도의 지식을 보유한 이가 존재할 경우엔 — 아마도 존재할 것이다 — 불가능한 일은 아닐 것이다.

염화(念話)가 됐건 위장이 됐건 전이 기술이 됐건, 마족들이 다루는 술법들은 하나하나가 휴만들의 기술 수준을 아득히 초월하고 있다.

휴만들은 여신이나 정령에게 축복이나 도움을 받는데 익숙하다 보니, 마족들처럼 자신들의 힘으로 열심히 기술을 발전시켜야겠다는 사고방식 자체가 일부의 사람들에게만 갖추어져 있는 것처럼 느껴진다. 그러한 차이가 결과적으로 엄청난 격차를 낳는 것처럼 보였다.

다만 휴만들한테는 바로 그 여신의 가호라는 이름의 엄청나게 유리한 조건이 선천적으로 주어져 있다 보니, 극단적인 마족들의 우세로 굴러가는 구도가 성립되지 않는 것이다.

"만약 이만큼이나 깊숙한 지역까지 공격을 용납하고도 휴만들이 마족들의 실력을 얕보거나 여신의 가호만으로 어떻게든 해결할 수 있다는 사고방식을 버리지 않는다면…… 그들은 이번 전쟁을 치르다가 역사적인 참패를 당하게 될지도 모르겠군요."

"설마 그럴까?"

"저 또한 그럴 가능성은 낮을 것으로 봅니다. 아무리 휴만들이라도 여신의 각성과 용사의 강림만으로 승리할 수 있으리라는 구태의연한 사고방식을 가지고 있을 리가 없겠죠. 리미아나 그리토니아와 같은 최전선 국가들은 마족들의 발전된 기술들 중 몇 가지 정도는 훔쳐 왔을 겁니다."

"그야 상대가 더 뛰어난 기술을 가지고 있을 땐 당연히 해야 하는 행동이겠지."

"하지만 이번 소동이 일어나는 동안, 저들은 이 정도의 염화 차단에 대해서도 제대로 된 대처를 못 하는 모습을 보였습니다. 물론 국왕이나 황녀가 대처를 하지 못 하는 건 별반 이상한 일은 아닙니다. 그들은 어디까지나 위정자지, 기술자나 술사는 아니니까요. 하오나 전문적인 기술자가 버티고 있을 양국의 수도에서 이 도시로 염화를 날리지 못하는 상황으로 판단하자면, 전쟁터를 어지러이 오가는 염화 기술조차 훔치지 못한 상황으로 봐야 합니다."

"……."

시키의 말을 듣다 보니, 확실하게 납득이 갔다.

"그리고 또 한 가지, 리미아 국왕이나 그리토니아 황녀는「이 도시가 미끼로서 습격을 받았다」고 언급하더군요. 이 또한 상황을 전혀 파악하지 못 했다는 사실을 증명하는 발언입니다."

어라, 그건 옳은 말 아닌가?

"무슨 뜻이지? 각국 지도부의 중진들이 롯츠갈드로 모여들 때 사건을 일으키면, 각국은 진압과 구원을 위해 군대를 움직일 수밖에 없잖아? 우리가 있건 말건 아무 상관없이 일을 벌인데 관해선 화가 나지만 말이야."

"도련님, 짐작되지 않으십니까? 이번 소란이 저들의 진짜 목적이건 미끼가 됐건…… 그 일로 고민하게끔 만드는 것 자체가 문제의 본질로부터 눈을 돌리도록 유도하기 위한 마족들의 덫이나 마찬가집니다. 그런 관점으로 보면, 왕족 급의 인물들이 학원제의 귀빈으로서 이 도시로 모여든 바로 그 순간부터 그들의 작전은 완성된 거나 다름없습니다. 왕족들을 구원하고자 대군이 움직일 경우엔 가히 대성공이라 할 수 있겠지요. 반대로 만약 해당 사건을 미끼로 판단한 휴만 종족의 국가들이 사태를 가볍게 보다가 전혀 군대를 움직이지 않았을 경우, 그때는 온 거리를 가득 메운 변이체들에게 학원 도시가 멸망당할 뿐입니다. 휴만들은 등 뒤의 후환을 남기게 되는 반면, 마족들에게 손해가 될 일은 없습니다. 실제로 우리가 없었을 경우, 변이체들의 숫자는 순식간에 수백 마리를 넘었을 테니까요."

소동이 일어난 날 이후로 이틀 만에 증식을 거의 틀어막았으니 100마리 좀 못 되는 숫자로 끝났지만, 방치했을 경우엔 몇 백 마리 정도는 발생했을지도 모른다. 말인즉슨 지금의 전법으로 변이체들에게 대응한다 한들, 순수하게 머릿수로 압살 당했을 것이라는 뜻이다. 아마도 증원을 기다릴 필요조차 없이, 이 도시는 완벽하게 끝장나고야 말았으리라.

"어느 쪽으로 굴러가건 상관없었다는 건가? 요컨대 이 도시의 피해 상황 따위는, 로나의 계획을 수행하는데 있어선 크게 중요하지 않았다는 뜻이군."

"그렇습니다. 왕국군과 제국군의 일부를 유인할 수 있었던 데다가, 스텔라를 공략할 계획이었던 아이온 왕국의 지원군이 주변 도시까지 와서 발목이 잡혀 있으니까요. 최소한 그 부분에 관해선 완전히 그 계집의 계획대로 흘러간 셈입니다. 다만 여러모로 들인 수고를 고려하자면, 휴만들이 지금보단 조금 더 큰 피해를 입을 것으로 기대하지 않았을까 싶군요."

"로렐은?"

"원래부터 로렐은 물자 말고는 지원할 생각이 없을 것으로 예상했을 테니…… 글쎄요. 호위들 가운데 마족들이 섞여 있다고 말씀하셨습니다만, 경우에 따라선 약탈이나 방해공작을 계획하고 있었을지도 모릅니다. 그 마족들이 물러간 이상, 세부적인 사항을 알 방법은 없지만요."

물자조차 순순히 통과시킬 마음이 없었다는 건…… 상당히 무서운 얘기였다.

그야말로 철저하게 미끼! 라는 느낌이 들었다.

"하지만 얘기를 듣고 보니, 더욱더 전형적인 미끼라는 느낌이 드는데?"

나는 다시 시키에게 질문을 던졌다.

"……만약 롯츠갈드를 진짜 미끼로 삼으려 했을 경우, 일을 확실하게 성사시키기 위해 소동의 규모를 좀 더 키웠을 겁니다. 도련님, 로나가 염두에 두고 있는 진짜 미끼는…… 제국입니다."

"……!"

어째서?!

가지고 있는 정보량 자체는 나랑 그다지 큰 차이가 없는 걸로 아는데, 왜 그런 결론이 나오는 거지?! 의표를 찔러 온 시키의 발언은 가히 경악스러웠다. 나의 반응을 확인한 시키는, 넋 나간 얼굴로 입을 다물고 있었다. 혹시 나한테 실망이라도 한 거냐?

이래봬도 나 나름대로 최선을 다하고 있거든요?

……조금만 더 유예 기간을 주십쇼.

"왕도로 향하는 마족의 군세는 별의 호수로부터 우르 방향으로 일제히 진군 중입니다. 반면 제도로 향하는 군세는 스텔라로부터 루이나스로 가던 부대들이 루인 강을 건넌 부근을 중심으로 몇 군데로 분산되어 진군하고 있습니다. 그리고 양국 주력 부대들의 특성이나 마족들의 현황, 시기 등을 고려하면 정답은 저절로 도출됩니다. 실제로 이렇게 공격을 시작한 이상, 이번 전쟁의 진짜 노림수는 왕국을 함락시키는 걸로 판단할 수밖에 없습니다."

시키의 눈동자가 예리하게 번쩍거렸다.

으음, 어쩐지 과거의 시키, 아니, 리치였을 때가 기억나는군.

여러 가지 흉계를 꾸미던 당시의 꺼림칙한 눈빛이야.

"왕국을 함락시키려는 거야말로 저 녀석들의 진짜 목적이라는 얘기군."

정말 중대한 사건이다. 휴만 종족 전체가 또다시 막다른 골목으로 몰리고 있다는 뜻이다.

"아닙니다. 마족들의 진짜 목적은 왕국이 자랑하는 최고의 보물입니다."

"최고의 보물이라고?"

"용사입니다. 저들은 이번 기회에 무슨 수를 써서라도 왕국의 용사를 제거하려는 것 같군요."

"……?!"

또다시 충격적인 한 마디가 튀어나왔다.

우리가 여기 온 날로부터 1년 정도밖에 안 지났는데, 마족들은 벌써 용사를 죽일 수 있는 단계까지 전쟁을 진척시켰다는 건가?

"그 용사들의 자질에 관해선, 저 역시 소문으로 전해들은 정도밖에 모릅니다. 하지만 꼭두각시들을 만드는 제국의 용사와 광신자들을 낳는 왕국의 용사…… 두 인물들의 성질을 고려하자면, 장차 더 큰 위험요소가 될 존재는 아마도 후자겠지요."

꼭두각시와 광신자—.

아하, 그러고 보니 예전에 토모에와 미오가 하던 말들이 기억났다.

사람들을 매료시키는 힘과 사람들을 끌어당기는 힘—.

미오는 둘의 차이를 잘 이해하지 못 하는 듯이 보였지만, 토모에가 알기 쉽게 설명해줬다.

상대를 매료해서 홀려 버린다— 매료당한 이는 이윽고 그자의 말없이는 아무런 판단조차 못할 뿐만 아니라 미움 받을 가능성을 두려워하다가 혼자선 움직일 수 없는 인형으로 변한다.

반면 타인을 끌어당기는 힘의 경우, 그자를 위해서 죽을힘을 다하려 하는 적극적인 의지를 지닌 광인을 만들게 된다. 막다른 곳에 몰리면 그렇게 된다는 것이 토모에의 결론이었다.

매료 역시 도중까진 카리스마와 비슷한 작용을 발휘하는 모양이지만, 도달점이 다르다더군.

나는 한계에 도달할 때까지 두 가지 능력의 영향을 받은 사람을 본 적이 없으니, 덧붙일 말은 없지만 말이야. —나는 문득 토모에와 미오의 대화를 떠올렸다.

"뭐, 완전히 매료되어 상대방의 말없이는 움직일 수 없는 녀석은 정말로 가엽기 짝이 없는 경우로고. 상대방이 바라는 것 이외의 행동을 함으로써 미움 받거나 버림받을 수 있다는 공포가 모든 행동을 옭아맬 수밖에 없거든. 그 결과로 아무 행동조차 못 하게 되는 건 주객이 전도되는 셈이지. 일일이 자세한 지시를 받지 않고선 못 움직이는 녀석은 골렘이나 마찬가지다."

"저는 도련님에게 완전히 매료된 상태로도 전혀 그렇지 않은데요? 하지만 매료당한 정도로는 아무한테도 지지 않거든요?"

토모에가 가벼운 예를 들자, 미오는 어딘지 모르게 불만스러운 얼굴로 반박했다.

"능력을 이용한 매료와, 그렇지 않은 경우의 차이로고. ……아니, 그냥 미오가 특별한 건지도 모르겠군. 어쨌거나, 네 녀석은 그렇게 되진 않을 거야. 안심해라."

"……그 말을 듣고 기뻐해야 하나요? 혹시 저의 애정이 부족하다는 뜻인가요?"

한가롭게 그런 대화나 나누다니, 우리 멤버들은 참 평화롭군.

다시 시키가 설명한 내용을 곱씹다 보니, 한 가지 의문점이 떠올랐다.

"광신자를 낳는단 말이지…… 그런 이유로 왕국의 용사를 먼저 없애버리고 싶다는 건가? 하지만 언뜻 소문만 듣기론 츠이게의 모험가들 가운데 몇 십 명 정도가 리미아로 갔다면서? 용사를 따라 갔다고 하지 않았나? 그들이 합류한 이상, 마족들에게 있어선 왕국 쪽이 더 제압하기 힘든 상대가 되지 않을까?"

리미아 왕국으로 이적한 이들은 황야로 가서도 그럭저럭 싸울 수 있는 실력을 갖춘 모험가들이다. 꽤나 만만치 않은 전투의 노하우를 지닌 베테랑들인 걸로 알고 있다.

"도련님께서 말씀하신 대로, 지금의 왕국을 통틀어 가장 강력한 이들은 바로 그 모험가 출신 전사들과 용사의 파티일 겁니다. 하지만 그 모험가 출신 전사들에게는 큰 약점이 있습니다."

"약점?"

"그들은 황야를 주름잡던 실력자들입니다. 왕국의 정식 훈련에 참가할 경우, 어느 정도의 집단 전술 정도는 금방 익힐 겁니다. 실질적으로 큰 활약을 기대할 수 있을 정도로 말이죠."

"그렇겠지."

"하지만 원래부터 배어 있는 기질을 무시할 순 없습니다. 그들은 모험가들입니다. 공격하는 데야 능숙하겠으나, 대규모 전투를 치르거나 도시나 거점을 방어하는 데는 서투를 겁니다. 용병이나 기사들과 달리, 모험가들은 기본적으로 홀가분한 신분이니까요. 거점을 방어하는 방식의 전투를 치를 땐 진짜 실력의 5할 정도만 발휘할 수 있더라도 급제점을 줄 수준일 겁니다."

"아마도 그 정도까지 극단적이진 않을 거야. 마물들이 츠이게로 쳐들어오는 경우가 아주 없던 건 아니니까, 거점을 방어할 때의 전투 방식 정도야 금방 익힐 수 있을 걸?"

"저로서도 그러길 바랍니다만…… 황야에 여기저기 흩어져 있는 베이스들 가운데 1년 이상 버틴 곳은 번창한다는 말까지 있을 정돕니다. 제가 만약 공격하는 입장으로서 모험가들을 상대한다면, 그들을 수비적인 입장으로 몰아넣는 전개를 노릴 겁니다. 확실하게 함락시키고 싶을 땐 특히나 심혈을 기울이겠지요. 주민들의 안전을 걱정해야 할 뿐만 아니라 지켜야 할 대상을 잔뜩 떠맡아야 하는 방어전은, 기사들이더라도 고전할 수밖에 없습니다. 엎친 데 덮친 격으로 기습까지 당할 경우…… 지키는 쪽의 사기는 어떻게 될까요?"

"……왕국 자체가, 끝장나 버릴 수도 있다는 얘기야?"

시키에게 가능성을 물어봤다.

만나본 적 없는 용사는, 여신의 영향을 받고 있을 공산이 큰 상대였다.

꼭 구하러 가야 하나?

리미아로 용사를 구하러 갈 경우, 관계가 깊어질 가능성이 높다. 굳이 갈 필요 없이 문제를 해결할 방법을 모색하는 편이 최선일지도 몰라.

"글쎄요. 아마도 멸망까진 당하지 않을 것으로 예상됩니다. 마족들 또한 결코 여유가 넘치는 건 아니거든요. 저들이 이번 전투를 치르려 하는 데는 재침공의 시작을 대대적으로 선전하여 휴만 진영을 위압하려는 목적이 있는 걸로 보입니다. 말인즉슨, 일종의 허세를 부리고 있는 상황이지요. 토벌의 상징으로서 용사만 죽일 수 있다면, 왕국 전체를 유린할 생각까진 없어 보입니다. 만약 나라가 무너질 정도의 피해가 발생한다면, 정작 중요한 용사를 어디론가 놓쳐버린 경우뿐일 겁니다. 물론 이 모든 예상들은 저의 추측에 불과합니다. 일부분이나마 불투명한 점이 눈에 띌 뿐만 아니라, 마왕이나 로나의 머릿속을 완전히 꿰뚫어보기는 힘들거든요."

시키가 그러한 말과 함께 쓴웃음을 지었다.

"아직 필요 이상으로 깊숙이 쳐들어올 마음은 없다는 거야?"

"이제 곧 북쪽 땅은 겨울을 맞이합니다. 그때는 공격을 하건 방어를 하건 눈과 얼음이 걸리적거릴 테니까요. 극심한 추위를 무릅쓰고 행군을 시도하는 건 자살행위나 마찬가집니다. 그 직전인 지금은 이기고 도망치는 데는 가장 적합한 시기라 할 수 있지요."

일종의 허세란 말이지? 하지만 용사를 죽이려는 마음만큼은 충만하다는 소리고.

나는 츠쿠요미[#1] 님의 말씀을 떠올렸다.

—신경을 써 주라고 하셨죠?

하지만 구하러 간다손 치더라도, 우리들 역시 꽤나 심각한 진퇴양난에 처한 상황이다.

기본적으로 리미아까지 갈「수단」이 없기 때문이다.

"……용사를 구하러 가기 위한 목적으로 전이를 쓰기는 꺼림칙하단 말이지."

"아하, 그러고 보니 그렇군요. 토모에 님이……."

그렇다. 지금의 우리한텐 전이를 섣불리 쓸 수 없는 이유가 있었던 것이다.

나는 방금 전의 일— 토모에와 함께 높으신 분들과 나눈 대화의 내용을 떠올렸다.

나와 토모에, 그리고 시키는 롯츠갈드의 귀빈들 가운데 정상급의 권력자들인 리미아 국왕과 릴리 황녀, 사이리츠 양에게 호출을 받았다.

아이온의 가장 높으신 분께선 이미 스텔라로 향하기 위해 이 도시를 떠난 모양이지만, 실로 각국의 중진들이 총출동한 셈이다.

그들은 자신들을 각자의 모국으로 전이시켜 달라는 부탁을 하고자 접촉을 시도해 왔다.

#1 츠쿠요미노미코토(月讀命) 일본 신화에 등장하는 달과 밤의 신.

우리가 쓰는 전이 술법은 토모에가 지니고 있는 와키자시(脇差)[#2]의 능력이라는 식으로 설명해 왔기 때문에, 토모에는 그들을 상대로도 그 연장선상의 쇼를 펼쳤다. 「도시의 혼란을 수습하고자 칼의 능력을 벌써 몇 번이나 쓴 관계로, 거의 한계에 가까운 상황이올시다」라는 새빨간 거짓말을 주워섬긴 것이다.

리미아 국왕과 릴리 황녀는 종잡을 수 없는 태도로 자신들의 공세를 따돌리면서 면목 없는 표정을 짓는 토모에에게, 머리를 숙이거나 보는 관점에 따라선 협박으로밖에 안 들리는 대사를 지껄이는 등의 수단과 방법을 가리지 않는 방식으로 전이에 대한 협력을 요청해 왔다.

속이 끓다 못한 두 분께서 표적을 나로 바꿨을 땐 꽤나 진지하게 무섭더군.

어쨌거나 큰 나라들을 짊어지고 있는 분들이다 보니 박력부터 달랐거든. 특히 릴리 황녀는 나보다 약간 나이가 많은 정도인 걸로 아는데, 배짱이라고 해야 하나? 나하곤 완전히 차원이 다른 아우라의 소유자였다. 혈통 때문인 건지 교육의 산물인 건진 모르겠다만, 대단한 분들이야.

그러나 두 사람은 무섭긴 했지만, 희한하게도 상인 길드의 자라 대표를 상대로 느꼈던 거북한 감정은 느끼지 않았다. 마음에 여유가 있는 상태로는 얼마든지 한 귀로 흘려들을 수 있었다.

'도련님, 이제 충분합니다. 고개를 끄덕여 주십시오. 정말 잘 하

#2 와키자시(脇差) 길이가 짧은 도검. 무로마치 말기 이후로 칼을 두 자루씩 차고 다니는 습관이 생겨났는데, 일반적인 크기의 검과 짧은 와키자시를 함께 차고 다녔다.

셨습니다.'

토모에로부터 염화가 날아왔다. 이제 슬슬 때가 됐다 싶어 토모에에게 신호를 하려 한 순간, 그녀로부터 똑같은 신호가 온 것이다.

[알겠습니다. 대단히 긴급한 사태니 어쩔 수 없지요. 토모에, 할 수 있겠어?]

짐짓 불안한 표정을 만들어 보인 나는, 마력을 이용한 필담으로 황녀 일행에게 대답했다.

"……도련님, 그야 완전히 불가능하진 않습니다. 꼭 하라고 하실 때야 반드시 명령을 따라야겠지요. 하지만 추가로 두 번이나 전이를 실행할 경우, 이 검은 도저히 버티지 못할 겁니다."

[무슨 뜻이지?]

"파손될 공산이 큽니다. 아마도 고칠 수 없을 걸로 압니다만……정말로 괜찮으시겠습니까? 말하자면 지금껏 쿠즈노하 상회의 든든한 버팀목이었던, 이 검을 잃게 된다는 뜻입니다."

오호라……. 나는 그제야 와키자시에다가 전이 능력을 덧붙인다는, 영문을 알 수 없었던 잔꾀의 진짜 목적을 깨달았다. 전이의 근거를 도구로 옮김으로써, 상대로 하여금 도구가 고장난 이후론 우리의 전이가 무용지물이 된다는 착각을 하도록 유도하고 싶다는 소리야.

하지만 거꾸로, 이제부턴 전이 술법 없이 온갖 난관들을 돌파해야 한다는 새로운 과제가 등장하는 셈이다. 혹시 토모에는 앞으로 전이를 쓰기 위한 또 다른 이유라도 날조할 생각인가?

아무튼, 지금은 토모에의 잔꾀를 최대한 이용해야 할 순간이었다.

[상관없어. 마족들을 상대로 한 전쟁의 최전선을 유지하고 계신 분들의 부탁이야. 우리들의 힘으로 도와드릴 수 있을 때 도와드리도록 하자. 앞으로 그 검을 대신할 물건을 찾을 수 있으리라는 보장은 없지만, 인연이 닿으면 어디선가 다시 손에 넣을 기회가 있겠지.]

"……명을 받들겠습니다."

토모에는 침통한 표정으로 잠시 고민하다가, 나와 시키로부터 조금 떨어졌다. 그리고 리미아 국왕과 릴리 황녀, 사이리츠 양, 그리고 어느 틈엔가 나타난 루토— 아니, 여기선 모험가 길드의 마스터인 펄스라는 가명을 쓴다고 했나? —와 함께 무슨 상담을 나누기 시작했다.

왕도까진 거리가 너무 멀다거나 제국의 경우엔 가도의 종착점인 로빈까진 전이시킬 수 있다는 등의 자세한 사항들을 논의하고 있는 모양이다.

잠시 후, 토모에가 힘차게 뽑아든 와키자시로 꽤나 그럴 듯하게 안개의 문을 두 개나 열었다.

리미아의 국왕과 기사가 안개의 문 속으로 사라지자, 곧이어 릴리 황녀와 측근처럼 보이는 여러 사람들이 또 다른 문으로 사라졌다. 이 자리에 남은 것은, 리미아의 왕자와 제국의 시종들 몇 명 정도였다. 릴리 황녀 일행의 뒷모습이 사라지자, 토모에의 와키자시가 꽤나 공들인 연출로 산산이 조각났다. 토모에가 비장감 넘치는 얼굴로 무릎을 꿇었다.

완전 신났군. 지금 부서진 건 모조품이잖아? 물론 입으로 말하진 않았다.

토모에의 눈치를 살피던 사이리츠 양과 리미아의 왕자, 그리고 시종들의 얼굴로 약간이나마 안도의 빛이 떠오르는 낌새가 느껴졌다. 우리가 전이를 못 쓰게 된 일로 안심한 모양이야.

변이체들 상대로 선보인 전투력에다가 전이 능력까지 더해서 생각해보면 저들한테는 우리가 굉장한 위협으로 느껴질지도 모르지만, 괴로운 표정을 짓고 있는 토모에가 보는 데서 그런 감정을 내비치는 건 너무 경솔하다는 느낌이 들었다. 잠깐 항의하고 싶은 마음이 들었지만, 나는 그보다 먼저 토모에에게 가까이 다가가서 살며시 어깨에 손을 얹었다.

[괜찮나, 토모에? 와키자시에 관해선, 미안하다는 말밖에 안 나오는군.]

'크크큭, 저 녀석들의 안심한 표정을 보십시오. 이거야 원, 저렇게 어설픈 머리통들이니 마족들 따위에게 연전연패나 당하는 겁니다. 어리석도다, 어리석어.'

……약간이라도 걱정한 만큼 손해를 봤다는 느낌이 드는군.

결국, 토모에는 한동안 혼자 있고 싶다는 비장한 대사와 함께 그곳을 뒤로했다. 혼자 있고 싶다— 즉 아공(亞空)에나 다녀오겠다는 염화를 날려 왔으니, 지금은 아공에 있겠지. 아무튼 그런 고로, 우리가 지금 리미아로 전이하는 건 여러모로 꺼림칙한 상황이다.

"요컨대 용사가 가지고 있는 전투력이 승패를 가르게 될 겁니다. 물론 마족들 또한 용사의 전투력을 감안해서 단기 결전을 노릴 테니, 뭔가 특이점이 될 만한 요소 없이는 마족들의 계획대로 사태가 진행될 공산이 커 보입니다."

"특이점…… 롯츠갈드의 우리들 같은 존재를 말하는 거야? 뭔가 뾰족한 수라도 있어?"

"예. 저희가 직접 가기는 어려운 상황일지도 모릅니다만, 예컨대 존재가 알려져 있지 않은 익인(翼人)이나 고르곤, 아르케 등을 파견하는 방식으로 엄호할 수는 있습니다."

"난 반대야. 우리가 못 가는 전쟁터로 아공의 종족들만 파견시킬 순 없어. 특히 익인들은 하늘을 날 수 있다는 것 말고는 너무 약하잖아? 기껏해야 과녁 노릇밖에 못할 거야."

아공에 사는 사람들만을 싸우는데 동원시키자는 제안을 단호하게 거절하자, 시키가 비교적 진지한 눈으로 호소해 왔다.

"……도련님. 익인들은 상당히 강력한 종족입니다. 운용하는 방법에 따라선 그들만으로도 나라 하나를 함락시킬 수 있을 정돕니다. 그들과 도련님의 상성이 절망적일 만큼 상극일 뿐입니다. 그리고 고르곤 종족 또한, 싸움터로 풀어놓으면 몹시 짧은 시간 만에 전투를 끝마칠 수 있을 만큼 흉악한 능력의 소유자들입니다. 최악의 경우에는 전쟁터의 병사들을 모조리 석화시켰다가 임의의 대상들에게 걸린 석화만을 푸는 방식으로 아무런 위험부담 없이 전황을 주도할 수 있습니다. 즉사를 시키지 않는 석화라는, 지극히 특수한 능력을 지니고 있으니까요."

익인들이 정말로 그렇게 강하단 말이야? 내가 날린 공격을 피하기 위해 구름 위로 숨는 것밖에 못할 만큼 허약한 사람들인데? 고르곤들 역시 적들에게 특정한 수단으로 석화 능력을 무효화당할 경우, 단단하게 굳힌 머리카락을 움직이는 능력으로만 싸워야 한다. 그들만 전쟁터로 파견하는 건 너무 불안하다.

"으음……. 시키가 그렇게 말하니, 생각은 해볼게. 하지만 마족들의 이번 침공은 꽤나 만만치 않다면서? 그들을 마물로 착각한 용사에게 공격을 당할 가능성도 있어. 그건 좀 싫군."

"음…… 그렇게 말씀하시니, 어쩔 수 없군요. 성공률이 높을 뿐만 아니라 저희가 감수해야 할 불이익이 적은 묘수가 아닐까 싶었습니다."

"그나저나 참 난감하군. 용사를 포기하고 싶진 않지만, 정정당당한 수단으론 도우러 갈 수가 없어. ……그런데, 시키? 아까부터 왕국에 관해서만 얘기하고 있는데, 제국 쪽은 어때? 제국이 정말로 미끼에 지나지 않다면, 그렇게 걱정할 필요는 없나?"

맞아. 용사는 한 명이 아니라 두 명이야.

"그에 관해선 저한테도 확증은 없습니다. 몇 가지 정도 신경 쓰이는 점은 있습니다만……."

"얘기해줄래?"

"왕국과 제국을 상대로 양면 동시 공격을 펼치기 위해선, 스텔라 요새에 배치되어 있던 마족들의 병력만으론 부족합니다. 게다가 제국 방향을 공격하는 병력은 일부러 분산까지 시켜놓은 상탭니다. 그들로부터는 제국을 반드시 함락시키겠다는 의지가 느껴지지 않습니다. 하지만 제국의 용사는 비룡(飛竜)이라는 강력한 기동력을 지니고 있습니다. 만약 용사가 제국을 공격하던 마족들이 완전한 미끼라고 판단할 경우, 곧장 왕국을 구원하러 날아갈지도 모릅니다. 그렇게 됐을 땐 리미아를 공격하던 마족들은 제국의 용사와 왕국의 용사의 협공을 당하게 됩니다. 제국의 용사는 단숨에 많은 숫자를 상대하는 전술을 주특기로 삼는 모양이니, 그 힘을 무시할 순 없습니다. 더군다나 전투가 장기화될 땐 스텔라 요새를 공격하기 위해 집결한 부대들까지 복귀할 테니 단순한 열세 정도가 아니라 전멸을 당할 가능성이 있습니다. 작전의 의미 자체가 소멸되는 셈이지요."

"응."

"따라서 마족들이 제국 측을 공격하는 병력을 분산시킨 의도나 노림수가 있을 터입니다만, 예측이 잘 안 됩니다. 제가 우려하고 있는 존재는, 도련님께서 예전에 말씀하셨던「드래곤 슬레이어」라는 여잡니다. 지금 당장 병력을 분산시킨 의도를 정확하게 파악하기는 어렵습니다만, 만약 그녀가 제국으로 향하는 부대에 섞여 제국의 용사를 확실하게 묶어두는 역할을 수행할 경우엔 리미아의 작전을 큰 폭으로 보강하게 될 겁니다. 하지만 드래곤 슬레이어가 마족들에게 가담했다는 정보는 아직 널리 알려져 있는 상황은 아닌 줄로 압니다. 그러나 이와 같은 큰 전쟁터까지 나와서 용사와 대결할 경우, 의심할 여지없이 전 세계가 그녀의 배신을 알게 되겠지요. 과연 그자가 그러한 사태를 용납할지……."

"드래곤 슬레이어…… 소피아라~. 그 녀석에 관해선 전혀 짐작조차 안 가는군. 솔직히 그냥 딱 한 번 만났을 뿐인 사이니, 그 머릿속을 예상하는 건 어려울 수밖에 없지."

소피아와 나는 상위 용을 데리고 다닌다는 단 하나의 공통점을 지닌다.

하지만 그녀의 사고방식에 관해선 전혀 짐작조차 가지 않는다.

“로나가 나타나는 장소에 따라 상황은 달라질 겁니다. 만일 제국 쪽으로 출현한다면, 분산시킨 부대는 제국의 패를 확인하기 위한 소모품들일지도 모릅니다. 하지만 지금으로선…….”

시키는 머리를 갸웃거리더니, 다시금 골똘히 생각에 잠겼다.

아무튼, 왕국이나 제국이나 상당히 위험한 상황인 모양이다. 일단 얘기를 들어본 바로는 리미아 쪽 분위기가 더 살벌하게 돌아가는 것 같으니, 무슨 수라도 써야겠다는 생각이 들었다. 역시 같은 고향 사람이니, 속수무책으로 죽게 놔두고 싶진 않았다.

우리가 롯츠갈드를 돌아다니는 동안에 세상이 이런 식으로 크게 움직일 줄은 몰랐다.

이번 사건은, 우리 예상보다 훨씬 커질지도 몰라.

◇◆◇◆◇

롯츠갈드의 한 모퉁이에 자리 잡고 있는 탑—.

모험가 길드의 마스터이자 상위 용 중 하나인 루토가, 혼자 조용히 서 있었다.

“아무 생각 없던 마코토 군이 기적의 한 수를 쓴 셈이군. 설마 하필 그런 타이밍으로 염화를 복구시킬 줄이야. 거의 완벽하게 성사될 줄 알았던 용사 살해와 시간 벌기를 목적으로 삼았던 마족들의 작전은, 꽤나 엉뚱한 방향으로 굴러갈 것 같네."

그는 탑 꼭대기로부터 문 부근의 마코토와 시키를 쳐다봤다.

상식적으로 이렇게 멀리 떨어진 두 사람의 얼굴을 알아볼 수 있을 리가 없었다. 그는 상당한 시력의 소유자였으나, 아무리 눈이 좋은 자라도 콩알 같은 크기의 사람을 겨우 분간할 수 있을 정도의 거리였다. 더군다나 밤이니 만큼 더 말할 나위 없었다.

"그 한 수로, 마코토 군은 자신들과 마족들의 관계성을 부정하는 계기를 만들게 된 거야. 게다가 쿠즈노하 상회의 능력을 강대국들에게 과시함으로써 압박까지 가했지. 롯츠갈드를 무대로 만인에게 사랑받는 상회가 되는 것 이상의, 대단히 엄청난 대박을 터뜨린 셈인데……."

그가 움직이는 타이밍이 좀 더 빨랐거나, 더 늦었을 경우—.

임시 강사 라이도우나 쿠즈노하 상회가, 마족들과 맺고 있는 관계를 부정하기 힘든 상황에 처할 수도 있었다. 물론 토모에의 활약에 따라 달라졌겠지만, 루토는 그녀가 원래 설정하고 있던 시기를 조금 늦다고 여겼다. 그런데 마코토가 얻어걸린 타이밍은 모든 시기들 가운데 정말 핀 포인트로 좋은, 그야말로 최고의 타이밍이었다. 기나긴 시간을 살아온 루토조차 무심코 감탄사가 나올 정도였다. 특히나 스스로 제안한 것이 아니라, 권력자들로부터 억지에 가까운 부탁을 받은 결과였다는 점이 좋았다. 이렇게 된 이상, 대부분의 사람들이 마코토에게 다른 속셈이나 의도 따위는 없는 것으로 여길 것이다. 본인이 노릴 수 있는 타이밍이 아니었기 때문이다.

「그러한」 별자리 아래 태어난 운명이 아니고서야 불가능한 일이었다. 루토로서도 웃을 수밖에 없는 상황이다. 그러나 참다못한 웃음소리를 흘리던 그는, 또 다른 예감을 느끼고 있었다.

"하지만 저 친구는 마코토 군이야. 저런 식으로 가끔씩 엄청난 대박을 터뜨리는 별자리 아래 태어나고도, 상상조차 못할 온갖 대형 사건들을 저지르고 다니거든. 이번에도 힘을 너무 주다가 조커까지 한꺼번에 뽑아 버릴지 모른다는 생각이 드는군."

그렇다. 명확한 근거는 없었지만, 마코토는 정말 심하게 재수가 없었다.

루토는 그 사실을 아주 잘 알고 있었다. 그런 고로, 마코토가 단순히 기대 이상의 결과만 얻는 걸로 끝나리라는 느낌은 들지 않았다.

의도치 않게 상위 용과 싸워야 하는 입장에 놓였을 뿐만 아니라, 재앙의 거미와 맞닥뜨렸다. 가까스로 만난 사람들의 언어를 알아들을 수 없었던 데다가, 평범한 외모의 소유자였음에도 불구하고 외모 때문에 멸시를 받았다. 그는 어디로 가건 예상 밖의 사건에 말려들었다. 그야말로「그러한 운명」의 소유자처럼 보일 정도였다.

"심지어 그 모든 고난을 극복한데다가, 때로는 긍정적인 방향으로 궤도를 틀어가면서 여기까지 왔지. 이번엔 과연 어떤 모습을 보여줄까, 너는—!!"

즐거운 표정으로 마코토를 바라보던 루토는, 갑작스럽게 경악을 금치 못 하는 눈동자로 별 말고는 아무 것도 없는 상공을 바라봤다. 루토의 표정은, 만약 마코토가 본다면 깜짝 놀랄 만큼 조바심과 경악으로 가득 차 있었다.

"이럴 수가! 지금 움직일 수 있을 리가?! 당신도 참 무모한 짓을 하는군!!"

그 직후— 구름 사이로부터 햇빛이 들이비치듯이 밤하늘로부터 황금색 빛이 내리쬐었다.

롯츠갈드 거리의 한 모퉁이가, 보는 이들에게 무의식적으로 장엄한 마음을 들게 하는 엄숙한 빛으로 넘쳐흘렀다.

◇◆◇◆◇

"도련님! 벌레입니다!!"

시키가 다급하게 고함을 쳤다.

그의 고함은 일종의 신호탄이었다.

예전에 「그 녀석」에게 납치당했을 때, 다 함께 세운 대책 중 하나였다. 여신의 간섭을 감지한 신호였다. 시키가 고함을 친 순간, 밤하늘로부터 우리를 향해 황금색 빛이 뻗어 왔다.

길게 뻗쳐 있는 빛의 커튼을, 세로로 잘게 자른 듯이 보이는 빛이었다.

다른 이들한테야 아름답거나 엄숙하게 보일지도 모르겠군. 하지만 나에게 있어선 기분을 잡치게만 하는 빛이야. 틀림없이, 그 녀석이거든.

나는 시키의 고함을 들은 직후부터, 반사적으로 영창을 구성하기 시작했다.

납치 대책— 아무리 나라도 이런 상황이 오자마자 곧바로 쓰게 될 줄은 몰랐다.

술법의 이미지와 구조는 단순하기 그지없었다.

폭풍우를 만난 배처럼, 나는 마력으로 연성한 일종의 닻으로 강제적인 전이를 당하지 않도록 버텼을 뿐이다. 그 빛은 순간적으로 나를 향해 달려온 시키까지 통째로 집어삼켰다.

하늘을 우러러봤을 때부터 느꼈지만, 꽤나 효과범위가 넓군. 빛의 커튼은 학원의 정문과 그 안쪽으로 펼쳐진 정원의 일부까지 에워싸고 있었다.

이윽고 우리 둘을 인식한 듯이 빛의 범위가 좁아지더니, 곧장 우리를 강제로 끌어올리려는 힘이 전해져왔다. 잡아당기는 힘이 느껴진다는 얘긴, 요컨대 나의 힘으로도 저 녀석에게 저항할 수 있다는 뜻이었다. 여신에게 힘으로 저항할 수 있다는 사실이 조금 기뻤다. 예전보다 뚜렷하게 앞으로 나아가는 중이라는 실감이 들거든.

"어, 어마어마한 힘입니다. 도련님, 괜찮으십니까?!"

"아직은 버틸 만한가 봐. 칫, 얼른 포기하든가 사라지기나 할 것이지. ……큭, 너무 길어!"

지금은 가까스로 버티고 있는 중이었지만, 예상보다 간섭 시간이 훨씬 길었다.

저항 자체는 아직 가능하지만, 더 이상 시간을 끌 경우엔 나의 마력으로 연성한 닻은 점점 깎여나갈 것이다. 그리고 결국은 끌려갈 수밖에 없으리라. 서로 간의 참을성 대결이라는 뜻이다.

동시에 공격이라도 시도해볼까 싶었지만, 그 녀석의 「현재 위치」를 파악하지 못한 상태론 명중시킬 방도가 없었다.

"……도련님, 문제가 있습니다."

시키가 무척이나 씁쓸하게 얼굴을 일그러뜨린 표정으로 호소해 왔다.

"뭔데?!"

"이대로는 휴만들의 주목을 모을 공산이 큽니다. 이 빛을 목격한 자들 중 일부는 여신의 빛이라는 사실을 알아볼 겁니다. 그 빛을 상대로 저항하고 있는 저희의 모습을 들키는 것은……."

겍!

이곳은 학원의 정문이다. 사건 때문에 인기척이 적긴 하지만, 사람들의 눈이 전혀 없는 것은 아니야. 이건 좀…… 불리한 상황이다.

"으극."

우리의 흔들리는 마음에 호응하듯이, 전이에 들어간 힘이 거세졌다.

저 벌레 녀석은, 나를 골탕 먹이는 데로는 천재냐?! 그야말로 환상적인 타이밍이야!

"도련님, 이대로는 최근 며칠 동안의 고생들이 전부 수포로 돌아갈 수 있습니다. 신전으로부터 신의 적이라는 선고를 받는 것은 너무나 큰 불이익입니다. 일단은 제가 주위를 어둠으로 뒤덮곤 있습니다만, 신의 힘과 맞부딪치고 있는 이상 언제 날아가 버릴지……."

시키는 이런 상황을 당하고도 지극히 냉정한 태도를 유지하고 있었다.

나는 또 저 녀석에게 이용당할 생각을 하니, 정말 기분이 최악 중의 최악인데 말이야!

……젠장.

상회의 멤버로서, 다들 최선을 다했다.

물론 나 역시 최선을 다했다.

……젠장하아알!!

나는 몸의 힘을 뺐다.

힘을 겨루다가 진 건 아니야. 데려가든가 말든가 마음대로 하셔, 제기랄.

시간으로 쳤을 땐 약 10초 남짓밖에 되지 않았다. 나와 여신의 힘겨루기는 나의 패배로 끝났다. 주위의 돌바닥이나 땅바닥과 함께 흡수된 우리들은, 눈부신 빛 속으로 빨려 들어갔다.

다행히 여신의 빛을 목격하자마자 가장 빠르게 달려온 이들조차, 아마도 나와 시키의 얼굴을 목격하진 못한 것으로 보인다. 시키의 조언에 관해선 진심으로 감사할 뿐이다.

"고마워, 시키. 나 혼자였다면 오기 때문에 끝까지 버텼을 거야. 같이 끌려가게 만들어서 미안."

"설마 이렇게 빨리 여신과 만날 날이 올 줄은 몰랐군요. 아니, 뭐…… 다 좋은, 경험입니다."

새파랗게 질린 얼굴로 그런 소릴 해봤자 전혀 위로가 안 되거든, 시키?

애초부터 본인이 직접 얼굴을 보일지조차 짐작이 안 가.

시키와 그런 대화를 나눈 직후—.

나와 시키는, 내가 이 세계에 오자마자 처음으로 본 그 백금색 공간으로 끌려갔다.

함께 빨려 들어간 벽돌들과 흙더미를 뒤집어쓴다는 최악의 전개를 피할 수 있었던 것은 그나마 다행이었다.

◇◆◇◆◇

그 여신의 목소리를 처음으로 들었던 장소—.

다음에 여기로 올 때는, 저 녀석에게 한 방 먹일 자신감을 얻고서 나 자신이 직접 쳐들어올 때가 되길 바라고 있었다.

하지만 방금 전의 감각을 돌이켜보건대, 아직 대책은 충분치 않았던 모양이다.

……정말, 세상일은 맘대로 안 되는군.

아직, 신이라는 존재는 아득히 멀기만 하다는 건가? 아무 이유 없이 황야로 떨어진 그날 이후의 수많은 기억들이 머릿속으로 떠오르더니, 맥 빠진 웃음소리가 치밀어 올라왔다.

"후후후후."

참나—.

어째서…… 도대체 왜 저 버러지 녀석한테 또다시 여기로 불려와야 되는 건데!!

"도, 도련님?"

뒤늦게 나의 얼굴빛을 살핀 시키가, 조심스럽게 나를 불렀다.

나는 말없이 품속의 호신용 타근(打根)#3을 꺼냈다.

이건 대나무 잎 모양의 창끝에 짧은 자루와 살깃이 달린 특수한

#3 타근(打根, 우치네) 일본의 무기. 손으로 투척할 수 있도록 개량된 활이나 소형 칼, 창 등을 가리킨다.

무기다. 볼품없는 단검이나 지나치게 짧은 화살처럼 보이지만, 꽁무니에 끈이 달려 있다는 것이 큰 특징이었다. 나의 실력으로도 약간이나마 다룰 수 있는 얼마 되지 않는 무기들 중 하나였다.

원래는 좀 더 크기 때문에 품안에다가 숨길 수 있는 종류의 무기는 아니지만, 암기처럼 사용할 수 있도록 좀 더 작은 사이즈로 만들어달라는 나의 요구에 따라 제작된 특제였다.

칼날을 덮고 있던 칼집을 벗긴 다음, 자루로부터 뻗어 나온 긴 끈을 손으로 잡았다.

나는 치렁거리는 타근을 허공으로 늘어뜨렸다.

비스듬한 자세로, 오른쪽 어깻죽지부터 타근의 칼날 끝까지를 탄력 있는 한 줄기로 인식했다. 그리고 치켜 올리자마자 전방의 한 지점을 향해 전광석화와 같은 일격을 날렸다.

"……!!"

시키가 나의 일격이 들어간 한 지점을 향해 시선을 돌렸다.

칸막이의 존재 여부나 정확한 장소조차 짐작이 안 가는 공간이지만, 나로부터 몇 미터 정도 떨어진 데서 멈춘 타근이 번쩍이는 벽 — 인 것으로 추정되는 장소 — 에다가 금을 그었다.

유감스럽게도 관통할 정도의 위력은 없었던 모양이군. 이윽고 타근은 소리 없이 바닥으로 떨어졌다. 나의 공격으로 생겼던 금은 한동안 남아있었지만, 결국은 머지않아 자취를 감췄다.

여신 녀석은, 썩어도 신은 신인가 보다. 지금 당장 일을 벌이는 건 무모할지도 몰라.

울화통이 터진 나머지 방을 상대로 화풀이를 하고 말았지만, 그런 일격이라도 날리고 나니 마음이 조금 가라앉았다. 저 녀석에 관해선 여러모로 생각이 있는데다가, 가능한 한 냉정한 태도를 유지하고 싶었다. 하지만…… 솔직히 이번 납치까지 포함해서, 냉정한 상태로 「벨레」와 대화를 나눌 자신은 없다.

"아마도 이곳은 여신의 영역일 거야. 저번에도 와 봤거든."

타근을 거두어들인 나는, 뒤늦게나마 시키에게 설명했다.

"역시나 예상대로군요."

시키가 팽팽한 긴장감을 느낀 듯이, 고개를 살짝 끄덕였다.

그렇군. 이번엔 시키가 따라왔어. 저번보단 그나마 조금 더 마음이 편하군.

그리고 이 세계의 어떤 장소로 날아가 버리건, 나는 염화를 쓸 수 있다. 전쟁터로 날려갔을 때 역시 이곳은 통과하지 않았다곤 하지만, 결국은 아공으로 도망칠 기회가 있었다.

말하자면, 예전만큼 두려워할 필요는 없다는 뜻이다.

아직 확실하게 이길 수 있으리라는 보장은 없지만, 나는 조금씩 저 녀석에게 맞설 만한 실력을 갖추는 중이다.

"방금처럼 직전까지 반응을 못할 경우, 카운터로 술법을 상쇄시키는 건 불가능하군요. 미리 경계만 할 수 있었다면, 혹은 좀 더 빨리 감지할 수 있었다면 좋았을 텐데. 정말 죄송합니다."

나는 약간 겁먹은 듯이 보이는 시키에게 말을 걸었다.

"아니, 이제 시키도 납치 경험자가 된 셈이니 다음번에야말로 제대로 된 대책을 세울 수 있을지도 몰라. 나의 닻은 사실상 갈려나가기 직전까지 갔어. 요컨대 아까처럼 버텨봤자 결국 끌려올 수밖에 없었을 테니, 지나간 일에 관해선 이제 신경 쓰지마."

그 직후, 토모에와 미오로부터 염화가 들어왔다.

나는 두 사람에게 일단 전투 준비 태세로 대기해 달라는 부탁을 전달하고 염화를 끊었다.

아공으로 가서 대기하는 한편, 학원에도 대역을 배치한다. 이 또한 수많은 대책 중 하나였다.

여신에게 행동을 어느 정도로 파악되었는지 예측할 수 없는 상황이니, 돌다리도 두들겨 봐야 한다.

이번 납치로 인해 시키라는 카드는 확실하게 들켜버리겠지만, 아직 토모에와 미오에 관해선 가능한 한 숨기고 싶다는 것이 나의 희미한 바람이었다.

"아, 예. 하지만 여기서 그런 말씀을 하시는 건 너무 경솔한 판단 아닐까요? 여기서 나누는 대화 정도는 곧장 그녀의 귓속으로 흘러들어가지 않겠습니까?"

"딱히 큰 상관은 없지 않을까? 다 듣고 있건 말건 우리는 어차피 그 녀석한테 저항할 테니까. 게다가 우리가 하고 있던 일에 관해선 대충이나마 감을 잡고 있던 걸로 보이거든."

애초에 저 녀석이 그 정도까지 전지전능한 신일까?

시키의 예상만큼 대단한 녀석은 아닐 것 같다는 생각이 들었다.

솔직히 경우에 따라선 저 여신을 상대로는 우리가 준비한 납치 대책이 한 방에 통할 수도 있을 것으로 여겼다. 마족들이 예의 그 반지로 여신의 간섭을 차단하는 광경도 목격했었다. 그러면 우리도 할 수 있는 거 아닌가?

뭐, 기껏해야 딱 한 번 실패한 거야. 다음번에야말로 반드시 성공시키고야 말 테다.

여신한테도 지금 당장 우리를 죽일 마음은 없어 보인다.

"지금부터 여신을 상대해야 할 텐데…… 도련님께선 무척이나 차분하시군요."

"뭐라고 해야 하나, 신경 쓰지 않게 되었다고나 할까? 저 녀석은 정말 제멋대로거든. 나도 남 말할 입장은 아닐지도 모르지만 말이야. 만약 저 녀석이 우리한테 얼굴을 보일 마음이 있다면, 한 방 정돈 갈겨줄 수 있을지도 몰라. 저 킹 오브 막가파를 말이지."

킹이 아니라 퀸인가? 뭐, 중요한 건 아니다.

정말로 그만큼 꽤나 여유가 생긴 상태였다. 놀라울 만큼 고요한 기분이었다.

「꽤나 건방진 소릴 지껄일 수 있게 된 모양이구나, 미스미.」

기척이 나타났다. 이 공간을 완벽하게 뒤덮을 정도의 거대한 존재감이다.

시키가 몸서리를 치는 낌새가 전해져왔다.

"위대하신 여신님, 오랜만에 뵙는군요."

위치를 포착하기는…… 어려워 보이는군.

「평생 괴물들하고나 섞여 살라는 명령을 한 걸로 기억하는데, 그 말을 말끔하게 어겨 버렸지. 그리고 용사들의 전쟁터를 돕기 위해 소환했더니 정말 터무니없는 짓을 저지르더군. 이곳으로 소환되고 나서도 방금 전까지 몸부림을 치더라? 넌 자기 입장을 알긴 아니?」

멋대로 납치나 한 주제에, 완전히 아무 말 대찬치군.

터무니가 있건 없건, 갑자기 드래곤 슬레이어 같은 녀석과 싸우게 만든 너야말로 터무니없는 거 아니냐는 말로 맞받아치고 싶었다. 그리고 나는, 츠쿠요미 님에게 자유를 인정받은 몸이야.

여신이라고 불리는 버러지들의 신이 아니라, 진정한「주신님」에게 인정을 받았단 말이다.

"그때는 아무런 사전 설명조차 없이 곧장 드래곤 슬레이어 같은 무지막지한 상대와 싸워야만 했습니다. 아무리 신이시라지만, 너무 뻔뻔하셨다는 생각은 안 드시나요?"

「……신이 너희들에게 하는 행동이 뻔뻔할 리가 없잖니? 신을 섬기는 자들은 그냥 사명을 하사받은 행복을 기뻐하거나 감동이나 받으렴.」

"농담이 심하시군요. 사고방식 자체가 저와 전혀 다른 것 같으니 너무나 유감스럽습니다. 그런데, 오늘은 그 위대하신 존안을 뵐 수 없겠습니까?"

나는 은근히 건방진 태도로 응답했다.

여신의 말 하나하나가 마음에 들지 않았다. 그녀에 대한 선입견이라고 해야 하나? 첫 인상이 너무나 강렬한 탓이다.

「방금 전까지 제멋대로 지껄이던 녀석이 용케 그런 소릴 하는군. 너한테 얼굴을 보여줄 리가 있니? 마력과 기척을 차단하는 성가신 재주를 부릴 수 있게 된 덕분에, 네가 있는 곳을 탐지하느라 정말 진땀 뺐어. 설마 학원 도시로 가 있을 줄이야. 꽤나 깊숙이 숨어 다니더라? 방금 전에야 순간적으로 강한 기척이 느껴졌지만, 지금은 또 평소처럼 존재 자체를 파악하기 힘들 만큼 희미한 존재감밖에 안 느껴져. 그 덕분에 상당한 숫자의 신관들을 동원해야 했지.」

계(界)를 써서 기척을 감지한 대가로 새어 나간 마력을 곧장 포착한 모양이군.

성가시게도 기척 자체가 난반사를 일으키듯이 일정치 않다 보니, 나의 능력으론 저 녀석의 현재 위치를 포착할 수가 없다. 남을 화나게 하는 데는 정말 놀라운 능력을 지녔군.

나뿐만 아니라 시키 또한 여신의 현재 위치를 파악하지 못하고 있는 듯이 보였다.

「응? 같이 따라온 녀석은…… 휴만? 아니, 조금 달라. 하지만 마력은 분명한 휴만의…… 그건 그렇고 미스미랑 비슷하게 존재감 자체가 희미한 녀석이군.」

우리를 뚫어지게 쳐다보는 기척이 느껴졌다.

여신은 시키가 신경 쓰이는 모양이다.

그는 원래 휴만이었던 몸이지만, 마력으로 따질 땐 오히려 리치나 언데드에 가깝지 않을까?

「뭐, 큰 상관은 없어. 정체가 아인(亞人)이 됐건 골렘이 됐건, 대단한 힘은 없어 보이니 말이야. 그나저나 미스미? 지금부터 너를 리미아로 전송할 테니, 거기서 용사를 돕도록 하렴. 마족들의 기습을 받아 꽤나 불리한 상황인 모양이거든. 참나, 정말 치사한 놈들이야.」

이 녀석은 정말, 짜증나는군.

굳이 돌이켜볼 필요조차 없이, 이 세계로 와 버린 거나 그 이후의 온갖 역경들이나 모조리 눈앞의 이 녀석 때문이다. 이 녀석만

얌전히 나를 용사로 인정했다면, 지금 발생 중인 모든 문제들은 일어날 기회조차 없지 않았을까? 정말 어처구니없이 멍청한 인과 관계였다.

물론 내가 순순히 마족과 싸웠으리라는 보장은 없지만 말이야.

황야를 나다니다가 상위 용의 습격을 받거나, 휴만들에게 추하다거나 못 생겼다는 이유로 구박을 당할 일은 없었을지도 모른다. 경우에 따라선 장사조차 하지 않았을지도 몰라.

"굳이 저 같은 녀석에게 기대시기보단, 위대하신 여신님께서 스스로 나서시지요."

나는 굉장히 비아냥거리는 말투로 맞받아쳤다.

시키는 그녀가 등장한 이후론 전혀 입을 열지 않고 있다. 신과 처음으로 만나서, 말문이 막혀 버린 걸까? 말로만 대화를 나누는 것까지 만난 걸로 쳐야 하나?

그건 그렇고, 마족들의 기습을 당하고 있는 용사를 구하란 소린가?

시키가 예측한 바로는, 마족들의 진짜 목적은 리미아의 용사를 살해하는 것으로 추정된다.

여신이 일부러 나를 찾아서 부려먹을 생각을 할 정도야. 상당히 어려운 상황인 건 틀림없어 보인다. ……제국의 용사는 지원을 하러 갈 수 없는 상황인 모양이다. 그렇다면 그에 관해서도 시키의 예측이 들어맞았을 가능성이 높다는 뜻이군.

「너한테 그딴 소릴 들을 것 없이, 나도 그러고 싶은 상황이야. 하지만 세상을 다스리는 신한텐 신만의 사정이 있는 법이란다. 너따윈 감히 상상조차 못할 만큼 바다처럼 드넓은 사정이야. 제한된 간섭 정도라면 모를까, 신이 아무 때나 하계로 강림할 수 있는 줄 아니?」

여신은 정말 어이가 없다는 말투로 되물어왔다.

알 게 뭐야! 신의 존재 여부조차 확실하지 않았던 세계 출신인 나한테 물을 소리냐?

"요전번엔 마족들조차, 당신의 간섭을 차단하던 것처럼 보였는데요?"

「앞으로 똑같은 짓거리는 두 번 다시 못 하게 만들 거니까 걱정 마. —어라? 어쨌든 지금은 너랑 잡담이나 나눌 시간은 없어. 필요한 건 무조건적인 복종뿐이야. 얼른 가기나 해.」

여신의 목소리가 어렴풋이 막혔다가, 말투가 조금 더 빨라졌다.

뭔가 상황이 더 안 좋아졌나?

하지만 이대로 무작정 전이당하는 것만은 사양하겠다. 그냥 하라는 대로만 하는 건 너무 불쾌하거든. 특히 아무런 대가 없이 여신 녀석에게 이용당할 순 없다.

"가 봤자!! 최악의 경우엔 제가 마족들한테 가담할지도 모르잖아요?"

여신으로부터 일어난 마력의 작용을 느낀 나는, 큰 소리로 자신의 뜻을 전하며 마력의 닻을 다시 형성했다. 만약 정말로, 여신이 자유롭게 휴만들의 전쟁터를 지원하거나 간섭할 수 없다면, 나에게 유리한 거래 조건을 제시할 수 있지 않을까?

나는 흔치 않게 말끔한 머리로, 그런 아이디어를 떠올렸다.

아니나 다를까, 여신은 그 말을 듣자 자신의 힘을 거두어들였다.

「……제정신으로 하는 소리야? 아무리 너 같은 녀석이라도 어쨌거나 휴만의 핏줄을 이은 건 틀림없어. 그리고 용사는 네가 태어난 세계의 인간이거든? 휴만을 배신하거나 마족들에게 가담할 이유 따윈 전혀 없잖아. 할 말은 다 했니? 지금 난 한창 시시한 사춘기를 겪고 있는 어린애랑 입씨름이나 할 만큼 한가하진 않거든.」

……사춘기?

헛소리 마!!

"아하하하하하!! 정말로 이유를 모르시겠어요?! 당신을 싫어하기 때문이에요! 당신의 뜻에 따르고 싶지 않기 때문이라고요! 어때요? 저와 마족들은 마음이 잘 맞을 것 같지 않나요?!"

나는 상인 길드의 자라 대표가 태도를 완전히 바꿨던 순간을 떠올렸다.

여신의 반응을 구경해보고 싶은 마음은 없지 않아 있었지만, 나는 의도치 않게 공격적인 태도로 크게 고함을 쳤다. 이왕 이렇게 된 바엔 태도부터 좀 더 거칠게 나가볼 걸 그랬나?

하지만 온화하게 타고난 성격은 어쩔 수 없단 말이지. 옛날부터 이 모양이었으니, 아마도 평생 변함없을지도 모른다는 예감이 들었다.

—아무튼, 태도에 관해선 일단 그냥 넘어가자.

사실 여신이 거래에 응하건 말건, 나한텐 크게 중요하지 않았다. 리미아로 가서 용사를 구하기가 아주 싫은 건 아니거든. 여신을 상대로 거래를 시도한다는 행동 자체가 아직 성급하다는 느낌이 들기도 한다. 어디까지나 즉흥적인 착상인데다가, 요구사항조차 정하지 않았다.

애초부터 나 혼자 앞장서서 좋은 결과를 얻은 적이 있긴 있나?

답은 쓰라릴 만큼 예상이 가!

하지만!

예전과 다를 바 없는 말투의 여신을 상대하다 보니, 도저히 참을 수 없을 만큼 화가 났다.

목구멍까지 치밀어 올라온 뭔가가, 지금의 자신이 순수한 감정에 따라 움직이고 있다는 사실을 증명하고 있었다.

「설마 이 정도로 어리석었을 줄이야…… 마치 떼를 쓰는 어린아이 같구나. 이 세계의 유일한 신인 나를 부정해서, 도대체 뭘 어쩌려는 거지? 너나 마족들이나, 아니, 이 세계의 모든 주민들은 나의 가호 없인 살아갈 수조차 없는데 말이야.」

"웃기지 마. 나는 그런 가호 따윈 없는 세계의 주민으로서 십 몇 년이나 살아온 몸이야. 나한텐 오히려 신에게 완전히 복종하는 방식으로 살아온 휴만들이 전혀 이해가 안 가!!"

축복이라느니 가호라느니, 휴만이라는 족속들은 전부 다 어딘지 모르게 이상하다.

마술이나 기술이나, 약간이나마 자신들의 힘으로 발전시키고 싶다는 생각은 전혀 못 하나?

여신 또한 마찬가지였다. 자기 자신이야말로 유일한 신이라는 식으로 거들먹거릴 거면, 외모를 갈고닦기보단 사람들을 올바르게 이끌어야지. 쓸데없이 아인들을 차별하는 편협한 사고방식만 가르지 말고 말이야.

「네가 살던 세계와 다른 세계를 똑같은 기준으로 판단하고 있다는 것 자체가, 어리석다는 증거란다. 나는 이 세계의 절대적인 법이야. 순순히 복종할 마음이 없는 녀석 따윈, 지금 당장 지워버릴 수도 있거든?」

“어설픈 협박이군. 만약 네가 정말로 그런 짓을 할 수 있었다면, 예전에 거의 납치나 다를 바 없는 수단으로 나를 전이시켰다가 되돌릴 때라도 나를 제거했을 거야. 나는 네 의도대로 움직이지 않는 모양이니, 너는 「절대적인 법」 따위가 아니야. 거짓말을 하고 있어. 신들이 다 얼어 죽었냐? 이 일그러진 세계 하나조차 제대로 못 다스리는 불량품 주제에!”

여신에 관해선 지금껏 여러 가지 경우의 수를 생각해 왔다.

이 녀석은 예전의 내가 상상하던 유일신이나 절대신 같은, 전지전능한 종류의 초월적인 존재는 아닌 것으로 보인다. 우선 이 세계의 현재 상황이 그러한 추론을 가능하게 만든다.

지금 당장 뭔가 신들의 법 같은 특수한 조항 때문에 직접 손을 쓸 수 없으니, 나한테 자기 대신 용사를 구하러 가라는 거잖아?

고육지책을 쓸 수밖에 없는 상황이 나한테까지 뻔히 비쳐 보였다.

「……그러니? 나의 영역으로 불러준 것만도 너한텐 과분한 취급이었던 모양이구나. 나의 얼굴을 볼 일조차 없이, 너는 여기서—.」

어…….

등줄기를 타고 올라오는 차가운 기운이 느껴졌다.

「여신님, 면회를 희망하시던 분들께서 더 이상 기다리게 만들 생각이시거든 실력으로 쳐들어오시겠답니다!」

갑작스럽게, 또 다른 목소리가 우리가 서 있던 공간으로 울려 왔다. 상당히 초조한 분위기군.

여신은 조바심을 숨길 수 없다는 목소리로, 또 다른 목소리를 향해 대답했다.

「크! 도대체 몇 번이나 들이닥칠 생각이지?! 안 만나고 싶다는 뜻이니까 제발 좀 알아들어!」

등줄기로 느껴졌던 차가운 기운이 물러가자, 천천히 마음이 가라앉았다.

치밀어 올라왔던 덩어리가 조용히 위장 속으로 되돌아가는 느낌이군.

……말이 너무 지나쳤나?

너무 화가 나다 보니, 이성을 무시한 폭언을 내뱉고 말았다.

이 녀석을 상대로 냉정한 정신 상태를 유지하는 건, 지금의 나한텐 아직 어려운 모양이다. 하지만 그만큼 하고 싶은 말이 잔뜩 쌓여 있었다. 용건을 듣자마자 저 녀석의 편리한 심부름꾼 노릇을 하는 것만은 도저히 참을 수가 없었다.

만약 지금 여기서 이 녀석과 한판 붙게 될 경우, 과연 어느 정도까지 싸울 수 있을까?

솔직히, 도전해보고 싶은 생각이 드는군. —아니, 그러려고 마음을 먹고 있었다.

하지만 정신을 차리고 주위로 시선을 돌린 순간, 덜덜 떠는 시키의 모습이 나의 시야로 들어왔다. 저건 흥분으로 인한 떨림이 아니야. 순수한 공포로 인해 온몸을 떨고 있는 것이다.

어쩌다 보니 시키를 대단히 위험한 곳까지 데리고 와 버렸다.

솔직히 지금의 나로선 진지하게 여신과 싸울 경우의 승률을 정확히 예상하기는 어려웠다.

뭔가 자신만의 지표를 가지고 있는 시키가, 그로 인해 떨고 있는지도 몰라.

여신한텐 나를 제거할 수 없는 특별한 이유가 있을 것으로 예상했지만, 혹시 간단한 반칙으로 극복할 수 있을 정도의 장애물이었나? 그럴 경우, 역시 아직은 시기상조일까…….

뜬금없이 난입해 들어온 여신의 부하 같은 목소리한테 조금 감사하는 마음이 들었다. 님프라는 이름으로 불리는 존재들이던가.

나한테 있어선 생각을 정리할 시간이 주어진 셈이다. 여신들의 목소리가 새어 들려왔다.

「하오나, 원초의 세계로부터 오신…….」

「알았어! 금방 따라갈게! 너는 돌아가서 저 녀석들을 좀 말려—.」

「꺄, 끼야아아아아아아아아아악!」

갑작스럽게, 심상치 않은 비명소리가 울려 퍼졌다.

「큭, 설마 억지로?! 저 단세포!」

저 녀석이 뚜렷하게 당황하고 있다는 느낌이 목소리로부터 전해져 왔다.

「미스미! 네 불만에 관해선 잘 알아들었어! 앞으론 두 번 다시 만나지 말자. 지금부턴 네가 적극적으로 휴만들과 적대하지 않는 한, 난 너한테 간섭하지 않을게. 이제 만족했니?」

상당히 나쁘지 않은 제안이라는 느낌을 받았다.

하지만 나의 자존심이 그녀의 제안을 순순히 받아들이는 걸 허락하지 않았다. 조금 전까진 가볍게 제거당할 뻔한 입장이었을지도 모른다지만, 여신에 대한 분노가 시들어든 건 아니거든.

직접 싸우진 못할망정, 뭐가 됐건 되갚아주고 싶었다.

"그 정도론 모자라군. 네 요청으로, 나하곤 직접 상관없는 용사를 구하러 가라는 거잖아?"

「……오호라. 이제 보니 뭔가 상을 받고 싶어서 투덜거리던 거구나? 흥, 나는 인간들의 그렇게 탐욕스러운 점이 마음에 안 들어. 나의 휴만들한테서도, 기초가 된 인간들의 그 부분만은 도저히 제거할 수가 없더라. 휴만들의 아이로 태어나서 인간으로서 살아온 너한텐 잘 어울리는 모습이야. ……그나저나 방금 목숨을 건진 것부터 시작해서, 오늘의 넌 정말 운이 좋아. 지금은 교섭하는데 쓸 시간조차 아깝거든. 소원을 말하렴. 다만, 지금 당장.」

지금 당장?! 어떡하지? 갑자기 소원을 말하라니?

솔직히 말해서 아무 생각 없이 순전히 딴지를 걸기위한 목적으로 한 소리라, 알맞은 소원이 금방 떠오르지 않았다. 지금의 나한테 뭔가 필요하긴 한가?

장비품은 드워프들이 만들어준다. 마법에 관해선 이미 눈앞의 여신 녀석에게 받은 「이해」가 있는데다가, 아마도 마력의 양만은 이미 여신조차 능가하고 있는 걸로 안다. 이왕 이렇게 된 바엔 겉모습이나 바꿔달라고 할까? ……터무니없는 헛소리군. 나는 태어난 날부터 지금까지 이 얼굴로 살아왔어. 이 녀석한테 신세를 지면서까지 미남이 되고 싶다는 마음은 전혀 없다.

어쩌지?

「이제 마감 시간이야. 설마 바라는 것조차 정하지 않은 상태로 욕심부터 부릴 줄이야, 정말 상식 밖으로 탐욕스러운 녀석이군.」

"……이 분께 공통어의 축복을 선사해주시길 바랍니다. 지금까진 신전으로 가서도 당신에게 들키지 않기 위해 부탁을 드리지 않았거든요."

멍하니 서 있던 나의 옆으로부터, 제3자의 목소리가 끼어들었다.

시키?

그러고 보니 나한텐, 언어에 관한 문제가 있었다. 공통어를 쓸 수 있게 될 경우, 편리하긴 하겠지. 필담을 쓰는데 너무 적응한 나머지, 전혀 떠오르지 않은 아이디어였다.

그리고 이 정도는 너무 크지 않은, 적당한 수준의 소원이라는 생각이 드는군.

「네 발언을 허락한 기억은 없단다, 졸개야. 하지만…… 흐음. 미스미네 아들아, 혹시 정말로 공통어를 못 쓰는 거야?」

"못 써. 네가 나한테 건 저주 때문이지."

「나는 휴만의 언어만을 제외한 이해의 능력을 하사한 것뿐이야. 학습을 통해서도 터득하지 못 한 건, 그냥 네가 아인들만도 못한 저능아라는 증거란다. 실제로 걔들은 자기들끼리 배운 공통어를 구사하고 있잖니?」

"……쓸데없는 말다툼을 시작할 시간은 있나 보구나, 여신?"

어, 아주 자연스럽게 반말이 나오는군. 도대체 난 얼마나 이 녀석을 싫어하는 거지?

「더 이상 존칭을 붙일 생각은 없나 봐? 정말 지독하게 신경에 거슬리는군. 역시 나의 세계를 버린 자들의 자식이야. 좋아, 그 정도야 선불로 치러줄게…… 어라, 안 들어가잖아? 이상한데? 겨우 이 정도 용량이 안 들어갈 리가 없는데?」

나의 머리통과 그 알맹이를 양손으로 마구 주무르는 듯한, 유별난 느낌이 전해져왔다.

공통어의 축복이라는 과정이 이렇게 구역질나는 거였단 말이야?!

"큭, 으윽."

「아프니? 특이하네. ……하지만 불만은 없지? 이걸 바란 장본인은 다름 아닌 너 자신이거든. 결과에 관해선 난 몰라. 네가 나중에 죽든 말든 내 책임이 아니라는 건 명심하셔.」

머릿속을 뒤집어엎는 느낌이 더욱 강해졌다. 마치 반죽이라도 당하는 듯한 섬뜩한 감촉과, 편두통을 연상케 하는 예리한 통증이 단속적으로 울려 왔다.

윽, 기분은 정말 최악이야.

이 녀석한테 괴로워하는 목소릴 들려주는 건 죽어도 싫으니, 잔뜩 일그러뜨린 표정으로 고통을 버텼다. 복받쳐 오르는 세찬 구역질을 참기 위해, 있는 힘껏 입을 틀어막았다.

「흥, 이제 끝났어. 아무튼 이걸로 약속은 이루어진 거야. 너는 사람의 몸으로 신에게 약속을 제안한 셈이니, 지키지 못할 땐 단단히 각오하렴. 용사에게 다가오고 있는 위기를 물리친 다음…… 그리고 덤으로 저 스텔라 요새라는 데까지 함락시키고 와. 실패는 곧 죽음이야. 아니, 죽는 한이 있더라도 반드시 성공시켜.」

"의뢰의 내용, 은…… 용사 구출과, 스텔라 요새를 공략하라는 거군. 이 두 가지가 틀림없지?"

나는 여신에게 거래의 내용을 다시 한 번 물었다.

젠장, 혹시 이 고생을 하고도 공통어를 습득하는데 실패할 경우엔 이 녀석은 절대 용서 못해.

「……그렇다니까, 얼른 꺼지기나 해! 윽, 벌써 왔단 말이야? 지금 갈 테니까—.」

갑작스럽게 몸이 붕 뜨는 감각이 느껴졌다.

이 느낌까지, 요전번과 마찬가진가?

여신의 기척이 그녀의 목소리와 함께 급격히 멀어졌다.

상대방이 대답을 하건 말건, 자기 할 말만 실컷 지껄이는 성격은 기본적으로 변함이 없군. 방금 전의 교섭이 성립된 것 자체가 기적으로 여겨질 정도야.

혹시 원초의 세계로부터 온 손님들의 방문이 교섭의 호재로 작용한 건가? 아무쪼록, 저 버러지가 그 손님들한테 호된 꼴을 당하게 해주세요.

"도련님, 코피가…… 게다가 눈에서도 피가 흘러나오는 중입니다."

코 밑과 눈가를 손으로 문지르자, 끈끈한 피가 묻어 나왔다.

"어, 진짜네? 젠장, 저 자식이 설마 남의 몸에다가 엉뚱한 수작을 부린 건 아니겠지?"

코피 정도야 흘린 경험이 없는 건 아니지만, 피눈물은 좀 장난 아니거든?

"도련님, 저자는…… 역시나 신은 틀림없더군요. 제 능력 정도로는 전혀 도움을 드릴 수 없으리라는 예감이 들었습니다. 하지만 언젠가…… 아니, 머지않아 반드시—!"

여신과 만난 시키는 자신의 무력함을 뼈저리게 깨달아 버린 모양이다. 나중에 시키로부터 이 얘기를 듣게 될 토모에와 미오는 어떤 느낌을 받을까? 조금 궁금하군.

그러나 시키는 자신의 분한 감정을 마지막까지 말로 표현할 수 없었다.

나와 시키의 몸이 외적인 힘의 영향을 받아 서로 달라붙었다.

어디론가 억지로 쑤셔 넣는 것 같은 불쾌한 감각이 몸 전체를 에워쌌다.

그리고…….

온몸이 뒤틀리는 감촉을 맛보던 우리 둘은, 급격히 아래 방향으로 사출되었다.

아마도 저번과 마찬가지로, 엄청나게 높은 고고도(高高度)의 상공으로부터—.

"우, 오오오오오오?!"

갑작스럽게 수직으로 낙하하기 시작한 시키가, 몹시 당황하는 모습을 보였다.

"시키, 네 결심을 듣고 나니 정말 기뻐. 우리 둘 다, 최선을 다해 보자."

"도련님?! 이, 이, 이, 이건 도대체?!"

"난 벌써 세 번째거든. 이제 슬슬 해탈할 참이야. 앞으론 테마

파크의 무서운 놀이기구들 같은 건 아무렇지도 않으리라는 생각이 드는군. 아마 리미아 왕도로 직행하는 길일 거야.”

아우성치는 시키에게 안긴 채로 구름을 뚫고 지나가, 아마도 전쟁터를 향해 떨어지는 중이다. 시야가 빙빙 도는 가운데, 의외로 나는 지극히 냉정한 정신 상태를 유지하고 있었다.

격돌의 순간까진 아직 시간이 꽤나 많이 남아 있는 것으로 예상된다.

착지 제어는 셀프 서비스로 해야 할 테니, 일찌감치 움직일 필요가 있겠군.

저 여신 녀석한테, 츠쿠요미 님처럼 착지하는 순간의 몸을 지키는 보호막을 펼쳐주는 식의 센스는 기대할 수가 없거든. 그렇군. 여신은 지금쯤 몹시 바쁠 테니, 토모에와 미오에게 우리의 위치를 전달해서 여기로 불러들일까?

……잠깐만.

토모에와 미오—, 이 두 사람이 버티고 있는 이상…….

다름 아닌 눈앞의 시키가 하던 말이다.

아공의 주민들을 좀 더 높게 평가해야 한다는군.

이왕 이렇게 된 바엔, 응.

지금부터…… 움직여 보자.

때마침 전 세계가 딱 알맞게 혼란에 휩싸인 것처럼 보이거든.

‘토모에, 미오.’

나는 두 사람에게 염화를 걸었다.

시키는 아직 절찬 혼란 중인 모양이니, 그에 대한 지시는 잠시

후로 미루자.

'……무사하셨던 모양이군요, 도련님. 별일 없으셨습니까?'

곧장 토모에로부터 대답이 돌아왔다. 미오 역시 거친 콧김 소리가 들려올 만큼 크게 답했다.

'또 그 여신이군요! 이번엔 무슨 짓을 당하셨나요, 도련님?! 다치신 데는 없으신가요?!'

'두 사람 다 너무 걱정하지 마. 이번엔 시키가 그 녀석의 존재를 느껴 봤으니, 나중에 물어봐서 참고로 삼도록 해. 그건 그렇고, 두 사람한테 부탁이 있어.'

'물론 어디가 됐건 곧장 행차하겠습니다. 지금 계신 곳은 어느 부근이십니까?'

'맡겨만 주세요!! 지금 당장이라도 곁으로—.'

'지금은 아마도 리미아 왕도 상공인 것 같군. 하지만 두 사람까지 여기로 올 필요는 없어.'

'……?!'

'예?!'

토모에와 미오가 나의 말을 듣자마자 몹시 놀랐다.

으음—, 어떡하지?

익인이나 고르곤들은 역시 아직 불안하다.

그런 고로…….

'토모에, 미오. 여긴 나와 시키만으로도 아무 문제없어 보여. 그런 고로 너희 둘과, 하이랜드 오크와 미스티오 리자드들로부터 희망자들을 모집해서—.'

나는 거기서 일단 말을 멈췄다.

토모에는 지금부터 내가 하려는 말 정도는 예상하고 있으리라. 말로 표현할 수 없는 열량과 뒤섞인 그녀의 감정이, 염화 너머로도 전해져왔다.

'켈류네온을 함락시켜.'

그 장소에 관한 정보 자체를 잘 모르는 나로서는, 자세한 지시 따윌 할 수 있을 리가 없었다. 따라서 추가로 대략적인 몇 가지 사항만을 전달한 다음, 자세한 지휘는 토모에와 미오에게 맡겨야 한다. 로나가 일으킨 변이체 소동으로 인해 원래 세우던 계획과 약간 다른 형태를 취할 수밖에 없었지만, 우리의 작전을 발동시킬 순간이 온 것이다.

나는 염화를 끊으며 크게 숨을 내쉬었다.

지금 당장, 우리가 할 일은…….

전쟁터가 가까이 다가오고 있다는 사실을 강하게 인식할수록, 특이하게도 머릿속이 차갑게 맑아지는 감각이 느껴졌다. 나한텐 어차피 남들보다 뛰어난 재능 같은 건 없지만, 이럴 땐 조금 가슴이 설레는군. 껍질을 벗는 순간처럼, 한 단계 위로 발걸음을 옮기는 감각이야.

"시키! 착지 제어는 내가 할 테니까, 한동안 모습을 숨길 수 있도록 주위를 어둠으로 뒤덮어줄 수 있을까?"

"아, 알겠습니다. 곧바로 시작하겠습니다."

"그리고 말인데……."

눈 아래 펼쳐진 커다란 도시가 불타고 있는 광경이 우리의 시야로 들어왔다.

밤을 밝히는 불빛 따위가 아니라, 도시를 태우고 있는 불꽃들을 확실하게 육안으로 확인할 수 있는 거리였다. 아슬아슬하게 지각은 모면한 모양이군.

황금색 빛의 꼬리가 달린 검은 구슬에 휩싸인 나와 시키는, 리미아의 왕도로 추락했다.

◇◆◇◆◇

"……이봐, 미오."

"……."

"피가 끓어오르는구나."

"……그렇군요. 온몸이 떨릴 정도로요."

아공의 토모에와 미오는, 서로에게 등을 돌린 채로 제각각 눈을 동여감고 있었다.

여신의 간섭으로 인해, 두 사람의 주인은 또다시 어디론가 납치를 당하고 말았다.

두 사람은 마코토와 함께 다니다가 같이 끌려간 시키에게도 할 말이 없지 않아 있었지만, 너무나 충격적인 마코토의 말로 인해 그런 세세한 문제들은 까맣게 잊어버렸다.

그것은 마코토의 사고방식이 변화했다는 사실을 느끼게끔 하는 명령이었다.

"이제 아공은 4계절을 손에 넣겠지요. 기쁜가요, 토모에?"

"후후. 다 아는 주제에 묻고 있구나, 미오. 지금은 「그딴 일」로 신경 쓸 때가 아니로다."

토모에는 자신의 몸을 지배하는 기쁨의 감정과 끝없이 고조되는 사기로 인해 떨리는 몸을 겨우 가누면서 입가를 일그러뜨렸다. 그녀가 마코토에게 아공의 4계절을 바라던 것은 틀림없다. 그런데 지금 그녀는 그러한 자신의 소원을, 「그딴 일」이라고 말한 것이다.

"처음이구나. 도련님께서 자신을 위해 전쟁터로 나아가 싸우라고 명령하신 건 말이야. 그렇군, 이런 기분을 느낄 수 있단 말인가……. 켈류네온을 원하시던 도련님께서, 우리에게 「손에 넣어 와라」는 명령을 하셨다. 크흐흐, 크크크크큭!"

"정말로…… 저 분을 위해서 움직일 땐 언제나 똑같이 기쁘지만, 오늘처럼 직접 다 맡긴다는 말씀을 듣는다는 것이 이렇게나 기분 좋을 줄은 몰랐어요."

그녀들에게 있어서 특히나 중요한 사건은, 마코토가 드디어 자발적으로 명령을 했다는 사실이었다. 지금껏 마코토에게 여러 가지 부탁이나 명령을 받은 적이 전혀 없는 것은 아니었다.

하지만 그럴 땐 꼭, 마코토가 순수하게 원하던 바를 이루려했다기보다는 다른 의도가 섞여 있던 경우가 태반이었다. 켈류네온이라는 토지에 관한 사항들 또한, 원래는 롯츠갈드 학원의 사서로 일하던 에바로부터 획득한 정보였다. 하지만 마코토는 부모님의 출신지였던 그 나라에 관해 강한 관심을 보였다. 그가 혼자서 여러모로 궁리를 한 결과, 「자신에게 필요하다」는 결론에 다다른 것이다.

미스미 마코토는 토모에와 미오의 주인이었다. 그가 원하는 것을 그의 명령에 따라 손에 넣어 바치고 싶다. 어디까지나 주인의 사적인 목적을 이루기 위한 행동이다.

두 사람에게 있어선 그것이, 정말로 견디지 못할 만큼 너무나 기뻤던 것이다.

"도련님께선 우선은 이 몸이 지정한 장소만이라도 상관없다는 식으로 말씀하셨다만…… 따로 말할 필욘 없겠지, 미오?"

"물론이죠. 그 일대 전체로부터 마족들과 그 졸개들을 모조리 지워버리자고요."

"음. 당장이라도 출발해서 단 둘이 날뛰고 싶은 참이지만, 도련님께선 아공의 종족들이 지니고 있는 실력까지 인정하기 시작하신 모양이다. 그런 고로 녀석들에게도 우리의 기쁨을 나눠줘야 하는 상황이로구나. 같은 아공을 삶의 터전으로 삼는 도련님의 백성으로서 말이야."

"……도련님의 말씀은 따라야지요. 리자드와 오크들을 데려가라고 말씀하셨죠?"

마코토는 두 사람에게 최소한의 필요한 지시 사항은 전달했다.

일찍이 켈류네온이라는 나라였던 장소의, 토모에가 예전에 지도로 가리킨 지점 부근을 손에 넣어 오라는 것이 그의 명령이었다.

그리고 그 땅을 공략할 땐 토모에와 미오 두 사람뿐만 아니라 희망자들에 한해 하이랜드 오크와 미스티오 리자드들의 참가를 인정한다는 것이다.

아공을 삶의 터전으로 삼는 아인이나 마물들을 단순히 본인의 비호 아래 함께 사는 이웃으로만 바라보던 기존의 마코토로부턴 상상조차 할 수 없는 발언이었다.

하지만 그가 그런 발언을 한 것은, 틀림없는 사실이다.

마코토의 명령은 희망자들만 받아들이라는 취지였지만, 토모에와 미오는 확신하고 있었다.

그의 발언이 알려질 경우, 롯츠갈드로부터 호출 받을 때를 대비하여 대기하고 있는 부대 이외의 인원들까지 참가를 희망할 것이 틀림없었다.

오히려 토모에 같은 경우엔 이미 롯츠갈드로 불려 나간 리자드들이야말로 꽝을 뽑은 걸지도 모른다는 생각이 들고 있었다.

곧장 마코토의 집을 나선 두 사람은, 각각의 종족들에게 사정을 알리러 갔다.

그리고 잠시 후, 토모에가 향한 리자드 종족의 거주지와 미오가 향한 오크 종족의 거주지로부터 엄청난 포효소리가 울려 퍼졌다.

환희로 가득 찬 외침소리였다.

만족스럽게 고개를 끄덕인 토모에와 미오는, 출격에 관한 마코토의 발언과 목적을 진지하기 그지없는 표정의 전사들에게 알렸다.

"도련님께선 다른 장소로 가셔서 싸우고 계신다. 명심해라, 완전한 승리를 도련님께 바쳐라."

"너희들이 아공으로 와서 겪은 훈련의 나날들이나 드디어 그 실력을 인정해주신 도련님을, 어느 한쪽이라도 저버리는 건 용납할 수 없습니다. 죽을힘을 다해 임하도록 하세요."

선두에 선 토모에와 미오의 목소리가 조용히 울려 퍼졌다.

곧이어, 아공의 주민들 또한 좀처럼 구경하기 힘들 만큼 거대한 안개의 문이 나타났다.

그 단 한 순간만은, 아무도 입을 열지 않았다.

앞장서 나아가는 두 사람의 뒤를 쫓아, 리자드와 오크의 혼성 부대가 안개의 문 속으로 지극히 조용하게 사라졌다. 가슴속의 뜨거운 감정을 내뱉고 싶지 않았던 걸까? 폭발을 일으킬 그 순간까지 차분하게 힘을 모으고 싶은 걸까? 지금으로선 전혀 짐작조차 가지 않았다.

아공의 군단은 오늘, 처음으로 출진한다.

2

"피곤하다는 식으로 핑계나 댈 때는 아니니까요."

미오가 왼손을 앞으로 뻗었다.

특별히 강한 힘을, 손이 아니라 옷소매로부터 해방시키는 이미지로 발사했다.

그녀를 중심으로 보이지 않는 마력이 빠르게 퍼져 나갔다. 아마도 그 마력을 눈으로 확인할 수 있는 자들은, 겹겹이 펼쳐진 거대한 거미줄 형태의 흐름을 목격할 수 있으리라.

미오가 사람의 몸을 손에 넣은 이후로, 서툴던 감지 능력을 강화하고자 터득한 술법이었다.

"네 녀석한텐 크게 기대하고 있다, 미오."

옆에 서 있던 팔짱을 낀 자세의 토모에가, 곁눈질로 미오를 흘겨봤다.

"예, 얼마든지 기대하세요. 곧바로 출발합니다."

켈류네온—.

일찍이 휴만 종족의 약소국이 자리 잡고 있던 장소였다.

미스미 마코토— 아니, 쿠즈노하 상회의 대표인 라이도우를 따르는 자들이 지금, 이 땅을 밟고 있었다. 앞장선 토모에와 미오의 등 뒤로, 수많은 마물들이 즐비하게 늘어서 있었다. 황야의 종족들이던 하이랜드 오크와 미스티오 리자드들이다. 숫자야말로 전부 합쳐봤자 100명 미만이었으나, 하나 같이 강력한 전투력을 지닌 숙련된 전사들이었다.

다들 완전무장한 상태로 달빛을 받고 있다 보니, 가끔씩 무기들이 무디게 빛을 반사시켰다.

그러한 그들이, 미오의 말에 호응하듯이 힘차게 「오오!」라는 탄성을 질렀다.

"그물(레이더)을 공유(링크)하다니. 참으로 편리한 기술이로고. 아주 간편하게 주위의 상황을 손바닥 들여다보듯이 파악할 수 있으니까 말이야."

토모에가 만족스러운 듯이 중얼거렸다.

미오가 본인의 감지 영역을 다른 이들과 공유한 순간이었다.

범위로는 약 20킬로미터 정도였다. 이번 작전을 전개할 영역을 고려할 땐 충분하고도 남는 넓이였다. 실질적으로 그녀가 감지할 수 있는 범위는 훨씬 드넓었으나, 그 모든 정보를 공유할 필요까진 없을 것으로 판단한 결과였다.

예외적으로 토모에하고는 모든 영역에 관한 정보를 공유했지만, 오크와 리자드들을 상대로는 작전 구역을 포함한 한정적인 범위의 정보를 공유하는데 그쳤다.

토모에의 레이더라는 표현은 실로 너무나 적절하기 그지없는 단어 선택이었다. 아공의 부대는 지금, 각자의 머릿속으로 레이더를 열람하고 있는 거나 다름없는 상태였기 때문이다.

그들은 아직 적들과 맞부딪치지도 않은 상태로, 지금부터 공략할 거점을 지키고 있는 적들의 숫자나 병력들이 집중된 장소 등을 완전히 파악하고 있었다.

"아무튼, 지금부터 야습의 시간이군요. 과연 얼마나 발버둥을 쳐줄까요……?"

미오가 대담무쌍한 미소를 지어 보였다.

"선전포고는…… 필요 없다. 이미「하고 오는 길」이거든. 이번엔 철저하게 도련님의 뜻을 따를 뿐이야."

"그렇고말고요. 아아…… 더 이상 못 참겠어요. 갈게요. 먼저 실례합니다."

미오가 한 걸음을 내딛자마자 신기루처럼 자취를 감췄다.

"음, 미오! ……어쩔 수 없긴 한가? 이 몸 또한 완전히 같은 생각이거든. 잘 들어라, 이 몸 역시 오늘밤엔 힘 조절을 못할지도 모른다. 미오는 요새의 깊숙한 곳으로 들어갔나? 좋아, 이 몸은 아공의 문을 확보하러 가마. 한동안 이 몸이나 미오한텐 가까이 다가오지 마라."

미오의 행선지를 확인한 토모에는 미소를 짓더니, 부대를 향해 고개를 돌렸다.

오크와 리자드들은 일상적으론 좀처럼 볼 기회가 없는 투지로 가득 찬 토모에의 표정이나 말투와 접하자마자 진지한 표정으로 고개를 끄덕였다. 그들 또한 숨길 수 없는 흥분이 깃든 눈동자로 토모에를 마주보고 있었다.

"너희들 또한, 우리와 똑같은 마음인 걸로 안다. 하이랜드 오크여, 미스티오 리자드여! 마음껏 날뛰어라! 도망치는 자들을 쫓아갈 필요는 없다. 명심해라, 이 싸움은 표면적으론 **켈류네온과 마족 간의 전쟁**이다."

토모에는 일단 거기서 말을 끊더니, 크게 숨을 들이마셨다.

단숨에 뽑아든 일본도를 하늘로 치켜들어, 모든 이들의 뜻을 한데로 모았다.

"도련님께 바치는 전쟁이다! 반항하는 모든 자들을! 철두철미하게! 짓밟아라!!"

말을 마치자마자, 땅을 박찬 토모에가 허공으로 날아올랐다. 그리고 곧장 안개로 휩싸이자마자 자취를 감췄다. 엄청난 포효소리가 그 일대로 울려 퍼지는가 싶더니, 그 여세를 몰아 하늘을 향해 각양각색의 브레스가 번쩍거렸다. 미스티오 리자드 종족의 것이었다.

그것이 바로 전투의 시작, 아니, 섬멸의 시작을 알리는 신호탄이었다.

대군이라곤 도저히 표현할 수 없는 소규모의 부대가, 대군 못지않은 엄청난 땅울림 소리와 함께 앞으로 행군해 나아갔다. 그들의

목적지는 켈류네온을 지배하는 마족들의 본거지였다. 현재는 거리였던 곳을 일부 개조해서 군사 요새로 사용되고 있는 장소였다.

이 땅에 주둔 중인 마족 군대의 규모는, 토모에가 사전조사를 추진하던 단계까진 대략 2000명 정도였다. 전선을 맡길 수 있을 만큼 숙련된 병력은 아니었으나, 일반적인 실전 정도는 충분히 치르고도 남을 정도의 전투력을 유지하고 있는 부대였다. 먼저 내부로 잠입한 미오에게 순간적으로 정신이 팔리긴 했지만, 외부로부터 쳐들어오는 마물 혼성 부대의 존재를 감지하는 데 한 순간 늦어졌을 뿐이었다. 곧 신속하게 대응 체제를 구축하기 시작했다.

굳게 닫혀 있는 문으로 방어력을 강화하는 술법을 건 다음, 외벽 위로 궁수와 마술사 부대를 배치함으로써 적의 위치를 파악했다. 그리고 곧바로 반격을 개시했다.

내부로 잠입한 미오가 날뛰고 있다는 사실을 고려하자면, 가히 높게 평가할 만한 반응속도라 할 수 있었다. 그러나 오늘은 상대가 너무 안 좋았다.

물론 방어 부대로서야 알 도리가 없었으나, 지금 쳐들어오는 상대들은 위험하기 짝이 없는 「세계의 끝」을 너무나 당연하게 삶의 터전으로 삼아온데다가 아공으로 이주한 이후로도 상위 용이나 재앙의 검은 거미뿐만 아니라 「마인(魔人)」에게 단련을 받아온 터무니없는 집단이었던 것이다. 게다가 그렇지 않아도 강적인 그들은, 알 수 없는 이유로 사기가 하늘을 찌르는 상태였다. 평범한 부대로는 도저히 감당할 방도가 없는 적들이었다.

사실 토모에나 미오의 능력으로 요새 내부를 행선지로 삼은 전이 술법을 실행할 경우, 오크와 리자드들은 외부로부터 성문을 돌파할 필요조차 없었다. 하지만 그들은 일부러 마족들과 정면 승부를 치르기를 바란 것이다.

모든 것은 머나먼 땅으로 가서 싸우고 있는 주인에게, 자신들의 힘을 증명하기 위한 행동이었다. 켈류네온의 요새는 그들이 자신들의 주인에게 바치는 공물이었다.

화살이건 술법이건, 그들을 향해 발사된 공격들은 모조리 막혔다.

단 한 발조차 명중되지 않았다.

뭔가 다르다— 전투를 시작한 방어 부대가 이변을 감지했을 땐 이미 늦었다.

습격자들이 움직였다.

"가세요!"

오크치고는 꽤나 가냘픈, 술사 같은 분위기의 여성이 손짓을 한 순간—.

"알겠다!!"

칼날이 달린 거대한 메이스를 든 커다란 체구의 오크 전사, 아가레스가 힘차게 고함을 질렀다. 그가 대지를 박차자마자 그 몸이 붉게 빛나더니, 전방을 향해 사출되듯이 하늘을 날았다.

용감하게 명령을 한 여성은 다름 아닌 에마였다.

단독으로 적진을 향해 파고들어간 아가레스에게 고성능 강화 마법을 건 다음, 다시금 그녀는 외벽 위로부터 들어오는 공격을 방어하기 위해 움직였다. 사무직으로 활약하는 평상시의 그녀로부턴 감히 상상조차 되지 않을 만큼, 지금의 에마는 전사의 표정을 짓고 있었다.

문으로 파고들어오는 오크들의 의도를 알아차린 방어 부대의 마족들은 곧장 반응을 보였다.

"방어벽의 강도는?!"

"충분해! 술법을 다시 거는 방법이건 물리적으로 보강하는 방법이건, 즉시 대응할 수 있어!"

"좋아, 우선 저 오크부터 제압하자!"

포물선을 그리는 궤도로 문을 향해 급속히 접근하던 하이랜드 오크들에게, 마족들은 온힘을 다한 집중 공격을 날렸다.

"우오오오오!! 그 정도론 나를 막을 수 없다아아아아!"

커다란 덩치의 아가레스가 자신의 거구 못지않게 거대한 메이스를 양손으로 다잡더니, 있는 힘을 다해 치켜들었다. 그리고 그 자세 그대로, 문을 향해 그 일격을 날렸다.

마치 천둥이라도 친 듯이, 더욱 커다란 소리가 한밤중의 요새로 퍼져 나갔다.

이윽고 자욱이 일어난 연기의 한 가운데로부터, 커다란 그림자 하나가 일어났다.

아직 시야는 개이지 않았으나, 요새를 지키던 튼튼한 문이 잔해만 남은 것은 틀림없었다.

적들이 요새 안으로 침입해 들어오는 사태를 저지하고자 달려나온 여러 그림자들이, 오크 전사를 포위하자마자 공격을 가해 왔다. 하지만 그들의 결말은 무참하기 짝이 없었다.

아가레스가 메이스를 잽싸게 두 번 정도 휘두르자, 돌진해 들어

오던 모든 그림자들은 원래 오던 방향으로 날아가 버렸다.

"황야의 돼지를 얕보지 마라. 머릿수가 적다는 이유로 방심하지 마! 온힘을 다해 덤벼라! 나보다 강한 자는 이 뒤로 얼마든지 있단 말이다! 약해 빠진 적들을 상대론 우리가 온힘을 다할 수 없지 않나!"

요새의 화톳불을 받아 붉게 빛나는 아가레스가, 목청껏 외쳤다.

"나를 따르라—!!"

아공의 군세가 요새 안으로 한꺼번에 밀려들어갔다.

"밀리지 마! 어디의 누군지조차 당당히 밝히지 못 하는 자들에게, 더 이상—!"

"기껏해야 오크와 리자드맨인데다가 100명조차 되지 않는 패거리들일 뿐이야!!"

기껏해야 오크— 그들의 관점은 틀리지 않았다.

일반적으로, 오크와 리자드맨은 마족들의 군세를 통틀어 별로 지위가 높은 편이 아니었다.

마족의 지배 아래 있는 토지를 지키는 자들로서는, 자신들이 세계의 끝으로부터 온 강력한 마물들의 군단에게 공격을 당하고 있다는 상상을 할 수 있을 리가 없었다.

죽을힘을 다해 버텨 봤자, 그들의 저항은 헛되이 짓밟히기만 할 뿐이었다.

아공의 군세가 발산하는 사기는, 아직껏 전혀 진정되지 않았다.

100명 미만의 병사들이 요새를 지키는 2000명의 병사들에게, 분산된 병력으로 덤비는 상황이었다. 미오의 능력 덕분에 적들의 위치나 상황 등을 정확히 파악하고 있는 리자드맨들은, 3인 1조의 가장 작은 구성으로 흩어져서 집결 중인 적 부대를 물리치고 있었다.

지극히 무모한 전술 이외의 아무 것도 아닌 전투 방식이었다.

아마도 말로만 전해들을 경우, 마코토라도 병법을 무시한 전투라는 식으로 질려 하리라.

기본적으로 성문을 돌파하기조차 힘들 정도의 병력 차이였다.

하지만—.

그럼에도 불구하고 요새의 문을 비집고 들어간 아공의 군세는, 발칙하게도 2000명의 수비병들을 도발해 보였다. 아공의 군세 전원이 전황을 정확하게 파악하고 있었다.

이미 미오가 커다란 반응을 가진 적과 접촉했다는 사실과, 토모에가 목적지까지 무지막지한 속도로 뛰어 올라오고 있는 상황에 관한 정보를 실시간으로 입수하고 있었던 것이다.

다들 한 사람의 예외조차 없이, 그녀들을 따라 공을 세우기 위해 힘을 모았다.

마족들한테 있어선 악몽이나 다름없는 싸움은, 이제 막 시작된 것에 지나지 않았다.

◇◆◇◆◇

"어머나? 토모에한테는 미안하지만, 제가 당첨 제비를 뽑았나 보군요."

요새 내부의, 원래는 커다란 회의실이었던 것으로 추정되는 장소였다.

거기서 미오는, 그녀가 하는 말로는 당첨 제비— 말인즉슨 이곳을 지키던 마족의 전사들 가운데 가장 강력한 적인 것으로 추정되는 상대와 만나고 있었다.

커다란 공간 깊숙이 도사리고 있던 그림자가, 천천히 입을 열었다.

"……누구냐고 물으면 순순히 대답해줄 텐가? 정체를 알 수 없는 여자여."

"예, 물론이죠. 미오라고 합니다. 그러는 당신은 누군가요?"

"……마왕님을 섬기는 전사들 가운데 한 사람이다. 혹시 그 이상을 원하나?"

"이름을 모르고서야 나중에 누구를 어떻게 했다는 보고를 드릴 수가 없거든요. 난감하군요."

미오는 유쾌한 듯이 웃으면서 그 남자에게 응했다.

"나의 이름은 레프트. 변이 용(밀디 드래곤) 레프트다."

상반신은 사람과 가까운 모습으로, 하반신은 커다란 구렁이의 형상이었다. 아마도 마코토는 그를 나가[#4]라고 형용했으리라.

상당한 위엄뿐만 아니라, 강력한 힘까지 느껴졌다. 손에 들고 있는 창은 단순히 적을 협박하는 용도가 아닌 짙은 마력을 내뿜고 있었다. 커다란 사냥감을 잡아서 마코토에게 보고하려던 미오에게 있어선, 최고의 사냥감이었다.

"어머나, 용족의 돌연변이? 꽤나 흔치 않은 경우군요. 언뜻 봤을 땐 뱀인 줄 알았지만요."

"미오라고 했나? 선전포고조차 없이 기습을 걸어오다니…… 너

#4 나가 인도 신화에 등장하는 반인반사(半人半蛇) 종족. 거대한 코브라로 묘사되기도 한다.

희들은 도대체 뭐하는 놈들이냐? 오크와 리자드로 구성된 부대를 거느리고 있는 이상, 휴만들의 군대일 리는 없을 텐데?"

"우후후."

미오는 정말로 기분이 너무나 좋았다.

너무나 좋다 못해 마음이 들떠 있었다.

전쟁터의 한복판을 나다니고 있는 몸으로도 웃는 표정을 멈출 수가 없다.

"대답할 생각은 없다는 건가? 미안하지만, 내가 우연히 여기 머물고 있던 것이 너희들의 운이 다한 증거다. 여기서 짓이겨주—."

"아니요, 얼마든지 대답해 드릴게요."

미오가 요사스럽게 눈웃음을 지었다.

"뭐?!"

"우리들은 이미 선전포고를 하고 왔답니다. 아니, 여러분들한테 「당한 입장」이거든요?"

"……뭐라고?"

"우리들은 켈류네온이랍니다. 이 나라로부터 나가야 하는 이들은 당신들, 마족 분들이지요."

"켈류, 네온이라고? 일찍이 이 땅에 자리 잡고 있던, 휴만들의 나라 말인가? 너는 망국의 전사를 자처한다는 거냐?"

"아니요. 켈류네온은 멸망한 적 없습니다. 항상, 이 땅에 자리 잡고 있었지요."

"……머리가 돌았나?"

미오의 말투는 어딘지 모르게 넋을 잃은 듯이 보였다. 그녀를 마주보고 있던 레프트는 의아한 듯이 얼굴을 찌푸렸다. 그가 봤을 땐, 마치 마약이라도 복용한 것 같은 미오의 낌새는 당연히 수상하게 느껴질 수밖에 없었다.

“후후후. 「그렇게」 될 거랍니다. 지금부터, 우리들의 손으로 말이죠.”

그녀의 태도와 말투는 변함없었다. 레프트가 아닐지라도, 지금의 미오로부턴 광기를 느꼈을지도 모른다.

“스텔라 요새 이북의 땅은 전부, 우리가 지배하는 땅이다. 따라서 이 켈류네온 또한, 마족의 개척지 중 하나다! 정신 나간 계집의 횡설수설이나 들어줄 만큼, 나는 한가하지 않아!”

“……따라서 우리들한텐 더욱 유리하답니다. 여러분들의 주장 따위를, 휴만들은 거의 믿지 않을 테니까요. 이곳…… 그들에게 있어서 암흑 영역이나 다름없는 땅에 멸망하지 않은 나라가 하나 정도 자리 잡고 있었다 한들, 누구도 부정할 수 있을 리가 없거든요. 실제로 그 나라가 존재할 경우엔 말이죠.”

“뭣, 이?”

미오의 목소리로부터 광기에 사로잡힌 자의 헛소리로 단정할 수 없는 확신에 가까운 느낌을 받은 레프트는, 순간적으로 말문이 막혔다.

“뭐…… 사실 전 잘 몰라요. 솔직히 그러한 내막 따윈 아무래도 좋다는 것이 저의 본심이랍니다. 당신을 제거한 다음, 이 땅을 도련님께 바치는 것만이 저에게 가장 소중한 일이니까요. 여기가 일찍이 켈류네온이었던 곳이건 항상 켈류네온이었던 곳이건, 아무 상관없어요."

"너는, 너희들은 도대체 무슨 짓을 하려는 거냐?"

미오가 이제부터 시작하자는 듯이 손에 들고 있던 부채로 레프트를 가리켰다.

"아무래도, 그냥 죽여야만 하는 상대는 아닌 모양이야. 여러모로 사정을 캐내야 할 건수가 많아 보이는군."

레프트가 손에 들고 있던 커다란 창으로 미오를 겨눴다. 반인반사의 몸이 꿈틀거렸다.

"저를 이길 수 있다면 마음대로 그렇게 해보세요. ……우후후, 문을 뚫었나 보군요. 저자들 또한, 도련님께 승리를 바치고자 죽을힘을 다하고 있는 모양이에요. 물론 오늘 이 순간, 우리들 가운데 그러지 않을 자가 섞여 있을 리가 없겠지만요."

"너희들의 중압감은, 단순한 광인의 집단이 발산할 수 있을 정도의 기운은 아니구나. 설마 용사와 맞닥뜨리기 전부터 이러한 전투를 치르게 될 줄은 몰랐다."

변이 용인 레프트—.

그는 오늘 이 순간, 우연히 요새에 주둔하고 있던 마장 중 한 사람이었다.

평범한 병사들은 맞닥뜨리자마자 공포에 질려 도망칠 수밖에 없는 마족 군단의 간부였다.

미오는 그러한 거물의 살기를 온몸으로 받고도, 여유롭게 눈웃음을 짓고 있을 뿐이었다.

◇◆◇◆◇

"과연, 그렇게 된 거였군."

제도 교외에 있는 그다지 눈에 띄지 않는 저택의 어떤 방 한 가운데 서 있던 여자가, 여러 가지 데이터가 기록되어 있는 서류를 훑어보는 중이었다.

뿔은 없지만, 뚜렷하게 휴만과 다른 파란 피부가 특징적인 그녀는 팽팽하게 꼭 맞는 복장 위로 호들갑스러운 장식들이 잔뜩 달린 망토를 걸쳐 입고 있었다.

그녀야말로 마왕의 심복인 마장 중 한 사람인, 로나였다.

그녀가 걸치고 있는 망토는 마장들에게만 지급되는 특별한 장비였다. 아무리 교외라곤 하지만, 휴만들의 도시 한복판을 그 복장으로 거니는 것은 지극히 위험한 행동이었다.

로나는 불안요소는 전혀 없다는 듯이, 당당한 자세로 걸터앉아 있었다. 제도의 한복판임에도 불구하고, 이곳의 안전성에 대한 그녀의 절대적인 자신감을 엿볼 수 있었다.

"수고했어. 남 말할 입장은 아니지만, 넌 참 대담하군."

불현듯 노크조차 없이 문이 열리더니, 파란색 머리의 여성과 소녀 한 사람이 방 안으로 걸어 들어왔다. 로나는 손에 들고 있던 종이 뭉치를 뭉쳐 책상을 두드리자마자, 고개를 들었다.

"소피아, 좀 더 날뛰고 와줄래? 네 힘으론 용사와 맞닥뜨릴 필요조차 없이 이 도시를 마음껏 휘젓고 다닐 수 있을 뿐더러, 지금 막 제국의 비밀 부대라는 녀석들까지 깔끔하게 몰살시키고 오는 길이잖아? 딱 지금처럼만 끝까지 가줘."

방문자들을 순간적으로 흘겨본 로나는 또 다른 자료들로 시선을 옮겼다.

"아직은 도저히 손맛이 느껴지지 않아. 헛수고로밖에 여겨지지 않는 현재의 분산 공격과, 공격할 의사가 전혀 느껴지지 않는 번거로운 전략의 진짜 목적이 너무 신경 쓰이거든."

"제국군한텐 충분한 피해가 발생한 걸로 아는데? 공격할 의사는 충분하고도 남을 정도니, 너무 신경 쓰지 마. 그리고 소피아나 랜서나, 제도를 나다니는 모습을 섣불리 목격당할 순 없는 입장이잖아? 지금 이곳의 부대가 밀리는 중이니, 뒤로 가서 멋지게 엄호나 좀 해줄래?"

"그런 식으로 각개격파 당할 것 같은 부대를 미끼삼아, 우리 둘의 전투력으로 포위 섬멸하라는 거로군. 처음에는 그런 작전인 줄 알았지만, 실질적인 노림수는 따로 있지? 지금의 넌 꽤나 무자비하게 아군들을 소모품처럼 낭비하는 중이거든. 우리는 네 부하가 아니라 협력자니까, 최소한의 정보 공유 정도는 요구할 수 있는 입장이야."

"……에휴. 지금은 한창 작전을 진행하는 와중이거든? 아무튼 너희 둘은 일시적으로나마 나의 지휘를 받는 입장이야. 정말로 협력할 생각이 있거든 원활한 작전을 수행하는 데나 협력해."

"그렇다는데, 미츠루기(御劍)?"

소피아가 동행자인 소년— 랜서에게 화제를 돌렸다.

"상대방의 의욕을 두드러지게 깎아 먹는 발언이로군. 뭔가 파악한 것이 틀림없는 녀석한테 똑같은 소릴 들었을 땐, 특히나 더욱 심하게 말이야."

두 사람은 불쾌한 감정을 숨길 생각조차 없이 로나를 쳐다봤다.

한편 로나 또한 차가운 눈빛과 긴박한 표정으로, 부하들로부터 올라오는 정보를 정리한 전황의 추이를 응시하고 있었다. 예전에 마코토와 맞닥뜨렸을 때 같은 장난스러운 분위기나 여성다운 몸짓 등은, 지금의 그녀로부턴 전혀 눈에 띄지 않았다. 자료들을 판독하던 눈길을 일단 멈춘 그녀는, 지휘관으로서의 표정을 유지한 채로 두 명의 협력자들에게 시선을 돌렸다.

"제국의 용사한텐 양면성이 있어 보여. 뚜렷한 공격성을 띠는가 싶다가도, 갑작스럽게 신중한 태도를 취하기도 하거든. 게다가 작전의 성질과 무관하게 두 가지 성격을 나눠 쓰더라. 그 원인을 파악하는데 성공할 경우, 앞으로 유리하게 써먹을 수 있지 않을까 싶었어. 이번엔 그런 이유로 그 녀석에 관한 조사를 진행하고 싶었던 것뿐이야. 그리고 덤으로 제국이 육성 중이라던 비밀 부대의 실력을 알고 싶었어. 그쪽에 관해선 너희 둘이 간단히 유인해 온데다가 그 중 한 부대를 전멸까지 시켰으니, 우리들로선 정말 고마울 따름이야. 덕분에 대비책을 세울 수 있을 것 같아. 어때, 이제 만족했어? ……말해두지만, 지금 너희들은 나한테 큰 빚을 진 거야."

"그렇군~. 요컨대 제국군의 내부 사정을 마구 파헤치고 싶었다는 건가? 흐음, 대충 알아들었어. 하지만 아까 그 부대는 별거 아니더라. 만약 우리가 없었더라도, 너희가 고전할 일은 없었을 거야. 대단히 불안정한데다가 빈틈이 많은 녀석들이었거든."

"그러게 말이야. 모험가 길드의 시스템에 간섭했을 가능성이 있었기 때문에 불안하게 여겼지만, 실제론 아무 것도 아니더군. 뚜껑을 열고 보니 용사의 특성 가운데 하나에 불과했으니까 말이야. 왕국에까지 전파될 경우에는 성가신 사태가 벌어졌을지도 모르지만, 다행히 그러한 조짐은 보이지 않아. 거긴 지금 이오가 진지하게 공격 중이니, 이번에야말로 끝장날 거야."

로나가 소피아에게 고개를 끄덕였다. 제국에 최근 출현한 고 레벨 부대의 정체가 예상보다 훨씬 실속 없는 존재였다는 사실은, 그녀에게 있어선 무척이나 긍정적인 정보였다.

"아무래도 그 아이가 거느리고 있는 파티는 레벨 제한이 없어진 상태인 모양이야. 인공적으로 고 레벨 병사들이 양산된다는 건 섬뜩하긴 했지만, 사실 레벨만 높아봤자 별거 아니잖아?"

"로나, 어차피 우리들한테 빚을 지울 바엔 용사의 양면성에 관한 정보를 숨겨봤자 아무 의미 없지 않겠나? 걱정 마라, 우리들 역시 그에 걸맞은 보상 정도는 준비해 왔거든."

랜서가 로나와 소피아의 대화에 끼어들었다.

"……정말 치사하군."

로나는 진심으로 불쾌한 듯이 소년을 마주봤다.

그렇지 않아도 두 사람은 할 말과 하지 말아야 할 말을 구별하지 않는 편이다.

더군다나 몰라서 구별하지 않는 것이 아니다. 전부 다 알고도 기본적인 구별을 무시하므로, 더더욱 질 나쁜 상대였다.

로나가 두 사람을 전혀 믿지 않는 근거 가운데 하나이기도 했다.

실력은 인정할 수밖에 없다지만, 눈앞의 두 사람에게 등 뒤를 맡길 순 없었다.

이해관계가 완벽하게 일치된다는 확신을 얻지 못 하는 한, 중요한 작전을 수행할 땐 참가조차 시키고 싶지 않다는 것이 로나의 거짓 없는 본심이었다.

따라서 이번에도 눈앞의 두 사람을 리미아의 왕도가 아니라 제도를 공략하는 작전을 수행하는데 동행시켜, 로나 스스로가 두 사람의 행동을 감시하는 중이었다.

"제국의 용사, 이와하시 토모키는 대군을 상대하는데 유용한 장비를 잘 다루는 용사야. 높은 화력을 지닌 무장과 비룡의 기동성, 로얄 가드의 방어력과 골렘을 부리는 연금술사에 의한 교란 전술과 각종 부스트를 구사함으로써 상대와 접근전을 치러야 하는 경우 자체를 원천봉쇄하는 타입이지. 무식하게 힘으로 미는 것처럼 보이지만, 의외로 꽤나 머리를 쓰는 스타일이야."

로나가 제국의 용사에 관한 소감을 언급하기 시작했다.

"그런 피상적인 평가 따윈 아무 의미 없거든?"

"……너무 재촉하지 마. 우리는 이번 작전을 통해, 그 양면성이 전환되는 스위치의 정체를 밝히는데 성공했어. 아마도 그는 낮과 밤— 세세하게 따지고 들어가면 태양과 달 중 어느 쪽이 하늘로 떠올라 있느냐에 따라 전투 방식을 바꾸는 걸로 보여. 높은 확률로 그는 달이 떠올라 있는 시간, 밤에만 특수하게 강력한 회복 능력을 지니는…… 걸로 예상되더군. 몇 번 정도 예외적인 사례가 없었던 건 아니지만, 아마도 위장 공작이었을 공산이 커. 낮과 밤의 스위치를 들키지 않기 위한 속임수였을 거야."

"밤에만 발동되는 회복 능력이라고?"

"응, 솔직히 말해서 난생 처음 보는 능력이야. 하지만 거의 틀림없군. 그런 고로, 그를 몰아붙일 땐 낮 시간을 선택해야 할 것 같아. 밤에는 숨거나 따돌리는 방법을 선택해야 좀 더 효과적으로 작전을 수행할 수 있지 않을까 싶어."

"……말인즉슨, 밤에 만나는 편이 더 강하다는 뜻이야?"

소피아의 눈이 요사스럽게 번쩍였다.

"그럴 공산이 커. 제국의 용사가 뚜렷한 돌출행동을 하거나 위험 부담이 높아 보이는 강력한 기술을 쓸 땐 거의 다 밤이었거든. 그나저나, 랜서? 보상이라는 건 뭐지?"

"아차, 잊어먹을 뻔 했군. 릴리 황녀가 이곳으로 복귀한 모양이다. 정확히 말하자면, 로빈과 몇 개 정도의 도시를 통과한 가까운 지점까지 와서 직접 지시를 잡기 시작했다는군."

"뭐?! 정말이야?!"

로나의 얼굴로 긴장감이 감돌았다.

"물론, 틀림없이 확실한 정보다."

"……칫, 예상보다 훨씬 빨라. 롯츠갈드의 상황에도 달려 있었지만, 그 여자가 복귀한 이상 오래 머물 필요는 없겠군. 목적은 달성된 셈이니, 지금부턴 후방으로 가서도 충분히 지휘할 수 있는 상황이야. 일단 한 발 먼저 스텔라로—."

랜서가 가져온 것은, 전황의 큰 변화로 이어지는 정보였다.

상식적으로 봤을 땐 거래 따윌 시도하기보다, 제일 먼저 전달해야 할 정보였다.

역시 눈앞의 두 사람은 믿을 수가 없다— 로나는 그러한 사실을 재확인했다.

등잔 밑이 어둡다는 격언 그대로, 로나는 제도의 한복판에 서서 제도를 공략하는 군대를 지휘하고 있었다. 곧바로 모든 자료들을 소각한 그녀는, 방의 입구로 향했다. 그러나…….

당연히 따라올 줄 알았던 소피아와 랜서가 움직이지 않자, 로나는 고개를 갸웃거렸다.

"……너희들, 지금 뭐하는 거지? 곧장 돌아가야 하는 상황이야."

"후후, 좋은 정보를 받아 버렸거든. 거스름돈이 부족하겠는 걸, 미츠루기?"

"소피아, 너라는 녀석은……."

랜서가 어이가 없다는 듯이 양 어깨를 으쓱거렸다.

"로나, 약간만 서비스해줄게. 넌 곧장 강을 건너 안전한 영역까지 도망쳐. 나는…… 용사랑 놀다 갈 테니까."

"잠깐만? 방금 한 얘기를 듣긴 들은 거야?! 밤 시간의 그 녀석은 감당하기 어렵다니까?! 지금의 그 녀석은 자신의 적성에 맞는 무기만 사용하니까, 반지로 능력을 봉인해 봤자 큰 효과를 기대할 수 없어. 예전에야 반지만으로도 물리칠 수 있었을지도 모르지만, 지금은 상황이—."

"염화는 연결시켜 둘 테니까, 일단 입 닥쳐. 네가 그 꼬맹이의 능력에 관해 그렇게까지 말한 이상, 나는 이제 멈출 수 없어. …… 여신과 연루된 녀석들은 전부 다「그 녀석」처럼 되는 걸까? 벌써부터 기대되는군."

소피아는 자신의 살기를 감출 생각조차 없이 온몸으로부터 발산하기 시작했다. 그녀가 입에 담은 말의 후반부는 거의 혼잣말처럼 중얼거렸을 뿐, 타인에게 들려주려는 의도로 한 말이 아니었다. 여기서 소피아가 언급한 「그 녀석」에 관해 알고 있는 이는 본인 말고는 단 한 사람뿐이었다. 랜서는 작게 탄식하더니, 소피아와 함께 자취를 감췄다.

"잠깐, 기다……. 큭, 정말 터무니없이 다루기 어려운 녀석들이야! 하지만 릴리 황녀가 귀환했다면 이곳은 위험해. 돌아갈 수밖에 없어. 저 두 사람은, 차라리 여기서 죽어주는 편이 불확정 요소가 줄어서 고마울지도 몰라. 참나……."

두 사람을 쫓기를 포기하고 로나는 건물 밖으로 나왔다.

위장용의 술법이나 도구 따윈 전혀 사용하지 않은, 타고난 마족의 모습 그대로였다.

더 이상 그런 도구 따윈 쓸 필요가 없을 것으로 판단했기 때문이다.

고개를 돌리자마자 지금껏 머물고 있던 건물을 폭파시킨 그녀는, 미리 준비하고 있던 전이 술법을 발동시켰다. 로나는 그렇게 유유히 제도 밖으로 탈출했다.

◇◆◇◆◇

"후후, 저긴가? 제국의 용사님께선 아주 용감하신 모양이야."

"겉보기로도 화려한 공격이지만, 그에 걸맞게 위력까지 강하다.

밤 시간 동안엔 상당히 강하다는 건 아마도 정확한 정보였던 것 같군. 소피아, 얕보지 마라."

"미츠루기, 정말로 내가 이럴 때까지 방심하는 멍청이로 보여? 마인을 죽이는 예행연습 삼아, 온힘을 다할 생각이야. ……재가 그에 적합한 실력을 지니고 있을 때의 얘기지만, 말이야."

"마인이라? 옳은 말이군. 당장 분위기로 판단하건대…… 그 녀석까지 튀어나와도 이상하진 않아. 지금의 네 실력으로 뒤쳐질 리야 없겠다만, 강적이라는 건 분명하다."

"동감이야. 아무튼, 저 녀석부터 해치우자!"

용맹한 고함소리와 함께, 소피아는 허리춤의 검을 뽑았다.

그 검은 예전에 그녀가 마코토와 싸웠던 때 쓰던 무기와 전혀 다른 검이었다.

색깔이나 재질을 비롯한 칼날의 특징 등으로 봐선 공통점이 전혀 없는 건 아니었지만, 당장 크기부터 완전히 딴판이었다. 일찍이 쓰던 대검이 아니라 한손 검, 심지어 무척이나 가늘고도 비좁은 사이즈였다. 당연히 소피아는 한손으로 검을 움켜쥐고 있었다.

그녀의 눈동자는 이미, 저 멀리서 비룡에 탄 채로 전쟁터를 나다니는 용사와 그의 파티를 포착하고 있었다. 멀다곤 하지만, 그녀에게 있어서 이 정도의 거리는 코앞이나 마찬가지였다.

소피아의 얼굴로 사나운 미소가 떠올랐다.

"나 원 참."

소녀의 모습을 하고 있는 상위 용, 랜서가 한숨소리와 함께 손가락을 튕겼다.

그의 별거 아닌 손동작에 호응하듯이, 허공으로 엄청난 숫자의 빛나는 검들이 나타났다.

그 검들은 용사의 주위로도 나타나더니, 비룡의 움직임을 지연시켰다.

소피아가 비어 있던 왼손으로 랜서의 목덜미를 붙잡아 치켜들자마자, 두 사람의 모습이 곧장 자취를 감췄다.

"어라, 쟤가 지금 우리 접근을 알아차린 것 같은데?"

"……아마도 뭔가 적의 위치를 색출하는 용도의 도구를 지니고 있는 모양이군. 고대의 도구들 중에선 유별난 감지 능력을 지니고 있는 것들이 존재하거든. 그보다 나는, 이래봬도 너의 파트너다. 고양이를 집어 올리는 식으로 옮기지 마라."

비룡의 약간 전방에 해당되는 지상으로 나타난 드래곤 슬레이어 콤비는, 제국의 용사에게 자신들의 존재를 들켰다는데 놀랐다. 인적 자체가 뜸하긴 하지만, 이곳은 군부대들이 전투를 펼치고 있는 장소였다. 갑작스럽게 나타난 인물들의 접근을 금방 알아차렸다는 건 평범한 실력의 소유자가 아니라는 증거였다. 물론 아직 육안으로 확인하기 어려운 거리가 존재하는데도 불구하고, 용사의 반응을 정확하게 파악하고 있는 두 사람 또한 꽤나 규격 밖의 실력자들이었다. 비룡의 주위로 출현한 빛나는 검들의 숫자가 단숨에 늘어났다.

굳이 말할 필요조차 없이, 상대방의 기동성을 봉쇄하기 위한 조치였다.

소피아는 제국의 용사들에게 약간이나마 당황하는 낌새가 보인 그 한 순간을 놓치지 않았다.

위력을 예측할 수 없을 뿐만 아니라 사용한 술사의 정체조차 확실치 않은 술법에 의해, 지금껏 그들이 최대한 발휘하고 있던 기동력이 일시적으로 죽어 버린 것이다.

어느 틈엔가 미츠루기를 남긴 지상으로부터 소피아의 모습이 사라져 있었다.

탁—.

소피아가 경쾌한 발자국 소리와 함께 비룡의 등짝 위로 올라섰다.

"안녕, 제국의 용사님?"

"크?! 누구냐!"

빛나는 검과 위치를 교대하는 방식은 그녀가 예전부터 즐겨 쓰던 이동 기술이었지만, 그녀의 능력을 모르는 토모키한테는 갑자기 하늘 위로부터 사람이 떨어진 걸로밖에 보이지 않았으리라. 온몸을 완전무장하고 있던 토모키는, 분명 강력한 전투 능력을 지니고 있을 것으로 예상되는 장비 상태였다. 일본에 살던 시절 짓고 있던 심약하고도 온순하던 표정의 흔적은 이미 온데간데없었다. 자신감이 넘쳐날 뿐만 아니라 전쟁터에 걸맞게 공격적이고도 힘찬 표정의 용사가 바로 거기 있었다.

"소피아야. 드래곤 슬레이어 소피아. 소문 정돈 들어본 적 있을 걸?"

"드래곤 슬레이어……. 드래곤 슬레이어라고! 혹시 말로만 듣던 그 소피안가?!"

"용사님께서 이름을 알아주다니, 너무 좋은데? 넌 제국의 용사, 토모키 이와하시였나?"

“어, 맞아. 그런데 갑자기 무슨 용건이지? 제국의 위기라는 얘길 듣고선 나를 도우러 왔나?”

토모키의 말을 웃어넘긴 소피아는, 거꾸로 그에게 되물었다.

“이 정도는 제국한텐 위기 축에도 못 끼잖아?”

“하긴 릴리가 자리를 비우고 있다지만, 이 몸께서 건재하게 버티고 있는 중이니까 말이야. 제국은 이 정도 공격으론 무너지지 않아.”

“정말 용감한가 보구나. 꽤나 기대되는데?”

“하지만 도대체 무슨 용건으로 하필 지금 제도를 방문한 거지? 당신은 온 세상 방방곡곡을 방랑하는 신분이라, 아무리 용을 써봤자 좀처럼 만나기 어려운 사람이라던데?”

드래곤 슬레이어 소피아의 명성 자체는 널리 알려져 있었으나, 길드 출석조차 거의 하질 않다 보니 기본적으로 무척이나 만나기 어려운 존재였다. 게다가 길드가 소집을 걸건 말건 항상 비협조적인 자세를 보이는 관계로, 모험가 길드와 그다지 좋은 관계가 아닐지도 모른다는 소문까지 나돌 정도였다. 따라서 용사인 토모키조차, 지금껏 직접 만날 기회가 없었던 것이다.

여자인데다가, 강하다.

그 두 가지 조건을 충족시키고 있는 만큼, 토모키로서는 꼭 한 번 정도 직접 만나 협력을 요청하고 싶던 상대였다. 물론 협력을 요구할 땐 그가 가진 매료의 힘을 쓴다는 전제조건이 붙었다. 배신당하지 않을 방법이 존재하는 이상, 그 수단을 쓰지 않을 이유 따윈 없었다.

"난 너한테 관심이 있거든."

소피아가 대담무쌍하게 미소를 지었다.

"나한테? 거참 듣던 중 반가운 소리군. 지금부터 성으로 초대할게. 천천히 쌓인 회포나 풀자."

"후후, 그런 건 나한텐 아무래도 좋아. 나의 관심은 다름이 아니라……."

"토모키 님! 위험하오!"

토모키의 곁에 서서 소피아의 일거수일투족을 관찰하던 로얄 가드, 기네비아가 토모키의 앞으로 뛰쳐나갔다.

"아닛!"

비룡의 등판 위로부터 금속끼리 맞부딪치는 날카로운 소리가 울려 퍼졌다.

"괜찮은 반응속도였어. 토모키는 마이너스였지만, 기사인 넌 플러스 평가를 받을 만해. 그리고 냄새가 나. 넌 용의 힘을 가지고 있군. 그론트……「모래 물결」인가?"

소피아가 좋아하는 음식이라도 발견한 듯이, 기분 좋은 얼굴로 입술을 핥았다.

"도대체 무슨 속셈이시오, 소피아 공? 용사인 토모키 님께 검을 돌리는…… 그러한 행동의 의미를 모르시는 분은 아닐 텐데?"

칼을 뽑은 기네비아가 험악한 표정으로 캐물었다.

토모키는 경악을 금할 수 없다는 표정으로 움직이지 않았다.

소피아와 직접 검을 맞닥뜨린 기네비아 이외의 두 사람, 드래곤 서머너 소녀인 모라와 연금술의 명수이자 포스 플레이어인 유키나츠는 아주 가까이 접근해 들어온 상대방을 적으로 인식하자 온몸을 긴장시켰다.

"물론, 알다마다. 어쩌다 보니 말하는 걸 깜빡했나? 지금의 나한텐 직함이 하나 더 있거든. **마족 군단의 객장**인 소피아 브루거야. 잘 부탁해, 용사 일행 여러분."

"—?!"

"뭣!"

"마족 군단의!"

"객장?!"

소피아의 발언을 듣자마자 혼란에 빠진 토모키 일행은, 일제히 숨을 죽였다.

"밤에는 강하다는 용사님의 평판을 듣고 오는 길이야. 아무쪼록 저와 한 곡이라도 춰주실 수 있을까요? 보시다시피 달까지 아름답잖아요?"

소피아는 그러한 대사와 함께 장난스러운 분위기로 고개를 숙여 보였다. 드레스의 치맛자락을 손가락으로 집어 올리는 듯한 몸동작까지 덧붙였다. 적진 한 가운데 포위된 상황임에도 불구하고 그녀는 너무나 당당해 보였다.

"……설령 상대가 누구라도……!"

토모키는 매료의 힘을 극한까지 끌어올렸다.

지금껏 이 능력이 통하지 않았던 상대는 거의 없었다. 게다가 숙련도가 늘어남에 따라, 그 위력은 서서히 강력하게 발전되고 있었다. 그것뿐만이 아니다.

그는 매료의 힘이 왕국의 용사나 로렐의 무녀를 상대로도 유효한 효과를 발휘하도록, 남몰래 자신의 능력을 증강시키는데 노력하고 있었다. 그 결과, 상대가 대비를 못한 상태로는 마족들을 상대할 때조차 거의 단번에 「함락」시킬 수 있는 경지까지 올라섰다.

하지만…….

"포기하셔, 용사님. 나한테 그 능력은 안 통해. 나를 매료하고 싶거든, 상위 용조차 순식간에 홀릴 수 있을 만큼 단련하고 오렴. 사실 그 따위 것보단, 훨씬 간단한 방법이 있지만 말이야."

"넌 설마, 마안(魔眼)에 관해서—?"

"나한테 그런 종류의 장외 전술은 완전한 무용지물이야. 차라리 그 창으로 날 이겨 봐. 그 순간부터 난 네 소유물이야. 그딴 눈 따윈 쓸 필요 없이, 너한테 이 몸과 마음을 다 바칠게."

토모키가 매료의 마안을 발동시킨 순간을 오히려 반격의 기회로 삼은 소피아는, 자신의 가슴과 허벅지를 강조하는 포즈로 그를 도발하는 여유를 보였다.

놀리는 듯한 소피아의 태도로 인해 화가 머리끝까지 난 토모키가 목청껏 언성을 높였다.

"레벨은 분명히 아직은 댁이 나보다 높아! 하지만 실전은 그런 숫자 따위론 결정 나지 않는다는 걸 가르쳐주지!!"

"멋져라. 완전히 동감이야. 하지만 지금은 그 도마뱀이 걸리적거리는군."

소피아가 입을 열자, 다시금 그녀의 검이 번쩍였다.

빛나는 검들에게 포위된 상태로도 하늘 위에 머물러 있던 비룡,

나기의 입으로부터 비명소리가 흘러나왔다.

"나기?! 나, 날개를! 이렇게 잔인한 짓을 하다니!!"

모라가 말을 끝마친 순간, 나기의 자세가 순간적으로 무너져 버렸다.

그리고 곧장 반대편 날개까지 빛나는 검과 닿더니, 살점이 타는 소리와 불쾌한 냄새가 풍겨 왔다. 나기는 또다시 끔찍한 비명소리를 지르자마자, 급격히 낮은 고도로 강하하기 시작했다.

토모키 일행이 세차게 흔들리는 비룡의 등짝을 붙든 채로 비틀거리는 동안, 소피아는 흔들림 없이 서 있었다.

"난 밑으로 먼저 가서 기다릴게. 동료들과 함께 오건 용감하게 혼자 오건 아무 상관없어. 다만 나에게 대항하는 이상, 어린아이건 부상자건 절대 신경 안 써. 단단히 각오하고 와."

소피아는 아직껏 높은 고도를 유지하고 있던 나기의 등짝 위로부터 지상으로 뛰어내렸다. 언뜻 봐선 자살행위로밖에 보이지 않는 행동이었다. 빛나는 검으로 이루어진 내비게이트 라인으로 랜서의 위치를 확인한 다음, 파트너가 기다리는 곳으로 되돌아갔다.

"어떠냐? 진지하게 상대해줄만한 남자였나?"

"그걸 쓸 필요조차 없어 보이더라. 몇 명이서 오건, 아니, 차라리 떼를 지어 오는 편이 쉽게 이길 수 있을 것 같은 상대였어. 대충 느낀 바로는, 혼자서 싸우는 편이 더 강할지도 몰라."

"호오? 제국의 용사가 혼자서 싸우는 경우 따윈 거의 없다는 소문을 들었다만?"

"어디까지나 나의 직감으론 그렇게 느껴진다는 얘기야. 그건 그렇고 저 비룡 말인데, 딱 알맞은 느낌이더라. 가능한 한 차지하고 싶은 참이야."

"……사냥감의 숫자는 많은 편이 좋다는 거냐? 마음대로 해라. 비룡 따윈 「붉은 유리」만으로도 충분하다는 생각이 들지만 말이야."

랜서는 혼자서 적들 한복판으로 몸을 날렸던 소피아가, 비룡의 가치를 평가하고 있었다는데 진심으로 어이가 없다는 반응을 보였다. 동시에 본인과 마찬가지로 상위 용 중 하나인 「붉은 유리」의 이름을 언급했지만, 그의 불확실한 설명만으로는 그 의도를 가늠할 수가 없었다.

"그 녀석하곤 또 다르게 써먹을 데가 있어 보이잖아? 어머나, 벌써 왔는데? 비룡은 뻗어 버린 모양이야. 나중에 찾으러 가기 귀찮겠군."

소피아와 랜서는 머나먼 건너편으로부터 걸어오는 토모키 일행의 모습을 발견했다.

나기의 모습은 눈에 띄지 않았으나, 아마도 불시착한 지점 근처에 누워 안정을 취하고 있는 것으로 보인다. 일단 소피아는 그렇게 짐작했다. 두 사람은 발걸음을 멈춘 채로 느긋하게 잡담을 나누고 있었지만, 이곳은 전쟁터의 한복판이었다.

마족들이 그들에게 공격을 걸어올 리야 없겠으나, 난투를 벌이다가 아군들로부터 오인 사격을 당하는 경우는 얼마든지 일어날 수 있었다.

휴만들 또한 마족들을 격퇴하고자 필사적이었다. 그냥 잡담만 나누고 있다는 이유로, 소피아와 랜서가 양쪽 군대로부터 공격을 안 당하리라는 보장은 없었다.

공격은 아무 데서나 마구잡이로 쏟아졌다. 이성을 잃은 병사들이 막무가내로 공격을 시도해 왔다. 그러나 랜서는 그 모든 공격들을, 자유자재로 조종하는 대량의 빛나는 칼날들로 남김없이 맞받아쳤다.

피 보라가 만드는 원의 한 가운데 서서, 두 사람은 실없는 잡담을 나누고 있던 것이다.

"휴만이건 마족이건 아무 상관없다는 건가? 완전히 정신 나갔군."

드디어 두 사람이 만든 원이 있는 곳까지 다다른 토모키가 그렇게 잘라 말했다.

"어머나, 우린 자신을 공격하는 자들을 어디까지나 평등하게 상대해준 것뿐이야. 얼른 시작이나 하자. 너의 패배는 제도와 제국의 심각한 위기로 이어질 거야. 힘 좀 써보렴."

"난 여신의 가호를 가진 용사야. 드래곤 슬레이어랍시고 깔보지 마!"

"응, 그것까지 봉인할 생각은 없어. 지금 가지고 있는 나의 힘을, 시험해보고 싶거든!!"

말을 끝마치자마자, 소피아는 검을 든 채로 토모키와 기네비아가 무기를 들고 서 있는 곳까지 달려 나갔다. 엄청난 살기가 담긴 칼날은 용사와 근위기사를 놓치지 않았다. 그러나—.

"……?"

소피아는 무기를 들고만 있다가 속수무책으로 잘려 나간 두 사람을 의아한 얼굴로 쳐다봤다.

"걸렸다! 진흙 인형(머드 트럼프)의 구속!"

그녀의 의문에 대답하듯이, 멀리서 목소리가 들려왔다.

골렘을 능숙하게 다루는 것으로 알려진 유키나츠의 목소리였다.

토모키와 기네비아, 그리고 나머지 두 사람처럼 보이던 모습들이 녹아서 부서졌다가 마치 촉수처럼 소피아를 휘감았다.

"—호오, 정말 진짜랑 전혀 분간이 안 가더라. 대단한 술법이야."

"본인의 정신으로 조종하는 구조거든. 정말 정교한 인형들이었지? 말해두지만, 그 촉수들을 풀기는 쉽지 않을걸!"

"정말? 그렇게 강력한 재질처럼 느껴지진 않는데?"

소피아가 확인하듯이 팔을 움직인 순간, 그녀를 구속하고 있던 촉수는 순식간에 단단해지더니 검게 빛나는 광석처럼 변색을 일으켰다.

"변질될 때까지 시간을 벌기 위한 목적으로 수다를 떨었지만, 굳이 그럴 필욘 없었나 봐?"

"단단해졌군. 상당히 기발한 수단이야."

팔다리를 빈틈없이 구속된 상태로도, 소피아는 태연하게 유키나츠를 추켜세웠다.

"아직 여유가 있어? 혹은 자기 능력을 너무 높게 평가하고 있나? 과연 몸을 움직일 수 없는 상태로 우리의 집중포화를 얼마나 버틸 수 있을까? 일단 구경이나 해 보자! 토모키 님!"

"잘 했어, 유키나츠! 기네비아는 만일을 위해 방어태세를 풀지 마! 모라, 너는 나를 따라 소피아를 공격해! 죽지 않을 정도로만 말이지!"

"감히 나기를 다치게 하다니! 용서 못 해!"

토모키의 지시가 떨어지자, 파트너가 다친 일로 잔뜩 화가 나 있던 모라가 핏대를 세웠다.

"힘 조절 따윈 하지 마. 일단 온힘을 다해 봐. 특히나 거기 있는 아가씬 애지중지하던 비룡과 두 번 다시 못 만날지도 모르니, 원수를 죽일 각오 정돈 가져야 하지 않을까?"

하지만 몸을 움직이지 못 하던 소피아는 오히려 힘 조절 따윈 필요 없다는 식으로 나왔다.

"……여자 주제에, 완전히 까불고 있군. 좋아, 바라는 바대로 해 주마!"

"죽어 버려—!!"

모라가 공격을 시작하자, 그에 따라 토모키가 다섯 종류의 무기들을 동시에 발동시켰다.

여신의 가호와 상관없는, 선천적으로 지니고 있었던 데다가 새롭게 터득한 적성에 합치되는 강력한 무장들이다.

단검(그라디우스), 돌격창(알세피스), 세검(레이피어), 그리고 총(핸드건)—.

그것들이 바로 지금의 그가 지닌 평상시의 화력을 지탱하는 무기들이다. 그 네 가지 무기들뿐만 아니라, 스텔라 요새를 공략할 때까지 즐겨 쓰던 양손용 신창(神槍)을 기네비아로부터 받아들었다. 지금의 그는, 신창을 서브 웨폰으로 사용한다. 왼손으로 총을, 오른손으로 신창을 든 그의 주위로 나머지 세 가지 무기가 떠올라 있었다. 세 가지 다, 손으로 들 필요 없이 최강의 화력을 발휘할 수 있는 무기들이었다. 그 화력이야말로 그가 그 세 가지 무기들을 즐겨 쓰는 이유였다. 강대한 위력을 지니고 있는데다가, 대응된 속성을 지닌 공격을 방출할 수 있다.

손에 든 총은 빛의 속성을 지닌다. 제국의 한 지방에 엄중히 보관되어 있던 무기였으나, 황녀의 손을 거쳐 토모키에게 넘어갔다.

릴리 황녀는 그 총을 현재 추진 중인 총기 개발 사업에도 이용할 것을 고려했으나, 결국은 마력을 발사하는데 특화된 매직 아이템이었던 관계로 일반적인 총을 개발하는 데는 보탬이 될 여지가 거의 없었다. 겉으로 본 형상 자체는 비슷하지만, 화약식의 총과는 내부 구조부터 완전히 다르다 보니 별로 참고가 되지 않았던 것이다.

물론 용사가 소유하는 강대한 신기(神器)로서는 충분히 그 역할을 수행하고 있었다.

토모키가 발사한 다섯 갈래의 공격과, 모라의 공격이 동시에 소피아에게 들이닥쳤다.

어마어마한 굉음과 폭발이 일어났다.

적군을 향해 발사할 경우, 1000명에 가까운 병사들을 즉사시킬 수 있는 위력의 공격이었다.

여파로 인한 파급효과까지 고려하자면, 정말로 엄청난 일격이었다.

그 공격을 아주 가까운 거리로부터, 한 군데로 집중시켜 발사한 것이다. 기네비아의 방어벽이 토모키 일행을 보호하지 않았다면, 그들에게까지 피해가 갔을지도 모른다.

상위 용들 가운데 특히나 강력한 방어력을 자랑하는「모래 물결」의 힘을 하사받은 기네비아가 아니고서야, 혼자서 방패 역할을 도맡는 것은 완전히 꿈같은 소리였다.

"헹! 살아있다면 데리고 돌아가서 내 여자 중 하나로 삼을 수도……."

승리를 확신한 토모키가 입가를 일그러뜨렸다.

"오빠?! 나기를 다치게 한 여자잖아?! 난 반대야!"

"토모키 님, 저 역시 반대할 수밖에 없군요. 저자는 위험한 사상의 소유자로 보입니다."

"설령 가입시킨다 하더라도, 릴리 님에게 물어보고 나서 결정하는 편이 좋을 거야."

동료들이 입을 모아 토모키의 의견에 반대하는 가운데, 오직 유키나츠만이 결정을 보류하자는 분위기를 내비쳤다. 하지만 그녀의 표정 또한 어딘지 모르게 씁쓸해 보였다.

"이거야 원, 정말 어이가 없군. 갑자기 무슨 여유를 부리고 있나? 너희들은 지금 한창 소피아와 싸우고 있는 와중 아닌가? 좀 더 거침없는 공격으로 몰아치지 못 하겠나?"

공격의 여파로 일어난 흙먼지에 의해 아직껏 시야가 명확하지 않는 저 너머로부터 목소리가 들려왔다. 아까 전부터 소피아를 따라다니던 소년이었다. 그 소년이 얼굴과 안 어울리는 점잖은 태도로 용사들을 격려한 것이다. 당연하게도 그 또한 소피아와 함께 공격의 직격을 얻어맞거나 그에 가까운 공격을 뒤집어쓴 것이다. 절대로 무사히 서 있을 리가 없었다.

토모키는 도저히 믿겨지지 않는 광경과 맞닥뜨린 듯한 눈으로 흙먼지가 개인 그 장소를 쳐다봤다. 거침없는 공격으로 몰아치라는 소년의 충고를 무시한 셈이다.

"이럴 수가……."

"말도 안 돼."

"있을 수 없는 일이야."

"틀림없이 직격으로 들어갔잖아?"

용사 일행은 제각각 입을 모아 현실을 부정하는 말들을 중얼거렸다.

"대단하긴 하더라. 너희가 아까 쓴 구속 마술이 산산이 조각나 버렸군."

소피아는 건재하게 서 있었다.

"게다가 그렇게나 속성들을 섞어놓고도, 서로의 위력을 발휘하는데 전혀 간섭하지 않더군. 예술적인 공격이었어. 거기 있는 아가씨랑 호흡을 일치시키는 건 정말 완벽하더군. 솔직히 매료 능력에 관해선 얕보고 있었는데, 방금 전처럼 협공을 펼치는 데까지 도움이 될 줄은 몰랐어."

준비 운동처럼 어깨를 우두둑거리면서 검을 휘둘렀다.

"하지만 기본적으로, 호수 하날 만들 정돈 아니야. 방금 전처럼 무책임하게 싸지르는 공격은 당해본 경험이 있거든. 우리 둘 다 그런 종류의 기술을 방어하는 쪽으론 완벽하다는 뜻이지."

소피아는 비룡의 등짝 위에 올라서서 순간적으로 내비쳤던 사나운 짐승 같은 눈빛을 다시금 보였다. 스트레칭이라도 하는 듯이 보였던 움직임이 잦아드는가 싶더니, 그녀는 천천히 오른팔을 치켜들었다. 그리고 손에 든 길쭉한 검으로 토모키를 가리켰다.

"하지만 말이지?"

소피아의 얼굴 전체로 미소가 퍼져 나갔다.

반대로 토모키의 얼굴은 조금씩 굳기 시작한 듯이 보였다.

"잠깐 예전 일을 떠올릴 정도는 되더라. 5할 정도의 힘으로 대충 쓰다듬어주는 정도가 적당할 줄 알았지만, 지금 보니 좀 더 출력을 높여줄 수도 있겠는걸!"

소피아의 모습이 사라졌다.

아니, 사라진 것이 아니었다. 단순히 평범한 이들의 눈으로 쫓지 못할 만큼 너무나 빨랐던 것뿐이다. 실제로 기네비아는 겨우 반응하는데 성공했다. 토모키를 지키는 최강의 방패로서, 본인의 구실을 다한 것이다.

"아무튼, 토모키! 용사의 힘을 나에게 보여줘! 준비 운동만으로 끝나 버리진 말란 말이야아!!"

◇◆◇◆◇

"이제 주변 정돈은 대충 끝났군. 이렇게 수많은 이들을 죽이고도 검을 겨우 두 자루밖에 못 늘릴 줄이야. 높은 레벨이 영웅으로 각성할 필수적인 조건은 아니라지만, 참 한심하군. 소피아는…… 흠, 거의 끝나 가나?"

주위를 둘러보던 랜서는 고개를 끄덕인 다음, 앞장서서 날뛰고 있는 소피아의 상황을 살폈다.

고요하기 그지없었다.

그의 주위엔 이미, 아무도 없었다.

랜서의 소행이었다.

용사와 본격적으로 싸우기 시작한 소피아의 뒤로 물러나, 눈에 띄는 이들을 모조리 죽이러 돌아다녔다. 목격자를 줄여야 한다는 명분이 없는 것은 아니었지만, 기본적으론 지금의 자신이 지니고 있는 힘을 확인하기 위한 행동이었다.

일단 소피아에게 죽임을 당할 뻔한 그날 이후로, 랜서의 힘은 큰 폭으로 약화되고 말았다.

「마인」이라는 이름으로 알려진 마코토와 싸웠을 당시에도, 그는 절반 정도밖에 힘을 되찾지 못한 상태였다. 마코토에게 혼쭐이 난 그날 이후, 약 반년 정도의 시간을 들이고 나서야 랜서는 상위 용으로서 타고난 자기 자신의 힘을 완전히 되찾은 것이다.

드디어 이 정도 수준까지 회복시켰다는 감회와 함께 만족스러운 표정으로 고개를 끄덕이던 랜서는, 자신의 파트너인 소피아에게 말을 걸었다.

"소피아! 그 녀석들은 어떻게 할 테냐? 여기서 용사를 죽이면 마왕에게도 큰 빚을 지울 수 있지 않을까 싶군. 죽여서 우리가 손해 볼 여지는 별로 없어 보인다만?"

그녀는 지금, 네 사람의 패배자들을 바라보고 있었다.

기적적으로 사망자는 아무도 없었다.

아니, 사실 그런 식으로 편의주의적인 기적 따윈 일어날 리가 없었다.

그들과 싸우던 당사자인 소피아가 본인의 의지로 아무도 죽이지 않았을 뿐이다.

"……전부 다 그 녀석처럼 터무니없는 괴물은 아니란 건가? 어중간하게 불이나 붙이고 말이야. 일어나, 넌 용사라면서?! 뭔가 비장의 수가 있을 거 아냐?! 일어나! 어서 덤벼!"

소피아는 제대로 된 반응조차 못 하는 상태로 신음소리만 흘리고 있는 토모키에게 무자비한 참격(斬擊)을 날렸다. 이미 뻗어있건 말건 아무 상관없었다.

배를, 가슴을, 팔을, 다리를, 목을, 머리를—.

베일 때마다 움찔거리는 토모키로부터, 그 이상의 반응은 돌아오지 않았다.

"이거야 원, 전혀 안 들리나 보군."

랜서가 고개를 가로저었다.

아무리 난도질을 당한다 한들 즉시 재생되다 보니 토모키의 몸은 말끔한 상태였으나, 그 광경은 도저히 똑바로 쳐다볼 수 있는 종류의 장면이 아니었다.

본디 그를 지켜야 하는 입장인 근위기사 기네비아는, 빈사에 가까운 중상을 입은 채로 멀리 떨어진 데서 굴러다니고 있었다.

정신을 차리고 있었을 때야 기적이라도 일으켜서 토모키를 구하고자 몸을 날렸을지도 모르지만, 본인의 뜻과 무관하게 움찔거리고만 있을 뿐인 그녀에게 그러한 행동을 요구하는 것은 너무나 가혹한 처사였다. 크게 뜬 두 눈동자로 피가 흘러들어오건 말건, 그녀는 눈을 깜빡거리지도 않았다. 온몸을 빠짐없이 다친 상태였으며, 옆구리의 상처는 특히나 심각하기 그지없었다. 빼끔히 뚫린 구멍으로부터 피가 넘쳐흘렀다. 지극히 위독한 상태였다.

모라와 유키나츠 또한 엇비슷한 정도, 아니, 기네비아보다 방어력이 낮은 만큼 더욱더 비참한 몰골이었다. 양 다리의 무릎 아래가 잘려 나간 모라는, 오른손까지 갈가리 토막이 나 있었다. 그리고 땅바닥에다가 머리를 박고 엎드린 자세로 기어 다니는 중이었다. 유키나츠는 빛나는 검으로 팔과 다리를 모조리 관통당한 결과, 땅바닥에 묶인 온몸이 피투성이가 된 채로 움찔거리는 중이었다. 그나마 세 사람 다 아직 숨은 쉬고 있었다.

부상당한 부위는 참혹하기 그지없었으나, 제도가 보유하고 있는 치료술사들의 숫자와 높은 능력치를 감안할 땐 최소한 목숨 정돈 부지할 수 있으리라. 다만, 어디까지나 이 상황을 벗어날 수 있을 경우의 얘기였다. 그리고 그럴 수 있을 가능성은 지극히 낮았다. 그 사실을 아는지 모르는지, 벌써 몇 차례나 끔찍한 비명을 지르고 있던 토모키가 절규와 함께 몸을 일으켰다.

몸을 다치자마자 즉시 재생되는, 밤에만 한정된 불사성을 지닌 토모키에게만 가능한 경이적인 동작이었다. 일부러 공격을 멈춘 소피아는, 자신과 마주보는 자세로 몸을 일으키자마자 숨을 가쁘게 몰아쉬던 토모키를 지그시 쳐다봤다. 그의 얼굴 표정은 완전히 지친 듯이 보였다. 너무나 당연한 반응이었다.

밤은 그에게 절대로 패배할 수 없는, 불사의 육체를 선사한다.

하지만 몸을 난도질당하는데 스트레스를 느끼지 않을 리가 없다. 여신에게 하사받은 은 구두는 그의 피로를 회복시켜 주지만, 정신적 부담까진 경감시켜 주지 않았다.

통각을 차단한 토모키에게 있어서도, 소피아에게 끊임없이 난도질당하는 정신적인 고통은 견디기 힘든 감각이었다. 순간 재생은, 보는 이들로 하여금 차라리 죽는 편이 나아 보인다는 생각을 들게 하는 무자비한 능력이었다. 아무리 아픔을 느끼지 않는다 한들, 그 상태로 제정신을 유지할 수 있는 자는 절대로 평범한 인격의 소유자일 리가 없었다.

토모키가 만약 제정신을 유지하고 있다면, 그의 마음은 변질되어 부자연스러울 정도의 강인한 정신력을 획득한 것으로밖에 여겨지지 않는 상황이었다.

"어머나, 좋아라. 아직 뭔가 있긴 있나 봐? 실제론 어떠니, 토모키 군?"

"빌어먹을…… 괴물 자식. 움직이지 않는 상대를 끈질기게 계속 공격하다니!"

명확한 피로가 느껴지는 목소리였다.

그럼에도 불구하고 눈빛 그 자체는 나기를 타고 다닐 때의 그와 크게 다르지 않았다.

소피아는 자신을 노려보는 토모키에게 은근히 감탄한 듯이 입을 열었다.

"움직이지 못 하는 상태론 보이지 않았거든. 여자들이랑 달리 넌 아직 움직일 수 있는 상태로 움직이지 못 하는 척을 하던 것뿐이잖아? 아직 뭔가 있을지도 모르겠다~는 생각이 드는 건 인지상정이야. 아니, 그리고 꽃다운 나이의 젊은 여성한테 괴물이라는 건 좀 너무하지 않니?"

"……휴만 주제에 마족들 편을 드는 너한테 설교 당할 이유는,

없어!"

토모키는 자신의 계략을 완벽하게 파악하고 있었던 소피아를 향해 마음속으로 혀를 찼다.

릴리가 이곳의 상황을 파악할 수 있는 장소까지 와 있었다면, 지금보단 그나마 현명한 수단으로 전투를 좀 더 유리하게 펼칠 수 있지 않았을까— 그렇게 생각하던 그는, 곧바로 고개를 가로저었다. 눈앞의 소피아가 지금의 힘으론 도저히 물리칠 수 없는 상대로 보였기 때문이다.

지금의 자신들에게 눈앞의 괴물을 물리칠 수단은 없었다.

따라서 세 사람에게 숨이 붙어 있다는 사실을 확인한 다음, 죽은 척으로 상대방을 따돌릴 생각이었던 것이다. 하지만 소피아는 끈질기고도 지겹게 토모키를 마구잡이로 난도질했다.

세 사람의 생명을 건질 수 있는 제한 시간이 다가오고 있다는 사실을 아는 토모키로서는 안달이 날 수밖에 없었다. 파티 멤버들의 컨디션을 어느 정도 자세하게 수치화할 수 있는 아이템을 가지고 있던 그는, 세 사람의 상황을 뚜렷이 파악하고 있었다.

그런 이유로 그는, 지금 이 순간이 올 때까지 기다린 것이다.

그러나 상대가 포기하지 않는 한, 머지않아 한계가 찾아올 수밖에 없었다.

그 아슬아슬한 마지노선이 바로, 지금 이 순간이었다.

"토모키 군, 너희가 가지고 있다는 특별한 용사의 힘을 나한테 보여주렴. 지금까지 온힘을 다하지 않았다는 건 알고 있거든? 포기한 것치고는 아직 눈이 살아 있어."

"까불지 마!!"

토모키는 아직 지지 않았다는 듯이 투덜거렸다.

왜냐하면 소피아의 말마따나, 아직은 비장의 카드 하나가 남아 있었기 때문이다.

하지만 그 수단은, 지금으로선 너무나 쓰기가 곤란한 방법이었다.

그러한 딜레마가 그의 신경을 더욱더 날카롭게 곤두세웠다.

그는 무기를 잡거나 술법을 발동시키지도 못 하는 상태로, 계속 고함이나 칠 수밖에 없었다.

"젠장, 젠장! 젠장하아알!!"

"……흐음, 뭔가 따로 조건이라도 있니? 아하, 걔들이 없어야 쓸 수 있는 기술인가 보구나?"

소피아는 반격을 시도하기는커녕 끊임없이 투덜거리기만 하는 토모키의 영문을 알 수 없는 행동거지를 지켜보다가, 그제야 납득이 간 듯이 고개를 끄덕였다.

자신의 직감이 틀리지 않은 것으로 확신한 그녀는, 마음속으로 회심의 미소를 지었다.

"뭐, 라고?"

정곡을 찔린 토모키는 놀랄 수밖에 없었다.

"좋아, 우선 여자들부터 죽여 버릴까? 아니면, 목숨 구걸이라도 해볼래?"

소피아가 진심으로 즐겁다는 듯이 웃었다. 어느 틈엔가 그녀에게 가까이 다가선 랜서는, 또 소피아의 나쁜 버릇이 도졌다는 의미로 한숨을 쉬었다.

"……그 녀석들을 죽이면, 난 죽어도 너한테 비장의 수를 보여 주지 않을 거야. 꼭 구경하고 싶다면서? 정말 보고 싶거든, 우선 그 녀석들을 제도로 전송시켜. 모르긴 몰라도, 그 정도야 너희들한텐 거의 식은 죽 먹기나 다름없겠지."

"와우, 절반 정돈 정답이었구나. 좋아, 솔직히 말해서 꼭 보고 싶긴 했거든. 용사님께서 목숨을 구걸하는 목소릴 듣지 못 하는 건 아쉽지만, 부탁 좀 할 수 있을까?"

소피아가 랜서에게 시선을 돌렸다.

"……알겠다. 저 죽다가 만 누더기들을 제도에다가 버리고 오라는 거지?"

"성 앞이야."

"주문이 많은 녀석이군. 그 뻔뻔한 성격도 용사의 힘이냐?"

"맘대로 지껄여."

랜서는 토모키의 광기 어린 눈동자를 비웃다가, 파트너의 부탁을 받아 중상을 입은 세 명의 용사 일행을 제도의 성문 앞으로 옮기고자 자취를 감췄다.

"우린 약속을 지켰어. 이번엔 네 차례야. 나한테 네가 가진 진정한 여신의 가호를 보여줘!"

"뭔가 잘못 알고 있던 모양이군."

토모키가 조용히 읊조리자, 소피아는 순간적으로 험악한 표정을 지어 보였다.

"……뭐라고?"

"지금부터 선보일 능력은, 여신의 가호가 아니야. 세계를 이동한 자들 가운데 조건을 충족시킨 극히 일부들만 사용할 수 있는, 최고로 희귀한 능력이지. 최소한 히비키는 절대 못 써."

토모키는 랜서에게 받은 비웃음을, 소피아에게 되돌려줬다.

"히비키…… 왕국의 용사 말이군. 흐음? 용사들이 이세계 출신이라는 얘기 정돈 들어본 적 있지만, 제각각 등급이 나뉜다는 소리야? 그건 완전히 금시초문인데? 하지만 결국 나하곤 아무 상관없는 얘기야. 얼른 덤비기나 해!"

"……좋아, 마음껏 맛보셔. 일찍이 원래 살던 세계의 우리나라를 불살라 버린 굴욕의 빛이야. 이 세계에도 재현시켜 주마! 전부 네가 자초한 일이야. 마음 단단히 먹어!!"

"허풍이 너무 심하지 않니? 나는 이세계로부터 온 자들은 전부 다 마인인지, 마인이 이세계 출신자들 가운데 특이한 경운지만 확인하고 싶을 뿐이야."

토모키가 양손을 앞으로 뻗었다.

소피아는 그가 난생 처음 듣는 영창을 읊는 모습을 잠자코 응시했다.

하지만 검은 잡고 있었다. 그녀는 스스로 펼칠 수 있는 최강의 방어 능력을 이미 전개한 상태로, 토모키가 공격을 시작할 때까지 기다렸다.

이윽고 토모키의 양손 끝으로부터 빛이 나타났다.

눈부시게 번쩍거리는, 도저히 똑바로 쳐다볼 수 없을 만큼 거센 빛의 구슬이었다.

마력뿐만 아니라 토모키의 생명력까지 빨아들이면서 흉악하게

빛나는 구슬을 마주본 소피아의 표정이 환희로 물들었다.

그 빛의 구슬이 일찍이 자신을 거의 죽일 뻔한 「그 일격」을 능가하는 위력을 지니고 있음을 확신한 탓이다. 토모키가 술법의 명칭으로 추정되는 이름을 부르짖었다.

바로 그 순간—.

두 사람을 중심으로 빛의 구슬이 파열되더니, 밤의 어둠을 가로지르는 빛의 돔이 나타났다.

◇◆◇◆◇

제도로부터 약간 떨어져 있는 전쟁터에 거대한 분화구가 탄생했다.

그리고 그 분화구의 외곽으로도, 초목 한 그루조차 눈에 띄지 않을 만큼 모조리 쓸려나간 처참한 파괴의 풍경이 펼쳐져 있었다. 움직이는 생물이나 물체 따윈 전혀 찾아볼 수 없는, 너무나 부자연스러운 광경이었다.

제도까진 영향을 끼치지 않았으나, 토모키가 날린 일격은 예전에 마코토가 호수를 만들어 버렸을 때보다 더욱더 지독한 상흔을 남겼다.

그러나 사건의 주연 배우와 그 결말은, 그때와 확연히 달랐다.

폭발의 중심지 한 가운데로 정신을 잃은 한 남자가 쓰러져 있었다.

그리고 또 한 사람—.

허리춤에 검을 찬 한 여자가, 파란색 빛을 휘감은 채로 서 있었다.

"꽤나 무지막지한 비장의 수단이었던 모양이군."

어디론가 몸을 피했다가 사뿐히 분화구의 가장자리로 내려선 랜서가, 분화구의 중앙 근처를 서성거리던 소피아와 그녀의 발밑으로 굴러다니던 용사를 곁눈질로 쳐다봤다.

"미츠루기? 응, 그날의 마인이 쐈던 화살보다 훨씬 흉악한 공격이더라. 만약 그날 당한 공격이 이거였다면, 우리 둘 다 꼼짝없이 죽었을 거야."

"호오, 네가 그렇게 말할 줄은 몰랐군. 과연 용사라는 이름은 겉치레가 아니었던 모양이야."

"용사…… 솔직히 감은 잘 안 와. 토모키 군의 개인적인 오기였는지도 몰라."

"토모키 군이라니, 혹시 너까지 매료당한 거냐?"

"헛소리 마. 이 술법— 꼭 술법이라는 보장은 없지만, 대단히 강력한 불 속성 능력이야."

"불이라?"

"게다가 사용자의 생명까지 깎아 먹는 일종의 우격다짐에 가까운 기술 같아. 하지만 아무래도 이 기술의 정말 무서운 점은 겨우 그 정도가 아닌 모양이야."

"말해 봐라."

"너는 물론이거니와 폭발의 충격파를 모조리 뒤집어쓴 자와 운좋게 목숨을 건진 자, 범위 밖으로 도망가서 직접적인 공격을 받지 않은 자들에게 이르기까지 모조리 특수한 독이나 저주를 부여한 걸로 보이거든."

"……?!"

"후후후후, 솔직히 별로 용사답진 않은 능력이야. 독성을 띤 불꽃이라 불러야 하나? 이리 와, 덤으로 네 상처까지 치료해줄게."

"나한테 영향을 끼칠 정도였을 줄이야. 미안하다, 치료를 부탁하마."

랜서는 토모키가 선보인 비장의 카드에 관한 자세한 사항을 전해 듣자마자 몹시 경악하면서도, 소피아에게 가까이 다가갔다.

아무리 랜서라도 이런 종류의 독과 저주에 관해선 전혀 아는 바가 없었으나, 천하의 소피아가 장담하고 있다 보니 충분히 믿을 만한 가치가 있는 얘기로 들렸다.

랜서는 얌전히 소피아가 발산하는 파란색 빛을 쬐었다.

"음, 생각보다 오래 걸리는군. 그렇게나 강력한 능력이었나?"

"응, 사실은 아직 나 자신의 몸조차 완전히 회복 못 시킨 상태야. 혹시 몰라서 몸을 살펴보니, 아니나 다를까 나라고 예외는 아니었거든. 정말 난감하더라."

"지금으로선 특별한 이상은 없는데다가, 겉보기로는 잘 모르겠다만……."

"하지만 확실하게 생명을 좀먹을 뿐만 아니라, 육체를 그 뿌리부터 일그러뜨리는 방식으로 변질시키는 최악의 독소야. 적이건 아군이건 아무 상관없어. 유일하게 본인만은 영향을 받지 않도록 제외시킬 수 있는 모양이더군. 정말로 대단한 힘이야. 얼핏 듣기론 토모키 군은 뉴크스라고 부르는 것 같던데?"

"적이건 아군이건 무차별적으로 휩쓸어버리는 공격이란 말인가? 듣고 보니 저 뉴크스라는 술법은 정말 네 취향이긴 하군. 그런 이유로 토모키 군이라 부르는 건 납득이 가는구나. 솔직히 나는 비룡까지 한꺼번에 쓸려 나가는 광경을 목격한 네 기분을 가라앉힐 방법이나 궁리하고 있던 참이다만, 일단 그런 걱정을 할 필요는 없어 보이는군."

"비룡에 관해선 정말 유감스럽지만, 흥미로운 구경거리와 맞닥뜨릴 수 있었던 걸로 만족할 수밖에 없어. 그건 그렇고…… 끊어져 있던 염화나 연결시키자. 그리고 미츠루기? 저기 굴러다니는 용사님은 건드리지 마. 재미있어 보이는 녀석이라 아직은 죽이고 싶지 않아."

"아직은, 죽이지 않겠단 말이냐? 일단 너의 그 여유로운 모습만 봐선 당장 우리 앞을 가로막을 자는 아닌 것 같군. 난 상관없다."

크게 기지개를 편 소피아가 무척이나 상쾌한 듯이 두 눈을 감았다.

'로나—, 잘 들려?'

'엄청난 양의 마력을 감지했거든?! 염화가 끊어진데다가 그쪽 부대와 연락조차 안 되는 상황이었어. 도대체 뭐가 어떻게 된 거야?'

곧장 소피아의 염화를 받은 마장 로나의 목소리는 무척이나 당황한 것처럼 들렸다. 소피아는 히죽거리는 목소리로 상황을 설명했다. 물론 정작 중요한 내용에 관해선 대충 얼버무렸다.

'한창 나랑 싸우던 토모키 군이 갑작스럽게 비장의 카드를 써 왔거든. 거기서 느낀 엄청난 마력은 아마도 그가 날린 일격 때문일 거야. 정말 터무니없는 공격이더라. 도저히 다른 부대들한테 신경을 쓸 만한 상태가 아니었어. 참고로 밤에만 발동되는 회복 능력은 실제로 존재하는 능력이더군. 굳이 바로잡자면, 회복이라기보

다 불사에 가까운 느낌이었어.'

'비장의 카드?! 그건 어떤 능력이었지?'

소피아의 한 마디에 로나가 민감하게 반응했다.

'상당히 넓은 범위를 공격하는 불 속성 술법으로 예상되는 공격이야. 다만 영향 범위와 위력은 정말 엄청난 수준이었어. 범위와 위력을 양립시킨, 거의 반칙에 가까운 기술이야.'

'정말 부조리 그 자체군. 용사들한텐 술법의 기본 개념 따윈 아무 상관없는 모양이야. 그런데 그 용사는 어떻게 됐지? 혹시 너희 손으로 해치웠나?'

로나가 질문을 던져 오자, 소피아는 정신을 잃은 토모키에게 시선을 돌렸다.

가슴이 규칙적으로 오르락내리락하는 걸로 봐서, 그의 목숨이 무사한 것은 틀림없었다.

'유감스럽게도, 놓치고 말았어. 미안.'

'……그렇군. 하지만 비장의 카드를 확인할 수 있었던 것만으로도 큰 수확이야. 수고했어.'

'정확한 공격 범위에 관해선 나중에 분화구나 확인해 봐. 분화구 바깥쪽으로도 상당히 피해가 큰 모양이니, 대략적인 효과 범위 정돈 손쉽게 파악할 수 있을 거야.'

'고마워. 곧바로 부하를 파견할게. 너희들은 일단 스텔라로 복귀해줄래?'

'알았어. 사실 지금은 상당히 피곤한 상태거든. 쉬라는 명령 정도야―.'

소피아와 직통으로 연결되어 있던 염화가 갑작스럽게 멈췄다.

차단 따위를 당한 것은 아니었다. 단순히 말을 제대로 잇질 못하는 느낌이었다.

'소피아?'

의아하게 여긴 로나가 소피아의 이름을 불렀으나, 제대로 된 반응은 돌아오지 않았다.

"미츠루기, 지금 봤어?"

'미츠루기, 지금 봤어?'

잠시 동안 침묵이 이어지다가, 소피아가 염화와 입으로 동시에 발언했다.

일반적으론 염화를 끊고 나서 발언을 시작할 상황이었다. 그녀치고는 무척이나 흔치 않은 실수였다. 로나는 염화로 그 사실을 알리려다가, 순간적으로 그 생각을 거두어들였다.

실수로 염화를 끊지 않은 소피아가 자신들에 관한 결정적인 정보를 누출시킬 가능성을 깨달았기 때문이다. 로나는 숨을 죽인 채로 다음 말을 기다렸다.

"그렇군, 이 두 눈으로 똑똑히 봤다. 저건 그 녀석이야."

랜서가 소피아와 똑같은 방향의 하늘을 우러러보는 자세로 중얼거렸다.

바로 지금, 황금색으로 번쩍거리는 빛의 띠가 지상으로 오다가 빛을 잃었다. 그리고 곧장 리미아 방향으로 떨어졌다. 두 사람이 예전에 봤던 광경과 완전히 똑같진 않았지만, 씁쓸한 기억을 되살리는 데는 충분하고도 남을 정도였다.

"맞아, 틀림없어. 아마도 그 녀석은 지금부터 리미아 왕도로 나타날 거야. 이젠 힘까지 되돌아왔으니, 곧장 날아가는 데는 아무 문제없지? 미츠루기!"

'맞아, 틀림없어. 아마도 그 녀석은 지금부터 리미아 왕도로 나타날 거야. 이젠 힘까지 되돌아왔으니, 곧장 날아가는 데는 아무 문제없지? 미츠루기!'

"물론이다. 리미아까진 10분 정도밖에 안 걸리는 거리야. 그건 그렇고 휴만들의 역경을 구하고자 다시 나타나다니. 역시 저 녀석은 휴만들의 수호잔가?"

"글쎄, 잘 모르겠어. 하지만…… 우리의 숙원을 이루기 전에 저 녀석을 죽일, 절호의 기회야."

'글쎄, 잘 모르겠어. 하지만…… 우리의 숙원을 이루기 전에 저 녀석을 죽일, 절호의 기회야.'

로나가 가진 정보만으론, 두 사람의 대화가 뜻하는 바를 정확하게 파악할 수 없었다.

하지만 소피아가 중얼거린 염화로부터, 리미아의 왕도를 무대로 전개 중인 작전을 성사시키는데 뭔가 불확정 요소가 늘어났다는 정보만은 입수할 수 있었다.

"찬성이다, 소피아. 가자. 저 녀석을 토벌하는 거야말로 우리의 역할이다."

"목이나 씻고 기다려, 마인. 오늘이 바로 네 제삿날이야. 이 손으로 반드시 죽여줄게."

'목이나 씻고 기다려, 마인. 오늘이 바로 네 제삿날이야. 이 손으

로 반드시 죽여줄게.'

목소리를 필사적으로 억누르던 로나는, 조용히 염화를 끊었다.

어떻게 이럴 수 있단 말인가.

설마 가장 큰 불안요소가, 롯츠갈드나 제도가 아니라 가장 확실하게 작전을 성공시키고 싶었던 왕도로 출현할 줄이야.

이미 스텔라로 돌아와 있던 로나로서는, 정말 골머리가 아픈 상황이었다.

왕도로부터 염화를 이용한 보고가 정기적으로 들어올 예정이었다.

아직 특별한 보고는 올라오지 않았으나, 이제 곧 상세한 정보가 들어올 타이밍이었다.

로나는 어느 정도 긍정적인 판단재료까지 감안하면서 그 순간을 기다렸다.

"저 괴물 두 사람이 마인을 도맡아 상대할 테니, 최우선 사항인 히비키 살해 계획은 아직 충분히 달성 가능한 상황이야. 그리고 이오의 부대하고도 금방 연락을 취할 수 있도록 기반을 구축하는 중이야. 그런 고로—."

이오 본인은 염화를 다루는데 서툴다지만, 그의 부대원들이 아무도 염화를 다루지 못 하는 것은 아니었다. 따라서 왕도의 상황은 그다지 큰 시간차 없이 파악할 수 있을 것으로 예상된다.

'로나 님.'

—왔다!

로나는 오늘 들어 최고의 집중력으로 부하에게 응답했다.

'보고를 시작해.'

'예! 현재 우리 군은 용사 토벌 작전을 수행하고자 왕도를 진군 중입니다. 이오 님과 히비키가 교전을 개시했습니다. 전체적인 전황은 우리 군에게 유리한 상황입니다.'

'…….'

나쁘지 않은 보고였다. 이미 교전을 개시한 상황일 경우, 이오를 걱정할 필요는 없다는 것이 로나의 생각이었다. 로나는 잠자코 다음 말이 나올 때까지 기다렸다.

'병력의 소모는 격심합니다만, 저희 또한 왕도의 부대들과 대등한 전투를 펼치는 중입니다. 하오나—.'

거기까지 말한 부하가 머뭇거렸다.

'계속해 봐.'

'예, 왕성으로 정체불명의 빛이 꽂혀 들어가는 광경을 목격했습니다. 이오 님의 측근 역할을 맡은 자의 보고로는, 황금색 빛인지 어둠과 흡사한 물체인지 확실치 않은 「그것」으로부터 난입자가 나타난 모양입니다!'

'숫자는? 이름은? 자신의 소속이나 입장은 밝혔어?'

'차원이 다르게 강력한 마력을 지닌 리치와, 새하얀 괴인으로 보이는 두 명입니다. 그 이상의 정보는 전혀 입수할 수 없었다는 보고가 들어 왔습니다.'

'괴인? 휴만이 아니라는 소리야?'

불명확한 보고를 들은 로나는 신경을 곤두세웠다.

리치라는 단어를 듣자마자 어딘지 모르게 위화감을 느꼈으나, 그보다 신경 쓰이는 대상은 그 녀석과 함께 출현한 괴인 쪽이었다. 만약 소피아 일행의 발언을 믿을 경우, 바로 그 존재야말로 마인— 현재의 자신들에게 있어서 최악의 불안요소일 가능성이 높기 때문이다.

'모릅니다. 저희들로서도 당장 가세하고 싶습니다만, 휴만들의 저항이 격심한 관계로 좀처럼 균형을 깨기가 쉽지 않습니다.'

'큭…… 좋아. 수고했어. 계속해서 이오 장군을 엄호하는데 최선을 다해 줘.'

'예, 목숨을 다 바쳐 임무를 수행하겠습니다!'

염화가 끝났다.

리치와 함께 나타난 새하얀 괴인—.

바로 그 존재야말로 마인이라는 개체인가? 혹은 또 다른 정체불명의 존재일 수도 있으리라.

아니, 그보다 더 중요한 사항은 그 존재가 적과 아군 중 도대체 어느 쪽이냐는 것이었다.

로나는 일어섰다.

그녀는 스텔라의 수비나 굳히고 있을 때가 아니라는 사실을 깨달은 듯한 표정을 지었다.

제국 공격을 끝마친 이후로 이오의 결과 보고만 기다리고 있던 로나는, 요새에 남아있던 소수의 병사들에게 당장 필요한 지시를 하달하자마자 왕도를 향해 전이를 거듭했다.

재출격으로 인한 체력 소모 따위를 신경 쓸 때가 아니었다. 지금은 그녀에게 있어서, 아니, 마족들에게 있어서 가장 중요한 작전의 성사 여부가 걸려 있는 순간이었기 때문이다.

3

마족들의 왕도 침공은 갑작스럽게 시작됐다.

왕국의 용사인 오토나시 히비키는 강한 조바심과 불안감을 느끼면서도, 자신의 일거수일투족에 주목하는 타인들이 보는 데선 다부진 모습만 보였다.

리미아의 왕도는 마족의 세력권과 가까운 위치에 자리 잡고 있다 보니, 언제든지 마족들의 침공을 당할 수 있다는 불안감을 안고 있는 도시였다. 히비키는 지금껏 여러 차례에 걸쳐 왕도 그 자체나 그 기능만이라도 다른 장소로 이전시키자는 의견을 제출한 바 있다.

하지만 그녀의 발언들은 귀족들의 반발이나 역사적인 문제 등으로 인해 승인을 받지 못 하다가, 결국 속수무책으로 오늘과 같은 날을 맞이한 것이다. 얼마 전의 스텔라 요새 공략전을 수행할 때부터, 꽤나 높은 확률로 왕도까지 전선이 확장될 가능성이 있었다. 히비키는 그날의 뼈아픈 실수가 결국 아무 의미 없었다는데 관해 마음속으로 무척이나 화가 나 있었다.

'우린 지금 전쟁을 하고 있는 거잖아? 만약 지기라도 하는 날엔 이 도시나 성이 남김없이 타 올라서, 역사라는 개념 자체가 무용지물이 될지도 모르는 상황이야.'

히비키가 전쟁에 관해 아주 잘 알고 있는 것은 아니었다.

그녀는 어디까지나 평화로운 일본으로부터 소환된 여고생에 지나지 않는 신분으로서, 전쟁 경험 자체는 이 세계의 군인들이나 귀족들에게야말로 더욱더 일상적일 수밖에 없었다.

하지만 이만큼이나 고전을 면치 못 하는 상황임에도 불구하고, 마족들을 얕보는 분위기는 여전히 존재한다. 특히 유력한 귀족이나 국가를 경영하는 입장일수록, 마족들의 위협에 관해선 어딘지 모르게 낙관적인 태도를 보였다. 마족들을 단순히 하등한 종족으로 간주할 뿐인, 근거 없는 낙관이었다. 히비키에게 있어선 그러한 분위기야말로 가장 답답하게 느껴지는 요소였다.

국왕이나 일부의 귀족들을 중심으로 마족의 위협에 대한 새로운 인식이 확산되어 기존의 사고방식에 대한 비판이 일어나고 있으나, 아직 국가 전체를 바꿀 수 있을 정도는 아니었다.

아무리 히비키에게 있어서 바람직한 방향으로 진행되기 시작했다 한들, 행동 자체가 늦었을 땐 결국 아무 의미 없는 거나 마찬가지였다.

"히비키! 적들이 성문으로 달라붙었다! 저 녀석들은 정말 저 숫자로 우리 성을 함락시킬 생각인 모양이야!"

파티의 동료 중 한 명인 기사, 벨더의 입으로부터 사태가 한층 더 악화됐다는 소식이 들려왔다. 지금, 이 왕도에는 절대적인 명령권을 지니고 있는 국왕이 자리를 비우고 있다. 학원 도시 롯츠갈드의 행사에 참가하고 있는 중이었기 때문이다.

1년마다 한 번씩 열린다는 학원제였다.

원래는 스텔라 요새를 탈환하기 위해 최전선으로 속속들이 부대를 파견하고 있는 이런 타이밍을 틈타, 국왕 스스로가 일부러 얼굴 도장을 찍으러 가야할 정도의 행사는 아니었다.

하지만 올해는 그리토니아 제국의 황녀인 릴리가 그 학원제에 참가한다는 정보가 들어왔다.

왕국과 제국은 함께 마족을 상대로 전선을 구축하고 있는 동맹국인 한편, 라이벌 관계를 구축하고 있는 사이이기도 했다. 실질적으로 제국의 용사에게 가장 큰 영향력을 행사하는 것으로 알려진 거물급 인사의 이해가 안 가는 행동을 왕국으로선 그냥 두고 볼 수 없었던 결과, 여러모로 견제하는 뜻을 담아 국왕 스스로가 참가할 수밖에 없었던 것이다.

히비키가 갈 수도 있었으나, 스텔라를 공략하기 위한 직접적인 전투력을 담당하는 그녀가 그런 곳까지 출장을 갈 필요는 없다는 판단이 떨어졌다.

그리고 스텔라 요새는 아군이 공격하는 측이었다.

마족들은 요새 안에 틀어박혀 견고한 수비를 펼치고 있다. 말인즉슨 공격을 시작할 타이밍은 휴만 측, 왕국과 제국의 의향에 따라 정할 수 있을 것으로 여겼다는 뜻이다.

학원제가 끝나고 나서 공격을 시작해도 아무 문제없으리라는 판단을 하고 만 것이다.

'그 결과가 이 모양 이 꼴, 마족들의 침공이군. 정말 전혀 예상치 못한 사태였지만, 과정 자체가 정말 최악이야. 같은 휴만들끼리 발목을 서로 잡아당기다가 빈틈을 보인 셈……이니까.'

사용한 수단에 관해선 짐작조차 안 갔지만, 마족들은 리미아 왕국군이 최전선으로 배치한 부대들 틈을 비집고 들어온 듯이 갑작스럽게 별의 호숫가로 나타났다.

정말로 터무니없는 사태였다.

별의 호수는 왕도와 그다지 멀리 떨어져 있지 않은 장소에서, 마인이라 불리는 정체불명의 존재에 의해 최근 들어 탄생한 호수였다. 별의 호수가 탄생하게 된 계기는 휴만이건 마족이건 상관없이 수많은 병사들을 휩쓸어 버린, 아직껏 상세한 정보를 파악할 수 없는 무자비하고도 강대한 마인의 일격이었다. 하여튼 그로 인해 당시의 마족들이 계획하고 있던 왕도 기습 작전을 미연에 방지할 수 있었던 것은 틀림없다. 그렇게 지독한 교훈을 상기시켜 주는 존재였다.

속도에 따라 다르겠지만, 별의 호수로부터 왕도까지 행군하는 데는 몇 시간밖에 걸리지 않는다. 사실상 코앞이나 다를 바 없는 거리였다.

히비키는 이런 식의 기습 작전이 국경 부근의 도시가 아니라, 왕도를 대상으로 성립될 수 있다는데 경악을 금할 수 없었다. 지금의 왕국은 이른바 임전태세나 마찬가지였다. 며칠 안으로 스텔라 요새를 공격하기 위한 극도의 긴장 상태를 유지하고 있었다. 결단코 군대가 방심했거나 느슨한 상태는 아니었다. 적들을 경계하는 데 있어서도 상당한 힘을 쏟고 있던 걸로 안다.

그런데 이렇게나 허무하게 마족 부대의 침공을 용납하고 말았다.

마족들이 사용하는 수준 높은 염화 기술에 관해선 많이 놀랐으나, 이번 사건만 봐선 마족들의 기술은 염화를 제외하고도 휴만들을 크게 웃돌고 있다는 것이 히비키의 의견이었다.

실제로 왕국 또한 염화를 개량하는데 만만치 않은 국가적인 역량을 투입하고 있지만, 아직껏 두드러지는 성과를 거둔 바 없었다.

'휴만들이 아무리 마족들보다 숫자나 개체의 능력으로 우세하다지만, 정말로 이만큼이나 기술적 격차가 벌어져 있는 이상…….'

히비키는 가혹한 전황을 분석하기 위해 골똘히 생각에 잠겼다.

"모험가들이 퇴로를 확보 중입니다. 히비키 님, 벨더 공, 그리고 치야. 곧장 출발하십시오."

벨더가 아닌 또 다른 남성의 목소리가, 히비키의 정신을 현실로 복귀시켰다.

궁정 마술사인 우디였다.

리미아의 마술사들 가운데 그를 능가하는 실력자는 없다.

실력으로나 지식으로나, 또한 연구자로서도 전 세계로 그 이름을 떨치는 존재였다.

"도망가자는 소리야? 지금 같은 상황까지 왔는데도 과연 도망칠 수나 있을까?"

"히비키 님, 아무쪼록 납득해 주시기 바랍니다. 적들의 움직임이 너무나 빠릅니다. 일단은 왕도를 탈출해야 합니다. 주변 도시들과 스텔라로 파견시켰던 부대들을 집결시킨 다음, 기회를 봐서 포위한 왕도를 다시 탈환하는 거야말로 지금으로선 최선책입니다."

"……흐응, 우디? 일시적으로나마 유서 깊은 왕도를 마족들에게 통째로 넘기자는 얘기야?"

"……히비키 님, 지금은 그렇게 비아냥거리실 때가 아닙니다.

지금 이 자리에 국왕 폐하는 계시지 않을 뿐만 아니라, 역사와 전통을 목청껏 외치던 멍청이들 역시 도망갔습니다. 지금 이 성을 지키는 이들 가운데 가장 강력한 발언력을 지니고 있는 건 우립니다. 이렇게 된 바엔 결과로 그자들의 입을 틀어막으세요. 그리고 지금부터 방어전을 펼치시는 건 무모할 뿐입니다."

일정한 지위에 올라 있는 자들의 귀로 들어갈 경우, 아무리 우디라도 문책당할 공산이 큰 대담한 발언이었다. 하지만 그는 태연한 얼굴로 거리낌 없이 말을 마쳤다.

"이런 사태가 예상되니까 왕도를, 최소한 정치 기능만이라도 호프레이즈 령으로 옮기자는 거였어. 고위 귀족들에게 이로운 행위를 할 때조차 서로 발목을 잡아당기는 걸. 참 답이 없더라."

"일름간드 공 같은 분께선 꽤나 적극적으로 움직이시던 모양이더군요."

"일름 군 말이지? 그가 있는 학원 도시에서도 뭔가 일어나는 중이라더라……. 지금 일어나고 있는 긴급사태에 관해선 이미 폐하와 일행들에게 전달된 모양이지만, 정보 전달이 늦어서 진절머리가 나. 이럴 땐 염화가 정말 불편하게 느껴져. 스마트폰까진 바라지 않더라도, 통화가 가능한 휴대폰만 있었더라면……."

그리운 청년의 이름이 나오자, 히비키가 약간이나마 온화한 표정을 지어 보였다.

"휴대폰 말입니까? 히비키 님께서 계시던 곳만큼 기술이 발달되지 않은 관계로, 그것만은 좀 어려울 겁니다. 지금은 나머지 분들께서 무사하시기만 기도할 뿐입니다."

지금 당장, 학원 도시와 왕국 간의 정보 공유 체제는 상당히 빈약한 상태였다. 히비키가 휴대폰을 아쉬워하는 것 또한 그녀의 생활 감각으로는 꽤나 당연한 결론이었다.

지금 가장 강력한 발언력을 지니고 있는 건 우리— 히비키는 마술사의 발언을 곱씹었다.

그 말은 그녀의 동료 중 한 사람인 벨더를 가리키는 발언이 거의 틀림없었다.

우디는 아직 들통 나지 않은 걸로 여기는 모양이지만, 히비키는 벨더가 이 나라의 왕자라는 사실을 이미 파악하고 있었다. 원래부터 완벽하게 숨길 수 있을 리가 없다 보니 지극히 당연한 얘기였다. 하지만 그녀는 딱히 그 일에 관해 추궁할 생각은 없었다.

벨더 본인이 지금은 몹시 뛰어난 실력자인데다가, 특히나 그와 함께 다니는 덕분에 자신들의 재량권이 늘어났다는 사실을 깨달았기 때문이다.

히비키는 그에 관해선 억지로 추궁해 봤자 이득이 없을 것으로 판단한 것이다.

"그러게 말이야. 미안해. 그나저나, 우디? 승산은?"

일단 방 안의 일동을 둘러본 우디는, 깊숙이 고개를 끄덕였다.

"충분합니다. 신속한 기습을 위해선지, 부대를 은폐할 수 있는 수적인 한계가 존재하던 탓인지는 모르겠습니다. 최소한 저 녀석들의 규모는 왕도를 완전히 장악할 수 있을 정도는 아닙니다. 더군다나 왕도는 우리의 앞마당입니다. 비밀통로나 탈출 방법에 관해선 완벽하게 숙지하고 있습니다. 태세만 다잡을 수 있다면, 확실하게 섬멸 가능할 겁니다."

"동감이군. 저 녀석들은 마구잡이로 성을 향해 돌격해 들어오고 있을 뿐이야. 일단 피하고 나서 포위하는 편이 피해가 적을 거야. 자폭 공격을 감행해 오는 상대방과 굳이 정면 승부를 펼치는 건 멍청한 짓이야."

벨더 또한 우디의 의견에 찬동하는 뜻을 밝혔다.

"잘 보셨습니다, 벨더 공. 아무리 마족 녀석들이라도 성을 수비하는 쪽으로 돌아섰을 땐 지금 같은 기동력을 발휘하진 못할 겁니다. 지금 국왕 폐하께서 자리를 비우고 계신 건 오히려 우리들에게 유리한 일입니다. 이제 남은 일은 히비키 님과 우리가 탈출하는 것뿐……."

"자, 잠깐."

이 모임 가운데 가장 나이 어린 소녀가, 벨더와 우디의 대화에 조심스럽게 끼어들었다.

로렐 연방의 무녀인 치야였다.

그녀는 히비키를 개인적으로 존경하기 때문에 행동을 함께하는 몸이었다. 그녀가 용사 파티를 따라다님으로써 리미아 왕국과 로렐 연방 사이의 외교 문제를 발생시키곤 있지만, 무녀로서 지니고 있는 실력은 확실한 편이었다. 히비키 일행을 회복하거나 지원할 뿐만 아니라, 경우에 따라선 공격할 때의 화력 담당으로 활약하기도 한다. 파티로서는 빠뜨릴 수 없는 존재였다.

"치야, 따로 하고 싶은 말이라도 있니?"

히비키가 치야에게 다음 말을 재촉했다.

"응. 우리가 도망치고 나서, 남아 있는 시민들은 어떻게 될까?"

"……."

"……."

"……."

아무도 치야가 던진 물음에 즉시 답할 수가 없었다.

아니, 이미 알고 있는 해답을 차마 입에 담을 수 없다는 것이 정답이었다.

도망칠 기회를 놓친 자들의 말로에 관해선, 굳이 고민할 필요조차 없었다.

"치야. 잘 들어."

"으, 응."

히비키는, 자기 자신을 설득하듯이 천천히 입을 열었다.

"이 도시나 왕국은, 절대로 마족들에게 넘기지 않을 거야. 이 나라를 지키기 위해서, 지금껏 수많은 생명들을 잃어 왔거든. 그들의 뜻을 짊어진 우리는, 그들로부터 도망칠 수 없어."

"……."

"우리는 이 전쟁을 승리로 이끌 거야. 마족의 침공을 막아서 평화를 손에 넣을 거야. 그리고 우리는 살아서 그 목적을 이뤄야만 해. 따라서 아무리 괴로운 일이라도 견뎌야만 해."

"……나바르 언니를 말하는 거야?"

"……응. 그런 측면이 없진 않아. 아무튼—."

"히비키, 아직 있나?! 있었군! 다행이야!"

새롭게 방 안으로 달려 들어온 남자가, 치야를 타이르던 히비키의 말을 가로막았다.

올 여름, 츠이게로 가서 머물던 히비키의 뜻을 따른다는 이유로 마족들과 싸우기 위해 리미아까지 따라온 고 레벨 모험가 일행의 리더였다.

"미안하게 됐군, 우디 씨. 퇴로를 확보하는데 조금 문제가 생긴 모양이야. 그쪽으로 갔던 녀석들과 연락이 두절됐거든. 그런 고로 이렇게 이 몸이 온 셈인데, 아직 무사해서 다행이야."

모험가의 보고를 듣고 난 우디의 표정이 약간 어두워졌다.

"……의뢰했던 주민들의 피난 유도는, 어느 정도까지 진척되고 있나?"

우디가 그에게 의뢰했던 임무의 도중 경과에 관해 물었다. 히비키의 부탁을 있는 그대로 전달했을 뿐이지만, 개인적으로도 신경 쓰이는 일이었다. 그의 가족들 또한 아직 왕도를 벗어나지 못한 탓이다. 아내와 아이의 안부를 직접 묻지 않은 것만으로도 엄청난 자제심의 발로였다.

"쉽지 않아. 기껏해야 3할 남짓을 탈출시키는 정도가 고작이야. 여기저기서 화재가 일어나 공황 상태가 계속되고 있거든. 일단은 몇 명 정도를 파견해서 계속 피난 유도를 시키고 있지만, 아마도 최종적으론 5할 남짓이 한계로 보여. 그 정도만으로도 그나마 잘된 축일 거야. 유일한 위안은 마족 패거리들의 숙련도가 높다는 것뿐인가?"

"마족들의 높은 숙련도가 유일한 위안이라니? 그건 또 무슨 뜻이야?"

남자의 말이 모순되는 소리로 들렸던 히비키는, 그에게 되물었다.

"……이곳을 공격하는 패거리 중에서도, 오크와 고블린 등의 비중은 적지 않은 편이야."

남자가 거론한 오크와 고블린이라는 이름들로부터 어딘지 모르게 경멸하는 감정이 전해져 왔지만, 그것은 당연한 반응이었다. 고위의 마물이나 특수한 능력을 지닌 아인들의 하인으로 따라다니는 경우가 많은 그들은, 기본적으로 본능에 충실한 존재들로서 무척이나 추악한 행동 패턴을 보이는 종족들이었다. 마물들을 죽이는데 저항감을 느끼는 자들이라도, 오크나 고블린은 얼마든지 죽일 수 있다는 소리가 나올 만큼 지독한 혐오의 대상이 되는 존재들이었다.

"그야 그렇겠지."

"하지만 지금의 왕도를 무대로 민간인들을 약탈하거나 여자를 강간하는 등의 사건들은, 최소한 내가 본 바로는…… 전혀 일어나고 있지 않은 모양이더군."

"전혀?!"

히비키 또한 욕망에 충실한 그들의 행동을 여러 차례에 걸쳐 목격해 왔을 뿐만 아니라, 셀 수 없을 만큼 자신의 검으로 베어 왔다. 그런 고로, 남자의 말을 쉽사리 믿을 수가 없었다.

"정말이야. 그 녀석들조차 완벽하게 통솔된 상태로, 방어 부대나 눈에 띄는 주민들 말고는 상대할 가치가 없다는 듯이 오로지 성을 함락시키기 위한 돌격만을 감행하는 중이야."

"……."

"솔직히 정말 놀랍더군. 피난을 지휘하는 입장으로서야 꽤나 편하지만, 정정당당한 전투를 펼쳐야 할 땐 평범한 놈들보다 몇 배나 상대하기 성가신 군대야."

"말인즉슨, 주민들은 그럭저럭 무사하다는 뜻이야?"

"아니, 꼭 그런 건 아니야. 강간이나 약탈은 안 하지만, 눈에 띄는 휴만들은 철저하게 몰살시키고 있거든. 숨는 자들은 목숨을 건지기 쉽지만, 들켰을 땐 간단히 도망칠 수 없는 상대야."

"큭."

고블린들에게 걸려든 주민들의 말로를 상상한 히비키는, 견디다 못해 눈을 내리깔았다.

"아무튼, 현재의 상황을 극복하기 위해선 포위전을 펼칠 수밖에 없다는 데는 동감이야. 일단 왕도의 밖으로 나가야 해."

"하지만 퇴로는……."

"바로 그 퇴로를 뚫기 위해 우디 씨에게 물으러 온 거야. 이봐, 성 안으로부터 조용히 거리로 빠져 나갈 수 있는 길은 없나? 지금으로선 혼란을 틈타 중심가를 단숨에 가로지르는 거야말로 그나마 승산이 있어 보여. 개인적으론 당신들을 탈출시킬 방법은 그것밖에 없는 것 같아."

"……그렇군. 듣고 보니 그나마 불안요소가 적을지도 모른다는 생각이 들어. 하긴 단숨에 빠져 나갈 땐 나나 치야가 있는 만큼, 왕도로 쳐들어온 자들을 따돌리긴 쉬울 거야."

남자가 화제를 돌리자, 우디 역시 진지하게 검토하기 시작했다.

퇴로를 확보하러 간 자들과 연락이 두절됐다는 소식이, 곧바로 긴급사태로 연결되진 않는다.

하지만 적들의 일정한 의도에 따라 염화를 차단당하고 있을 가능성을 고려하자면, 퇴로를 확보하는데 성공한다 한들 뭔가 문제가 있는 것으로 봐야 하리라.

"바로 그거야. 우리가 왕도를 빠져나가자마자, 방어 부대 녀석들에게도 염화를 날려 단숨에 해산시킬 계획이야. 개인적으론 가능한 한 서두르고 싶군."

"알겠다. 곧장 안내하도록 하지. 그리고 지금 전투 중인 부대는 서서히 철수시키도록 해. 다른 부대들한테는 내가 직접 연락을 돌릴 생각이야. 최종적으론 이 알현실까지 철수시키고 싶어. 이곳은 어중간한 공격으론 무너지지 않을 뿐만 아니라, 강력한 지원 결계까지 갖추어진 장소거든. 한동안은 버티고도 남을 거야."

"고맙군. 곧장 전군을 대상으로 전달할게."

남자와 우디가 제각각 염화를 걸기 시작했다. 약간 예민해 보이는 치야의 어깨 위로 손을 올려놓은 히비키는 조용히 탈출의 기회가 올 순간만을 기다렸다.

문득, 히비키는 바닥의 미세한 진동을 느꼈다.

마찬가지로 이상사태를 감지한 벨더가 곧장 완벽하게 전투태세를 갖췄다.

"큭, 뭐지? 히비키, 조심해. 정체불명의 진동이 느껴져."

바닥의 진동은 서서히 커져만 갔다.

치야를 감싸듯이 검을 뽑은 히비키 또한, 벨더와 다른 방향으로 몸을 틀었다. 염화를 끝마친 우디 역시, 정체불명의 이상사태를 감지한 듯이 보였다. 그는 마치 뭔가 예상가는 구석이 있다는 듯이, 국왕의 옥좌로 이어지는 계단의 한복판 언저리를 바라보다가 작게 중얼거렸다.

"아니, 그럴 리가 없어."

그리고—.

그가 응시하던 바로 그 장소가, 엄청난 굉음과 함께 터져 버렸다. 별로 많지 않은 파편들이 히비키 일행을 향해 날아들어 왔지만, 그녀는 무난하게 그것들을 검으로 격추했다.

하지만 자욱이 올라오는 연기로부터 나온 그림자를 보자마자, 히비키는 온몸을 긴장시켰다.

그녀는 상대의 정체를 아주 잘 알고 있었다.

"일반적으로 쫓기는 자들은 분명하게 확보된 퇴로를 마지막 보루로 삼는 법인데 말이야. 오늘 같은 경우, 애초부터 여기서 우리를 맞이할 생각이었던 걸로 봐야 하나? 용사 히비키여."

"터무니없는 소리……. 이오, 혹시 스텔라 요새를 비우고 온 거야?"

히비키는 질 나쁜 농담 같은 광경을 봤을 때처럼 찡그린 얼굴로, 들어본 적 있는 목소리에게 응했다. 흙먼지 속으로부터 네 팔의 거구가 나타난 순간, 목격자들 사이로 긴장이 감돌았다.

"공격과 수비는 항상 변동되는 법이다. 요새를 가진 편이 지키는 쪽이라 한들, 언제까지나 공격하는 편으로 돌아서지 않겠다는 약속을 한 건 아니지 않나?"

"지금 우리가 요새를 공격할 경우, 돌아갈 장소를 잃게 될 거야.

괜찮겠어?"
"그런 식의 무모한 허세가 통할 것 같나? 스텔라로 향하던 부대는 이미 왕도로 돌아오기 위해 황급히 진군 방향을 돌리기 시작한 모양인데?"
당장 전황을 파악하는 능력부터 압도적으로 차이가 났다. 히비키는 씁쓸한 표정으로 입술을 깨물었다. 제대로 된 허풍조차 칠 수 없는 상황이다.
"그래서? 그런 구멍으로부터 두더지처럼 튀어나온 이유가 뭐야?"
히비키가 이오에게 던진 그 물음에, 우디가 망설이는 태도로 답했다.
"……히비키 님, 저곳은 우리가 쓰려던 퇴로였습니다."
"큭!"
"그랬던 모양이야. 한동안 기다리고 있었다만, 전혀 올 생각을 안 하더군. 그런 고로 직접 만나러 와준 거다."
"……우리 쪽 병사들이 있던 걸로 아는데?"
"그렇군, 있긴 있었다."
"그들은?"
"그걸 굳이 물어봐야 아나?"
마장은 기가 막힌 듯이 되물었다.
"이오, 너는 또다시…… 나의 동료들을……!"
히비키의 목소리가 엄청난 분노로 떨렸다.
"그건 아무리 너라도 엉뚱한 소리다, 용사여. 그들은 원래 츠이게를 주된 활약의 장으로 삼던 모험가가 아닌가? 그들을 우리의 전쟁터로 끌어들인 장본인은, 다름 아닌 바로 너다. 아마도 저기 서 있는 남자 또한 츠이게의 모험가인 걸로 안다. 변경이나 나돌아 다니고 있을 땐, 우리가 굳이 신경 쓸 필요조차 없었을 텐데 말이야."

이오의 말은 보는 관점에 따라선 지극히 옳은 주장이었다. 물론 그들을 죽인 본인이 할 말은 아니었다.

"호오, 마장씩이나 되시는 분께서 츠이게의 모험가들한텐 꽤나 관대하신 모양인데?"

이오와 눈이 마주친 남자가 이마로 식은땀을 흘리면서 과장된 몸짓과 함께 그에게 답했다.

하지만 마주친 순간, 그는 자신과 상대방의 실력 차이를 깨닫고 말았다. 멀리서라도 눈에 띄자마자 전속력으로 줄행랑을 쳐야 하는 수준이다. 그가 모험가로서 움직일 경우, 도망 이외의 선택지는 고려할 수가 없는 상대였다. 마장 이오는 그 정도 레벨의 존재였다.

"……츠이게의 모험가들은 그 대부분이 가혹한 황야로 나아가는 도전자들이다. 너희들과, 그 땅의 베이스를 활동 거점으로 삼는 모험가들에게는 우리 폐하께서도 경의를 표하고 계신다. 그런 고로 우리들에게 검을 향하지 않는 이상, 굳이 건드릴 생각은 없다."

"그거야…… 정말 고마워 죽겠군."

"너희들 중에선 마족이나 아인, 마물들에게 편견을 가지지 않는 자들이 많다. 그러한 사고방식은 우리들에게 있어선 높게 평가할 만한 미덕이다. 오늘 죽은 자들 또한 리미아로 오지만 않았어도 죽을 일은 없었을 텐데, 정말로 유감스러울 뿐이구나."

"댁이 온 방향으론 그럭저럭 만만치 않은 실력자들이 있던 걸로 아는데?"

"강하더군. 특히나 협공을 전제로 한 전투 방식은 완벽한 수준이었다. 올 겨울 동안 부하들에게 가르칠 것들이 늘어났다. 작전 중이다 보니 명복을 빌어줄 시간은 없다만, 감사하고 있다."

답이 안 나온다. 그것이 남자의 결론이었다. 터무니없는 실력과 여유를 갖추고 있을 뿐만 아니라, 빈틈 따윈 전혀 보이지 않는다. 대화를 나누고 있던 도중에조차, 움직일 실마리를 잡을 수가 없었다. 마장의 실력에 관해선 솔직히 감탄밖에 나오지 않았다.

"히비키, 이건 무모한 싸움이야. 아무리 이곳이 지원 결계의 한 복판이라도, 저 자식과 정면으로 붙는 건 피해야 해."

남자는 이오를 향해 시선을 고정한 채로, 히비키에게 충고했다.

"아니, 그럴 순 없다. 히비키여, 너는 여기서 나와 싸우다가 죽어야 한다. 걱정 마라, 지원 결계 정도는 너에게 주어진 타당한 지리적 조건으로 여겨 주마."

이오가 자신의 몸을 검게 물들이기 시작했다.

히비키의 머릿속으로부터 일찍이 스텔라 요새로 쳐들어갔다가 검사 나바르를 잃었던 기억이 되살아났다. 씁쓸하고도, 무거운 기억이었다. 동시에 엄청난 분노가 북받쳐 올라왔으나, 휩쓸리지 않도록 조용히 숨을 내쉬었다.

"……미안해. 여기서 너랑 붙을 생각은 없어."

"선택지는 없다. 네가 여기서 도망칠 경우, 아무리 나라도 죽을 각오로 여기까지 따라온 부하들을 억누르긴 힘들거든. 나중에 너희들이 이곳을 포위한다 한들, 살아남은 주민은 단 한 사람조차 찾아볼 수 없을 것이다. 그리고 도망친 자들이 포위망에 합류할 공산이 큰 이상, 우리들로선 절대로 놓칠 수 없다. 온힘을 다해 추격해야만 한다."

"—?! 정말 치사하군, 역시 마족이야. 비겁하다는 단어조차 모르나 봐?"

있는 힘껏 날린 도발이었다.

이오라는 남자에게 그 도발이 통하건 말건, 히비키로서는 시도 자체를 안 할 순 없었다.

"물론 부끄러이 여길 일이라는 사실은 잘 안다…… 무인으로선 최악의 수치야. 하지만 지금의 나는 마족의 군대를 통솔하는 장군이다. 군인으로서 파병을 나온 몸이다."

"민간인을 죽이는 것이 군인의 역할이란 말이야?!"

"이 싸움은 단순한 나라 간의 전쟁이 아니다. 종족과 종족의 전쟁이다. 그 결말은 어느 한 쪽의 멸망이나 영원한 복종뿐이다. 너 역시 어렴풋하게 느끼고 있지 않나? 혹시 너희들은 마물들의 마을을 짓이길 때까지 상대가 군인이 아닌 백성일지도 모른다는 식으로 신경 쓰나?"

"……."

"우리 또한 죽을힘을 다하고 있을 뿐이다. 그나저나, 어쩔 테냐? 지금부터 너를 쫓을 나를 따돌려볼 텐가? 혹은 여기서 나를 죽일 수 있을지도 모른다는 조그마한 가능성을 믿어볼 거냐? 마음대로 정해라. 물론, 나는 어느 쪽이든 상관없이 곧바로 시작하마!"

이오의 검은 몸이 히비키 일행에게 들이닥쳤다. 그는 네 개의 팔에 상당한 공을 들인 전투용 토시를 장착하고 있었다. 히비키에게 가장 큰 결단의 순간이 다가왔다.

◇◆◇◆◇

미오는 무릎을 꿇고 있었다.

그녀와 겨루고 있는 상대는, 하반신을 뱀처럼 꿈틀거리는 마장 레프트였다.

미오가 걸치고 있던 기모노가 크게 손상되어 그녀의 맨살이 밖으로 드러나 있었다.

하지만 당사자인 미오의 표정으로부터 조바심이나 분노와 같은 감정은 느껴지지 않았다.

새빨간 혀로 입술을 핥던 그녀가, 서서히 몸을 일으켰다.

그녀의 얼굴 표정은 환희로 가득 차 있었다.

"영문을 알 수 없군. 이제 너의 공격들은 나에게 통하지 않아. 나의 「반사」를 극복할 방법이 아직 남아있다는 거냐?"

"없어요. 처음엔 속수무책으로 당하기만 하는 덩치만 큰 잔챙이라며 실망했지만, 그 동안 저의 공격을 분석하고 있었다는 데는 정말 놀랐어요. 칭찬해 드리죠."

"……이해가 안 가는군. 너의 공격 수단은 쏘거나 베거나 가격하는 것뿐이다. 왜 모든 수단을 봉쇄당한 상태로 다시 일어나나?

그 회복 능력 또한 명확하게 상식 밖이야."

미오의 공격들을 직접 당한 레프트는, 그 모든 수단들을 정성 들여 분석했다.

그녀가 사용하는 여러 가지 종류의 공격들을 모조리 파악한 다음, 본인이 지닌 특수 능력인 반사의 틀 안으로 끌어들였다. 곧이어 레프트는 미오 본인의 능력을 분석하기 위해 움직였으나, 미오는 그의 경험치론 도저히 이해가 안 가는 행동 패턴을 보였다.

그녀는 단순히 반사당하는 공격들을 되풀이할 뿐이었다. 마치 어린아이가 발작을 일으킨 듯이 보이는 행동이었으나, 그녀로부턴 초조한 낌새가 전혀 전해져오지 않았다.

참다못한 레프트는, 드디어 미오 본인에게 직접 의문을 제기했다.

부자연스러운 행동을 하는 이유를 알고 싶었던 것이다.

"제가 오늘 쓰기로 결정한 수단은 발터[#5]와 스미스 & 웨슨[#6]뿐이거든요. 그것들 말고는 강철조차 베어 넘기는 무쌍의 참격 정돌까요? 몸놀림에 관해선 아직 연습 중이지만요……."

"……지껄이는 소릴 전혀 알아들을 수가 없군."

"장탄 수는 여섯 발과 여덟 발이니 합쳐 봤자 열네 발이랍니다. 물론 검은 무제한이랄 때야 무제한이라고 할 수도 있지만요……."

미오는 손가락을 꼽아 어떤 숫자를 세는 듯이 보였다.

"그건 네가 포기하지 않는 이유와 관계가 있나?"

"어머나, 발터는 한 발 더 쏠 수 있었던 것 같기도 한데요?"

#5 발터 PP 독일의 발터 사가 개발한 자동권총. 007의 주무기로 유명하다
#6 스미스 & 웨슨 1852년에 설립된 미국의 총기 회사. 리볼버로 유명하다.

"이해하고자 노력하던 것 자체가 실수였던 모양이군. 더 이상 신경 쓰지 않으마. 죽을 때까지 계속하고 싶다는 걸 막을 이유는 없다."

"그렇군요. 제 기억으론 한 발 더 쏠 수 있는 게 맞아요. 이번엔 쏘도록 하지요."

미오는 왼손의 집게손가락과 가운뎃손가락을 레프트에게 향했다.

"또 그거냐? 어둠 속성치고는 꽤나 위력이 강한 편이었다만, 나한텐 더 이상……."

그녀의 손으로부터 어둠의 탄환이 나선 형태의 회전 궤도로 사출되더니, 레프트에게 명중됐다. 분명하게 명중됐다.

하지만 그 순간, 충격파로 인해 날아간 것은 미오였다. 레프트의 왼쪽 가슴으로 파고들어간 듯이 보였던 공격은, 엉뚱하게도 미오의 가슴에다가 구멍을 뚫었던 것이다.

"……몇 번을 날리건 흥미로운 건 마찬가지군요. 저로서는 도저히 흉내조차 못 낼 것 같은 느낌의 기술이에요. 대단히 복잡한 계산을 필요로 한다는 것이 약점이지만요."

미오가 아무렇지도 않게 일어났다.

가슴의 구멍은 눈 깜짝할 사이에 아물어 버렸다. 오늘 들어 벌써 몇 번이나 목격한 놀라운 광경이 재현되자, 레프트는 경악을 금치 못한 듯이 두 눈을 크게 떴다. 아니, 이번엔 그녀가 한 말에도 반응한 듯이 보였다.

"나의 능력을 꿰뚫어 봤다는 거냐? 그나저나 정말 엄청난 재생 속도로군. 넌 의심할 여지없이 휴먼이 아니구나. 하지만 그런데

어째서 마왕님께 반역하려 하는 거냐?"

"전부 쐈으니, 이제 리로드로 원상 복구시킬 수 있겠군요. 과연 지금부터 쏠 왼쪽 아홉 발과 오른 쪽 여섯 발, 그리고 참격까지 반사시킬 수 있을까요?"

"헛수고다. 몇 번을 시도하건—."

"오늘의 저는 이것 말고는 할 생각이 없어요. 당신에게 경의를 표하는 의미로, 다른 공격은 안 할게요. 당신은 몇 번을 시도하건 마찬가지라는 식으로 말하고 있지만…… 저는 정말 몇 번이건 상관없거든요. 그나저나 이 승부가 당신이 그런 식으로 우월감에 젖을 수 있는 종류의 싸움이 아니라는 사실을 아직 깨닫지 못하셨나요?"

미오가 가볍게 웃었다.

레프트가 반사시킨 세 종류의 공격은, 미오가 여름 동안 쌓은 수행을 통해 얻은 가장 알기 쉬운 형태의 능력이었다. 마코토에게 배운 총의 개념을 기초 삼아 고안한, 두 종류의 유명한 총들로부터 이름을 딴 어둠의 총탄이었다. 그리고 가장 먼저 터득한 참격을 날리는 술법이었다.

그녀는 본인 나름의 규칙을 설정하여, 그 술법들을 사용하는 걸 즐기고 있었다.

만약 켈류네온 전투의 전황이 좀 더 안 좋았다면, 그녀는 수단과 방법을 가릴 틈조차 없이 레프트를 순식간에 죽여 버렸을 것이다. 하지만 켈류네온의 전황은 압도적이었다.

아공 군단의 100명이 지닌 전투력이, 마족 군단의 2000명을 가볍게 웃돌았기 때문이다. 주위로부터 조금씩 모여들고 있는 지원

군들까지 잇달아 짓밟고 있는 중이었다.

그런 고로 미오는, 거의 예술적이기까지 한 레프트의 특이한 전법을 파헤쳐보자는 마음을 먹은 것이다. 요컨대 미오의 실력을 평가해 보려던 레프트는, 사실은 반대로 미오에게 평가당하고 있었다. 미오는 결단코 불굴의 정신으로 일어서고 있는 것이 아니었다. 단순히 대상을 지그시 관찰하고 있을 뿐이었다. 사실은 레프트야말로 물러날 퇴로가 끊겨 있었던 것이다.

"뭐라고?"

"당신은 그 예술적인 반사 능력이나 계속 써 보세요. 더 이상 반사를 할 수 없게 되는 그때가 처절한 패배가 찾아오는 순간일 테니까요. 바깥의 대세는 이미 결정 난 모양이거든요."

"그럴 리가 있나? 이렇게 짧은 시간 만에 우리가 진다니…… 근거 없는 헛소리다."

"당신은 그 결말을 본인의 눈으로 확인조차 할 수 없을 거랍니다. 아무튼, 다시 가볼까요?"

"크…… 이왕 이렇게 된 바엔 너만이라도! 아무리 네놈이 대단할지라도 재생 능력이 무한하진 않을 것이다! 몇 십 번이건 몇 백 번이건 반사시켜주마!"

"전부 다 막는데 실패하는 순간, 곧바로 죽을 수도 있거든요? 어디 한번 최선을 다해 보세요. 아마도 앞으로 몇 천 번 정도만 버틸 수만 있다면, 너한테도 이길 기회가 올 테니까요."

어둠의 총탄과 참격이 방금 전보다 더 넓은 공간을 관통할 때마다 바람구멍이 난 미오의 몸이 벽과 세차게 격돌을 일으켰다. 그러나 공격은 그치지 않았다. 기묘한 싸움은 끝나지 않는다.

"설마 아직껏 저러고 있을 줄은 몰랐군. 하지만 미오가 싸움을 즐기는 건 흔치 않은 일이로고. 혹시 저 반사 능력을 손에 넣고 싶은 건가? 이 몸한테 걸린 놈들은 전혀 싸울 보람이 없는 잔챙이들뿐이었는데 말이야……."

언덕 꼭대기로부터 미오의 상황을 지켜보던 토모에가 어깨를 으쓱거렸다.

하이랜드 오크와 미스티오 리자드들로 이루어진 부대는 무자비하게 적들을 짓밟아 버렸다.

그 덕분에 토모에가 당장 할 일은 남아 있지 않았다.

아직껏 한창 싸우고 있는 미오에게 가세한다는 수가 없는 것은 아니었으나, 그녀의 상황을 보아 하니 함부로 끼어들었다가 나중에 원한만 사리라는 예감이 들었다.

"흠…… 도련님을 뵈러 갈 수도 있겠으나…… 마침 잘 됐군. 간단한 잡일이나 처리해둘까? 대충 국경 부근을 찢어둬야 후환을 제거할 수 있을 것이야. 다리를 설치하는 정도는 대단한 수고조차 아닐 테니, 알아보기 쉬운 경계선을 만드는 걸 우선하고 싶군. 음, 좋은 생각이야."

토모에의 모습이 언덕 위로부터 사라졌다.

겹겹이 쌓인 시체들의 산을 뒤로하고—.

◇◆◇◆◇

“정체를 숨길 도구, 말입니까?”

주위와 격리된 어둠으로 가득 찬 공간의 한복판에 선 시키가 고개를 갸웃거렸다.

“응. 만약 우리 얼굴을 리미아 사람들에게 들키면, 상인인 라이도우라는 사실이 금방 들통 나 버릴 거 아냐?”

“그렇겠지요.”

“말인즉슨 모처럼 토모에나 다른 멤버들이 롯츠갈드의 높으신 분들을 속이고자 쌓아 올린 노력들이 몽땅 도로 아미타불이 될지도 몰라. 그 여신이 우리 입장을 고려할 리가 없거든.”

“이왕 이렇게 된 이상, 초기의 목적대로 일을 진행시키기는 어려워 보입니다만?”

“시키는 계약 전의 모습으로 위장할 수 있잖아? 예전에 봤던 기억이 나. 토모에나 미오는 원래 모습으론 돌아갈 수 없다는데, 시키는 정말 요령이 좋은 것 같아.”

“……예, 그렇군요. 저한텐 그런 방법이 있습니다만, 도련님께선 어쩌실 겁니까?”

커다란 어둠의 덩어리가 왕도의 한복판으로 파고들어왔다.

거기서 나는 정체를 숨길 방법에 관해 시키와 상담을 나누고 있었다.

오늘은 가면을 가지고 오지 않은데다가, 맨얼굴로 나다니기는 꺼림칙하거든.

하지만 얼른 나가지 않고선 주위의 정확한 상황을 파악할 수가 없다.

여신이 준비 시간조차 제대로 주지 않은 덕분에 크게 난감하기 짝이 없었다.

"뭔가 없을까?"

"아무거나 상관없으시다면, 방법이 아주 없는 것은 아닙니다."

"지금은, 찬 밥 더운 밥 가릴 때가 아냐."

"알겠습니다, 이걸 쓰시지요."

그러한 대사와 함께 시키가 꺼낸 물건은, 손바닥 정도 사이즈의 홀쭉한 원통 같은 물체였다.

"아니?! 왜 시키가 이걸 가지고 있는 거야?!"

"개인적으로 버리기 아깝다는 생각이 들었던지라, 도련님께서 버리셨던 물건을 주워뒀을 뿐입니다."

"쓸데없는 짓을…… 아니, 결국 이런 상황엔 파인 플레인가?"

"나쁜 물건은 아니니까요."

그 물체는 예전에 미오가 희희낙락한 얼굴로 나에게 선보였던…… 변신 아이템이었다.

스위치 하나를 누르면 곧바로 전신 풀 장비를 갖춘 특촬 히어로로 변신할 수 있는 미친 아이템이다. 나하고는 능력적인 상성부터 좋지 않다 보니 결국 사용한 적은 없었지만, 일본 소비자들을 상대론 엄청난 인기를 끌지도 모른다. 정확히 말하자면, 그녀의 말대로 스위치를 눌렀다가 아공 사람들에게 강제로 코스프레한 모습을 선보인 적이 있다.

그 광경을 처음 목격한 관계로 새로운 개념의 전신 갑옷처럼 받아들인 아공 주민 여러분들께선 순수하게 감탄한 듯이 보였지만, 원판을 잘 알고 있는 나로서는 무시무시한 기습을 당했다는 느낌을 받을 수밖에 없었다. 50%의 분노와 50%의 수치로 인해 있는 힘껏 내다버린 물건인데, 설마 시키가 보관하고 있었을 줄이야.

"도련님, 이제 곧 벽이 사라집니다. 준비를 부탁드립니다."

이미 예전의 리치 모습으로 변신한 시키가 나를 재촉했다.

……쓸 수밖에 없겠군.

용사와 만날 가능성을 생각하니 수치심은 더욱더 증폭됐지만, 정체를 들키는 것보단 훨씬 나았다. 각오를 다진 나는, 비교적 짧은 볼펜 같은 장치의 스위치를 눌렀다.

"OK. 어라, 색깔이……?"

금속적인 질감이 특징적인 전신 슈트의 각 부분에 장착된, 메카닉스러운 분위기의 투박한 부품들이 눈에 띄었다. 어깨나 다리 부분을 뒤덮는 장갑 부분의 미래적인 디자인에 비해, 어딘지 모르게 웃겨 보이는 얼굴 부분의 모양이 불균형적이었다. 예전에 아공 사람들에게 선보였을 때와 마찬가지로 완전히 히어로 쇼 같은 모습이었으나, 바탕 색깔만은 그때와 달랐다.

"예전엔 파란색이었던 걸로 기억합니다만, 오늘은 하얀색이군요. 참고로 슈트 자체의 능력은 거의 변함없어 보입니다."

"하얀색이라니, 하얀색……."

하얀색이라니…… 파란색이었을 때보다 더욱더 창피하게 느껴졌다.

변신 후의 능력은, 나에게 있어선 방어력 약화와 공격력 강화였다. 개인적으론 반대가 더 좋았어. 애초부터 변신한 주제에 방어력을 약화시킨다니, 도대체 누가 득을 보는 건데……?

이윽고 시키의 말대로 우리들을 에워싸고 있던 검은 벽에 큰 금이 가더니, 산산이 조각났다.

"갈까?"

"예, 도련님. 제가 온힘을 다해 지키겠습니다!"

의욕이 왕성한 시키를 곁눈질로 바라보자마자, 나는 앞으로 한 걸음 나아갔다.

시키뿐만 아니라, 오늘은 나 역시 싸울 생각으로 여기까지 온 몸이다. 그런 의미로 봤을 땐, 나에게 있어선 바로 이곳이야말로 첫 전쟁터가 될지도 몰라.

아무튼, 새하얀 특촬 슈트를 입은 나와 검은 바탕에다가 황금빛 자수로 문양을 그린 호화로운 로브를 걸친 해골은 전쟁터 같은 장소로 나왔다.

야외를 상상하고 있었지만, 의외로 주위가 벽으로 둘러싸여 있는 곳이었다.

비교적 넓어 보이는 현관 같은 장소로, 장식들이나 가구들의 호화로운 정도로 판단할 땐 아마도 성 안이다. 벽과 가까운 한 단 높은 장소로 옥좌 같은 의자까지 눈에 띄었다. ……철저하게 파괴되어 잔해만 남은 상태였지만 말이야. 혹시 국왕 폐하를 알현하는 용도의 장손가?

공간의 안쪽으로 시선을 돌리자, 마족 부대에게 포위당한 휴만 몇 사람이 시야로 들어왔다. 상당히 고전하고 있는 것처럼 보이는군. 그건 그렇고 한창 전투를 펼치다가 뜬금없이 이런 꼴을 한 녀석과 만나게 될 저 사람들은 과연 어떤 반응을 보일까? 만약 내가 저 사람들 같은 입장이었다면, 일단 안과로 가서 시력 검사를 받아볼 마음을 먹을 거야. 응, 틀림없어.

"……."

아니나 다를까―.

거기 있던 인원수는 별로 많지 않았으나, 다들 말문이 막힌 채로 우리를 뚫어지게 쳐다봤다.

특히나 네 개의 팔을 가진 거인족처럼 보이는 아저씨가 우리를 가장 경계하고 있었다.

어라, 저 아저씬 혹시 마족 군단 소속인가? 게다가 꽤나 높으신 분 같은 느낌이 드는군.

그의 주위로도 마족 관계자로 예상되는 사람들이 꽤나 많이 눈에 띄었다. 이른바 켄타우로스라고 불리는 반인반마(半人半馬) 형태의 아인과 미노타우로스라고 불리는 반인반우(半人半牛) 형태의 아인, 그리고 마족 군단의 병사들과 팔 네 개를 가진 거인으로 이루어진 집단이다.

아마도 저 거인이 보스로 보이는군.

아인들과 마물들의 혼성 부대로 구성되어 있는 마족들의 군단을 통솔하는 장수는, 마족이 아니라 거인이었다. 말인즉슨 아인이나 마물로 분류되는 자가 지휘관 역할을 맡고 있다는 뜻이다. 넓게 봤을 땐 마족들 또한 아인의 일종이라곤 하지만, 그들의 유연한 사고방식은 꽤나 대단하다는 생각이 들었다. 휴만 군인들은 아인 따윈 소모품으로 써먹는 첨병 정도로밖에 다루지 않거든.

……으음.

이렇게 보고 있는 것만으로도, 마족들 편을 들고 싶어지는군.

마왕님이라는 아저씨는 꽤나 인망이 높을 뿐만 아니라 현명한 인물로 보인다.

나는 아직껏 만나본 적 없는 마족들의 왕에게, 남몰래 경의를 표했다.

마족들은 휴만들보다 훨씬 진보된 사고방식을 지니고 있는 모양이야. 하지만 여신과 한 약속을 지켜야 하는 이상, 오늘의 나는 용사의 편을 들 수밖에 없는 입장이었다. 에휴…….

"용사는…… 저기 있군."

적장과의 위치 관계로부터, 용사로 추정되는 인물에 관해선 짐작이 갔다.

…….

엄청난 패션이군.

털가죽과 가죽 수영복 같은 복장의 그녀는, 노출도가 장난 아니었다.

털가죽 부분까지 그냥 예쁘다기보다는 성적인 매력을 강조하는 듯이 보여. 이, 이런 걸 어른들의 모피 코트라고 부르는 건가……!

말하자면 과격한 코스프레 같은 분위기다. 하지만…….

응?

……뭐?

바로 그 순간, 나는 복장이나 다른 요소보단 그녀의 「얼굴」로부터…… 눈을 뗄 수가 없었다.

"도련님?"

"설마, 그럴 리가?"

부상을 입은 여성이 우리에게 시선을 돌려 왔다.

아마도 용사 본인일 공산이 큰 사람이다.

아무리 이쪽 세계라도 좀처럼 구경할 수 없는 과격한 패션으로 검을 쥐고 있는 그녀는…….

"오토나시 회장? 선배, 란 말이야?"

원래 있던 세계의 고등학교 선배이자, 우리 지역의 유명인이었다.

개인적인 관계라고 해 봐야 동아리 예산 문제로 몇 번 정도 이야기를 나눴을 뿐인…… 학생회장 본인으로 보였다. 아니, 단순히 빼닮기만 한 타인은 절대로 아니야. 그녀가 용사라는 말은, 나와 같은 세계 출신이라는 뜻이다. 츠쿠요미 님께서 「둘 중 한 사람은 상당히 가까운 인간」이라고 말씀하셨던 걸 떠올려 보자면, 말인즉슨…….

선배가…… 용사였단 말이야?

무심코 나직이 선배의 이름을 읊조린 나는, 이곳이 전쟁터 한복판이라는 사실조차 잊은 채로 지그시 그녀를 응시하고 말았다.

◇◆◇◆◇

정말로 선배가 용사란 말이야?

제대로 확인하고 싶은 마음은 굴뚝같았지만, 지금은 그럴 때가 아니었다.

만약 그녀가 정말로 선배라면, 곧장 달려가서 손이라도 흔들거나 말을 거는 것이 자연스러운 행동이리라. 사실상 해외여행을 다니다가 우연히 아는 사람과 만난 거나 마찬가지잖아.

그럼에도 불구하고 비교적 침착한 태도를 유지할 수 있었던 데는, 이 자리의 분위기로 인한 영향이 컸다. 나는 새삼스럽게 우리가 내려선 장소를 둘러봤다.

상당히 격렬한 전투가 벌어지던 와중이었나? 방 안의 도처가 손상된 상태로, 대부분의 사람들이 부상을 입고 있었다. 보아 하니 확실하게 건재한 인원들은, 용사 파티의 자그마한 아이와…… 마족 군단의 거인 정도였다.

"도련님, 아마도 저 여자가 용사로 보입니다. 우선 그녀부터 보호할까요?"

시키가 속삭이는 목소리로 나의 뜻을 물어 왔다.

……난감하군. 모처럼 변장을 하고 나왔지만, 라이도우라고 불리건 도련님이라고 불리건 정체가 들통 날 것만 같아. 게다가 선배가 있는 이상, 마코토라는 본명 역시 쓸 수 없는 상황이다.

이름을 늘려 버릴까?

아니, 귀찮은 데도 정도가 있거든?

모르긴 몰라도 이렇게 하얀 옷을 입은 상태로 입에 담은 이름 따윈 어딜 가건 두 번 다시 써먹을 기회가 없을 테니, 지나치게 신경 쓸 필요는 없어 보였다.

"시키, 나한테 말을 걸 땐 이름을 부를 필요 없이 용건만 얘기해. 어떤 이름을 쓰건 정체가 들통 날지도 모르거든."

"그러고 보니 그렇군요. 명을 받들겠습니다. ……그렇다면, 지금 이 순간만은 마스터라고 부르겠습니다. 저에게 말을 거실 때는…… 랄바라고 불러 주십시오. 시키라는 이름으론 정체를 들킬 공산이 크니까요."

"괜찮겠어? 랄바라는 이름은 로나가 알고 있지 않나?"

"그 녀석은 제가 정말로 도련님을 섬기고 있다고는 꿈에도 생각지 않고 있습니다. 일단은 그 오해를 이용하고자 합니다. 그 녀석 같은 족속들을 상대할 땐 실제와 완전히 동떨어진 거짓말보다, 이러한 방식을 쓰는 편이 허를 찌르기 쉬울 겁니다."

"너만 믿는다. 우선은 공통어의 구사 능력을 시험해 보고 싶으니까, 내가 먼저 용사와 접촉해볼게. 마장은…… 일단 겉보기로는 크게 신경 쓸 필요까진 없을 것 같군."

아직은 머리가 조금 무거웠다. 이런 꼴을 당하고도 공통어를 터득하지 못 했을 가능성이 있다는 생각만으로도 한숨이 다 나온다.

"……알겠습니다. 명을 따르겠습니다."

"시키한텐 이제 곧 엄청나게 활약할 기회가 올 것 같으니, 지금은 조금만 기다려."

나는 유감스러운 얼굴로 조용히 고개를 숙이는 해골에게, 이제 곧 나설 차례가 올지도 모른다는 사실을 전했다. 실제로 금방 그렇게 될 것 같은 분위기가 감돌고 있거든.

"마음 써주시니 진심으로 감사드릴 뿐입니다."

지금 입고 있는 창피한 슈트 덕분에 마력이 밖으로 빠져나가지 않다 보니, 굳이 계로 마력을 숨길 필요는 없었다. 그런 고로, 오랜만에 주변을 감지하고 파악하는데 계를 써먹을 수 있다.

특촬물의 풀 코스프레라는 사실만 무시하자면, 일상생활을 영유하는데 가장 적합한 장비였다. 무시할 수 없는 그 한 가지 사항이, 경이적일 만큼 일상생활과 섞이지 않으니 결국 무의미하지만 말이야.

나로부터 약 5미터 정도 떨어진 지점의 용사와 거인이, 서로 10미터 정도의 거리를 벌린 채로 마주보고 있었다. 나는 그들의 움직임 하나하나에 주의하면서, 앞으로 한 걸음을 내디뎠다.

"큭!"

"……."

우리가 조금씩 움직일 때마다 그들 사이로 긴장이 감돌았다. 양쪽 다 우리 둘로부터 시선을 뗄 수 없는 모양이군. 나는 높은 정밀도를 유지한 계의 감지 범위를 더욱더 확장시켰다.

성으로부터 시가지로, 여러 장소를 무대로 벌어지고 있는 전투들을 머릿속으로 투시하는 동시에 지형까지 파악했다. 꽤나 속속들이 다 보이는군.

마족들의 부대 구성은 역시나 아인들과 마물들, 그리고 마족들로 이루어져 있었다. 빈틈없이 무장들을 갖춘 차림새는, 전형적인 군인들 같은 분위기였다. 딱히 편향된 구성은 아니었지만, 전체적으로 마물들은 적은 편이었다.

전투 지역은…… 성을 꼭짓점으로 삼는 홀쭉한 이등변 삼각형 모양의 구역으로 집중되어 있다. 침입 장소로부터 거의 일직선으로 성을 향해 진군하고 있다는 느낌이다.

부근의 정보를 거의 다 파악한 나는, 감지의 정확도를 낮춰 범위를 확대시켰다.

개개인의 종족까진 판별할 수 없게 된 대신, 감지 범위는 왕도의 외곽 부분까지 이르렀다. 그곳이 삼각형의 아랫변에 해당되는 지역이었다.

그렇군…… 마족들은 성벽을 꿰뚫어 버린 건가? 강력한 위력의 공성병기나 술법을 보유한 모양이다. 마족들의 숫자는 수천 명 정도였다. 기습작전이기 때문이겠지만, 도시를 제압하는 용도로는 부족하다는 인상이다. 그에 비해 왕도 수비병들의 경우, 숫자만은 10000명을 넘었다.

그러나 지금 펼쳐지고 있는 전투는 평원을 무대로 진형 등을 전개하는 싸움이 아니니까, 열 배나 스무 배 이상으로 차이가 안 나는 이상에야 결정적인 우위를 차지하긴 어려울지도 모르겠다.

마족들은 이미 시가지 안으로 침입한데다가 비교적 한데 모여 이동하고 있는 관계로, 완전히 흩어져 있던 왕국군의 허를 찌르는 방식의 공격 방법을 쓸 수 있었던 것이리라.

진군 코스 말고도 도처로부터 화재가 나서 도시 전체가 불로 휩싸여 있는 광경으로 판단하건대, 공격 부대보다 먼저 마족들의 협력자나 밀정들이 잠입해 들어왔는지도 모른다.

롯츠갈드 사건 역시 그런 식으로 내부로부터 시작된 경우였거든.

사람들이 모여 있는 장소 정도만 파악할 수 있을 만큼 추가로 정확도를 떨어뜨린 대신, 단숨에 범위를 확장시켰다. 왕도로부터 탈출하려는 사람들의 흐름을 느꼈지만, 반대로 주변의 수많은 도시들로부터 사람들의 덩어리가 왕도로 오고 있는 낌새가 전해져왔다. 아마도 그들은, 군인들일 공산이 컸다.

"리미아는 일단 왕도를 포기할 생각인 모양이야. 외부로부터 결집시킨 부대들로 왕도를 포위할 셈인가?"

건너편까지 들리지 않도록, 속삭이는 목소리로 시키와 정보를 공유했다.

"……융통성 없는 리미아 왕국치고는 꽤나 유연한 전략이로군요. 혹시 용사의 영향일까요?"

시키는 약간 놀란 듯이 보였지만, 온몸으로부터 싸움을 원하는 아우라가 나오고 있었다.

마음 약한 사람은 맞닥뜨리는 것만으로도 기절하고도 남을 정도의 엄청난 위압감이야.

심지어 리치의 모습으로 발언할 때마다 어두운 눈구멍 속의 붉게 빛나는 눈동자가 깜빡이다 보니, 시키가 발산하는 박력은 정말 평소와 비교조차 안 될 정도였다.

슈트 덕분에 표정이 드러나지 않는다는 건 불행 중 다행이었다. 나는 쓴웃음을 지은 얼굴로 전방을 향해 돌아섰다.

"누군지는 모르겠다만, 더 이상 다가오지 마라."

거인이 나에게 충고를 던져 왔다.

얼굴에 걸맞게 위엄 있는 목소리군.

그리고 역시 크다. 손가락 하나가 나의 팔 만큼 굵어 보일 정도로 커다란 덩치야.

하지만 나는 멈추지 않는다.

거기까지 가야 용사를 지킬 수 있거든.

"……."

용사는 아직껏 묵묵히 나를 바라보고만 있었다.

목소리만 들을 수 있다면, 선배일지도 모르는 그녀의 정체를 확인할 판단 재료로 삼을 수 있으리라. 만약 정말로 선배였을 땐 약간이나마 용사에게 유리한 계획으로 노선을 변경해야겠군.

아무리 나라도 선배를 상대로 지독한 짓은 하고 싶지 않거든.

내가 아무 반응 없이 걸음을 옮기는 광경을 본 거인은, 시선으로 부하들에게 신호를 날렸다.

좌우의 기둥 뒤에 숨어 있던 병사들이, 우리 둘을 향해 돌진해왔다.

경고를 무시한 녀석은 즉시 제거한다는 건가? 아주 예리한 판단력이군.

용사로부터 숨을 죽이는 낌새와 경악이 전해져왔다. 그녀는 몰랐던 모양이다.

나한테 있어선 이미 계로 존재를 파악하고 있던 상대들이었다. 기습 자체가 애초부터 성립될 리가 없었던 것이다. 제각각 좌우로부터, 공중과 지상으로 네 갈래의 공격이 우리 둘을 향해 날아 들어왔다. 동시 공격은 아니었지만, 거의 완벽에 가깝게 연계된 움직임이었다. 상당한 훈련을 쌓은 것처럼 보이는군.

"……."

맞받아치려던 나를 말리듯이, 시키가 아무 말 없이 움직였다.

그는 새까만 지팡이를 들고 있었다. 외관상으론 지팡이라기보다는 방망이에 가까운 인상이었다. 술사가 사용하는 지팡이의 필수 요소로 알려진 보옥이 눈에 띄지 않는, 시키의 전용 장비로 제작된 특수한 무기였다. 개인적으론 아직 익숙하지 않은 슈트로 가볍게 워밍업을 하고 싶었다만, 어쩔 수 없군. 일단 첫 시작은 시키한테 양보하자.

"너희들 덕분에 이제야 주인께 도움을 드릴 기회가 왔다. 고맙구나, 잔챙이들아. 고통 없이 저 세상으로 떠나거라."

시키는 차가운 목소리로 그렇게 잘라 말하더니, 지팡이의 밑뿌리로 바닥을 가볍게 두드렸다.

시키가 즐겨 쓰는 발동 방식이었다.

바로 그 순간, 하늘로부터 우리 둘을 향해 들이닥치던 인간 사이즈의 날개미 두 마리가 화려하게 터져 버렸다. 시키는 그 여세를 몰아 오른쪽 방향으로부터 나와 마주보고 있던 검은 옷의 마족 옆으로 소리 없이 이동했다. 그리고 수수하게만 보였던 검은 지팡이 끝으로부터 옆으로 크게 구부러진 칼날을 출현시키더니, 곧장 그 녀석의 목을 베었다. 커다란 낫이었다.

당장 겉모습부터 후드와 로브를 걸친 해골이다 보니, 정말 죽음의 신이 따로 없었다.

마지막 한 녀석은 시키를 노리다가 나로 목표를 변경한 듯이, 손에 든 검으로 찌르기 자세를 잡으며 곧장 나를 향해 돌격해 들어왔다. 과연 시키의 속도로 이 돌격을 막을 수 있을까?

얼굴을 옆으로 돌린 순간, 이미 시키의 뒷모습이 나의 시야 안으로 들어와 있었다.

쓸데없는 걱정이었군.

짧은 거리를 순간 이동하는 기술은 시키의 주특기 중 하나였다. 그런데 왜 장거리 이동은 어렵다는 거지? 처음 봤을 땐 미오보다 능숙할지도 모른다는 생각이 들 정도였는데 말이야.

아무튼, 시키는 뼈로 된 손으로 움켜쥔 마지막 습격자의 머리를 있는 힘껏 들어 올렸다.

두건 때문에 얼굴은 잘 안 보였지만, 검은 피부의…… 엘프 같은 외모의 여성이었다. 혹시 다크 엘프라는 종족인가? 시키의 가슴뼈와 정면으로 격돌한 그녀의 검은 완벽하게 꺾여 있었다.

무기로서의 기능을 상실한 검을 아직껏 움켜쥐고 있는 그녀의 몰골은 비참하기 그지없었다.

"크……."

그것이 그녀의 마지막 목소리였다.

생명을 형성하는 소중한 부분을 시키에게 흡수당한 그녀는, 순식간에 백골로 변해서 죽었다.

그야말로 의심할 여지없이 완벽한 전멸이군.

나는 묵묵히 고개를 끄덕인 다음, 다시금 걸음을 옮겼다.

시키 또한 가볍게 먼지를 털자마자 나의 뒤로 따라왔다.

용사 일행과 마족 일행—.

우리는 그들 사이를 가로막았다.

"우리의 적이…… 분명하다는 건가?"

거인이 그렇게 중얼거렸다.

일단은 질문하고 있는 듯이 들렸지만, 그의 목소리는 이미 적대심으로 가득 차 있었다.

"……우리 편, 이란 뜻이야?"

용사가 그렇게 중얼거렸다.

……아니나 다를까, 그녀는 틀림없는 선배였다.

분명하게 들어본 적 있는 목소리를 듣자마자, 나는 조그맣게 한숨을 쉬었다.

왜 선배가 여기 계신 거죠? 부잣집 딸로 태어난 선배한텐, 평생 동안 좌절할 일은 거의 없는 거나 마찬가지였잖아요?

그러한 마음속의 의문들을 굳이 입에 담진 않았다.

코스프레 덕분에 기본적으로 정체를 들킬 리는 없겠지만, 「왜 이 세계로 왔느냐」는 질문이라도 하는 날엔 곧바로 그녀의 의심을 사게 되리라.

지금의 나는 정체불명의 인물로서, 혼자서만 상대방의 정체를 알고 있는 꽤나 유리한 입장이었다. 지금 당장 그러한 장점을 포기하면서까지 물어볼 가치는 없는 얘기였다.

"여신과 나눈 약속에 따라, 용사를 보호한다. 그리고 마족들은 즉시 스텔라 요새를 포기한 다음, 너희들의 땅으로 퇴각해라. 너희들은 장거리 통신을 주고받을 수 있는 수준의 염화 기술을 지니고 있는 걸로 안다."

미오가 묘하게 심혈을 기울여 제작한 결과, 슈트를 통해 나오는 나의 목소리는 원래의 음성과 완전히 다르게 변조된 기계음에 가까운 소리였다.

"역시나 적이었군. 그런 갑옷은 처음 본다만, 혹시 고대의 장비냐? 무기질적인 목소리로 판단할 땐 골렘의 일종인가? 설마 여신에게 아직 우리가 모르는 카드가 남아있었을 줄은 몰랐다."

나를 적으로 간주한 거인이, 전투 준비 태세를 갖추기 시작했다. 흑요석처럼 윤기 있는 검은 피부가 유연하게 움직이는가 싶더니, 그 거인은 무술을 연상케 하는 자세를 취했다.

그의 전투 스타일은 맨손 격투인 것 같군.

무기는 네 개의 팔에 장비한 전투용 토시— 아니, 어깨 부근까지 뒤덮는 특수한 그 무기를 일컫는 말로는 주문 제작한 건틀릿이라는 단어가 더 잘 어울릴지도 모른다.

"그건 너의 오해다, 거인. 우리에게 마족들과 교전할 의사는 없다. 너희들이 여기서 퇴각한 연후에 스텔라 요새를 포기한다면, 휴만들로 하여금 추격을 못 하게 할 것을 약속하마."

"그럴 순 없다. 그 용사의 숨통은 여기서 끊어야 한다. 부하들과 나는 오로지 그 목적 하나만을 위해 목숨을 걸고 온 몸들이다. 그리고 무조건적으로 스텔라를 버릴 이유 따윈 없다."

"오크들조차 약탈이나 강간을 자행하지 않고 있다. 실력에 관해선 그냥 넘어가더라도, 이만큼이나 심혈을 기울여 훈련시킨 부대를 잃는 건 마족들에게 있어서 크나큰 손실 아니겠나?"

"적에게 칭찬을 들으니 기분이 묘하다만, 일단은 고맙구나. 하지만 부대를 잃는 것과 전략적인 목표를 포기하는 것은, 서로 완전히 레벨이 다른 일들이다. 네 녀석이 제시한 두 가지 조건은, 우리들로선 도저히 받아들일 수 없는 것들이다."

그는 아직 전투태세를 갖추지 않은 나를 공격하지 않았다.

무인의 오기라기보다는, 아마도 나의 실력을 가늠하려는 의도가 있는 것으로 보였다.

그는 전형적인 무인이자, 군인이기도 한 남자였다. 지금의 그가 우선하고 있는 입장에 관해선— 어쩐지, 직감만으로도 판단이 섰다.

……군인이다.

"유감이군. 아인이나 마물들조차 차별 없이 받아들였을 뿐만 아니라, 확고한 규율까지 지니고 있는 마족들의 군대를 물리쳐야 한다니 말이야. 너희들은 휴만들보다 훨씬 진보된 사고방식을 지니고 있는 걸로 보였거든. 솔직히 존경심이 들 만큼 숙련된 군인들이야."

"……나 역시 유감스럽다. 그런 관점을 지닌 자가 하필 여신의 첨병이라니 말이야. 설령 아무리 수많은 종족들을 거느린다 한들, 우리는 말하자면 왕의 검이다. 왕께서 휘두르시는 검에는 위엄과 공포가 깃들어야 한다. 따라서 그 검을 단련하는 것은 당연하다. 저속한 행동은 검을 더럽힐 뿐만 아니라, 왕과 국가의 가치를 실추시킬 뿐이다."

검은 거인이 조용히, 그리고 급속하게 투기를 증폭시켰다.

"단 한 차례만 휘둘렀다가 산산이 조각나더라도 말이냐?"

"그렇다. 우리의 왕께선, 우리가 하는 모든 행동의 책임을 지신다는 식으로 말씀하신다. 그런 고로 우리의 역할은, 단 한 차례만 휘둘렀다가 산산이 조각나는 한이 있더라도…… 반드시 적을 물리치는 것이다. 그러지 못 하고서야 폐하의 믿음에 부응할 길이 없다. 네놈의 제안은 거절하겠다. 비켜라, 용사를 감싸지 않을 경우엔 목숨만은 살려주마. 그 정도까지 볼 줄 아는 네 녀석이, 여신이 통치하는 이 세계의 어둠에 관해 모를 리가 없다."

거인은 더 이상 나와 말을 섞을 생각은 없다는 듯이, 한 걸음 걸어 나와 균형을 깨뜨렸다.

"요금을 선불로 받은 입장이거든. 내가 생각해도 악역 같지만, 지금은 용사의 편을 들 수밖에 없어. 나는 단 한 치의 믿음조차 안 가는 상대와 한 약속이라도, 어기고 싶지 않거든."

"유감이다. 이렇게 된 바엔 용사의 저승길 길동무로 만들어주마. 나의 이름은 이오, 마장 이오다."

"……."

"자기소개를 할 생각은 없나? 흣, 그나저나 히비키의 숨통을 끊으려 할 때마다 두 번이나 새하얀 녀석들에게 방해를 당할 줄이야. 이 또한 용사가 타고난 천운(天運)인가?"

히비키…… 거인은 명확하게 그 이름을 입에 담았다. 역시 선배가 틀림없나 보다.

제국의 용사 역시 정확히 기억은 안 나지만, 일본인 같은 이름이었다. 이세계로 오고 나니 일본의 인기가 급상승하는군.

감회에 젖을 틈조차 없이, 전투가 시작됐다. 이오가 인사 대신이라는 듯이 주먹을 뻗어 왔다.

나는 하반신으로 아주 약간 힘을 집중시킨 다음, 왼손으로 그 주먹을 막았다.

"저 주먹을 막다니?!"

등 뒤로부터 선배의 놀란 목소리가 들려왔다.

체격 차이를 고려할 땐, 분명하게 비정상적인 광경이긴 하다.

"리미아의 용사님, 동료들과 함께 옆으로 빠지십시오. 랄바, 데려가."

"방금 들려온 대화…… 확고한 아군은 아니라는 분위기였는데, 지금은 믿을 수 있는 거지?"

선배는 아직 의심을 떨칠 수 없다는 듯이, 거기서 움직이려 하지 않았다.

"물론입니다. 저들은 당신의 손가락 하나조차 건드리지 못할 겁니다. ……랄바."

"옙. 따라와라, 용사."

용사 일행은 시키의 재촉을 받고 나서야, 나에 대한 경계를 유지한 채로 거리를 벌렸다.

"이오는 차원이 다르게 강한 녀석이야. 결단코 힘겨루기로 이길 생각은 하지 마. 기술로도 이길 수 없었던 패배자가 할 수 있는 최소한의 조언이야."

"참고하겠습니다."

선배로부터 고맙기 그지없는 충고가 들려왔다. 하지만 아마도 나는 힘겨루기를 하게 될 걸로 보인다. 그런 대화를 나누는 와중에도, 공격은 계속되고 있었다. 나는 거인의 다음 일격을 오른손으로 막았다.

"자그마한 몸집으로 용케도 막는구나! 하지만!"

팔 두 개를 구속당한 자세로, 이오가 날카롭게 기합소리를 내질렀다.

"과연, 모자라는군."

"아주 잘, 봤다!!"

옆구리로부터 둔탁한 충격이 전해져왔다. 곧이어 굵직한 팔 사이로 날아온 공격이 턱으로도 들어왔다. 검은 거인은, 겉보기보다 훨씬 섬세한 기량의 소유자였다.

하지만, 모자라.

공격의 위력이 말이지.

"아닛?!"

본인의 공격이 평소와 같은 위력을 발휘하지 못 한 것을 깨달은 이오는, 즉시 물러섰다.

"판단이 빠르군. 하지만 조금 늦었어."

발걸음을 맞추듯이, 그의 등 뒤로 따라갔다.

이오는 당황한 상태니까, 한 방 정도는 맞출 수 있을지도 모르겠군.

"등 뒤로…… 그으윽?!"

가까이 접근해 들어가자마자, 순간적으로 그에게 등을 돌렸다.

그 여세를 몰아 몸을 돌리면서 등주먹 한 방을 날렸다.

팔 네 개로 알뜰하게 가드 당하고 말았다.

하지만 어느 정도는 대미지가 들어간 듯이 보이는군.

"……용조차 쓰러뜨리는 등주먹이다."

"농담으로 들리지 않는 구석이 무섭군. 설마 네 녀석까지 로즈사인을 썼을 리야 없겠다만…… 경우에 따라선 히비키보다 상대할 보람이 클지도 모르겠어."

절반 정돈 진심으로 한 말이야.

가드를 푼 이오가, 흥분한 상태로도 차가운 이성을 잃지 않은 눈으로 나를 노려봤다.

그나저나 공격력을 강화시킨 동시에 방어력을 저하시킨 현재의 상태가 과연 어떤 결과로 돌아올까? 좀 신기하군. 전쟁터에 있다는 의식을 하고 있는데도 불구하고, 머릿속은 지극히 단순하고도 냉정한 상태야. 조바심이나 공포는 느껴지지 않았다. 마음속은 순수하게 고요하기만 하다. 마음가짐 하나만으로도, 이렇게나 달라질 줄은 몰랐다. 보는 관점에 따라선, 학원 강사 자격으로 학생들한테 강의를 할 때보다 편안한 상태인지도 몰라.

나는 다시금 기회를 노리기 시작한 이오를 정면으로 마주봤다.

리미아 왕도를 무대로 한 나의 싸움이, 드디어 시작됐다.

4

◇◆◇히비키◆◇◆

나는…… 또 지고 말았다.

실력은 예전보다 확실하게 성장했다. 그리고 이번엔 기습을 당했다곤 하지만, 지리적으로 유리한 고지를 차지하고 있었다.

우리가 변경 도시 츠이게로 가서 얻은 것은 결코 작지 않았다. 손에 넣은 장비로 다들 강해졌을 뿐만 아니라, 리미아로 따라와 준 베테랑 모험가들까지 있었다. 그들의 사고방식이나 전투방식은 왕국군 전체를 대상으로도 좋은 영향을 주고 있었다. 물론 나한테도 마찬가지였다.

그 변경 도시로 가서 만났던 미오 언니나 드워프 종족의 베렌 씨만큼 대단한 실력자들은 아니었지만, 그들로부터 흡수해야 할 노하우는 그야말로 무궁무진할 정도였다.

귀족들 간의 속박으로 인해 자유가 제한된 정치 체제를 개혁하기 위한 행동까지 시작했다.

스텔라 요새가 마족들의 손아귀 속에 있는 지금으로선, 왕도의 위치는 상당히 위험하게 느껴졌다. 그리고 귀족들이 제각각 너무 강력한 군사력을 지니고 있는 것으로 보였다.

아무튼 정치적으로도 최소한의 성과는 거두고 있는 중이었다.

차세대를 짊어질 후계자들과 차분히 대화를 함으로써, 현재의 왕국보다 더욱더 앞서 나아갈 여지가 있다는 사실을 인식시키는데 힘을 쏟아 왔다.

물론 마족들과 한창 전쟁을 치르다가 큰 규모의 내란으로 발전되는 사태만은 피해야 하니, 아직은 정신적인 측면만을 개혁하는 데만 신경을 쓰고 있었다.

나의 목적은 왕가에 대한 반란이 아니었기 때문이다.

고위 귀족들 가운데 특히나 왕가와 상당히 가까운 호프레이즈 가문의 차남— 일름 군이 이른 단계부터 나에게 찬동하는 뜻을 밝혀준 것은, 순조롭게 일을 진행하는데 큰 보탬이 됐다.

그에게는 앞으로도 협력을 부탁할 일이 많아지지 않을까 싶다.

스텔라를 함락시키기 위한 작전을 비롯해, 최근의 나는 자신의 힘으로 할 수 있는 일들을 전부 하고 있다는 실감을 느끼고 있었다. 잘 풀리고 있다는 자신감 또한 느끼고 있었다.

그런데—.

요새를 공략하기는커녕, 왕도에 있다가 이오의 기습을 받아 알현실까지 침범 당하고 말았다.

일단 도망칠 마음을 먹고 있었으나, 이렇게 깊숙이 침투당한 상태론 탈출하기조차 어려웠다.

이오에게 쫓기는 상태로 성과 시가지를 가로질러 도망갈 수 있는 확률은, 솔직히 말해서 꽤나 낮은 편이었다. 우리들 자신은 물론이거니와 주위가 입을 피해에 관해선 예측조차 가지 않았다. 결국 지원 결계가 설치된 알현실을 무대로 단기 결전을 치르는 방법을 택했다— 아니, 선택지가 있긴 있었나?

이오가 세계의 끝으로 펼쳐진 황야로부터 데려왔다는 미노타우로스와 켄타우로스를 시켜 벨더의 방어력을 완전히 봉쇄한 관계로, 나는 사실상 일기토 같은 방식으로 그와 싸워야만 했다.

우디의 지원 공격과 치야의 회복 · 능력 지원, 그리고 알현실의 지원 결계—.

게다가 수호수(守護獸) 호른이 깃든 은띠와, 츠이게의 베렌 씨가 만들어준 검까지 있었다.

처음부터 검게 변색된 몸으로 온힘을 다하는 이오를 상대로도, 대등하게 싸울 수 있을 줄 알았다. 그러나 이상과 현실은 전혀 달랐다.

지금 내가 보는 데서 저 녀석과 싸우고 있는 존재는, 갑자기 난입해 들어온 하얀 녀석이었다. 도대체 무슨 농담이냐는 식으로 고함치고 싶은 기분이, 아직껏 가슴속을 맴돌고 있었다.

일요일 아침에나 방송하는 특촬 히어로 같은 모습의 그 녀석은 이오의 공격을 정면으로 막고, 두 발이나 타격을 받고도 기가 죽기는커녕 이오를 물러나게 할 정도의 강력한 일격을 날렸다. 방금 힘겨루기로 몰고 가지 말라는 충고를 한 스스로가 멍청하게 느껴질 정도였다.

강하다.

솔직히 꽤나 찾아보기 힘들 정도의 대단한 실력자였다.

움직임은 조금 딱딱하지만, 하얀 녀석은 꽤나 수준 높은 강화 술법을 계속 전개하는 방식으로 이오와 접근전을 펼치고 있는 듯이 보였다. 원래 세계의 특촬 드라마들을 알고 있는 나로서는 저 옷 때문에 아무래도 히어로 쇼를 관람하고 있는 듯이 느껴져서 창피했지만, 저 녀석은 이오와 대등하게 싸우고 있었다. 완력이나 속도 등의 기본적인 스펙은 이오보다 높아 보였다.

그 대신, 몸놀림이나 기술적인 부분으로는 이오에게 필적할 정도는 아니었다.

……뭐, 입고 있는 옷에 관해선 당장 나부터 남 말이나 할 입장은 아니야.

나는 문득 자신의 몸을 살폈다.

일단 스스로 회복시켰을 뿐만 아니라 치야에게 치유를 받은 덕분에 상처다운 상처는 없었다.

거의 알몸에 가까운 상태인 관계로 흉터가 있고 없는 것 정도는 아주 잘 보였다.

지금 내가 입고 있는 옷은 모피로 만든 아슬아슬한 수영복 같은 복장으로 천의 면적이 극단적으로 적었다. 솔직히 그라비아 아이돌들의 수영복이 그나마 양호하게 느껴질 정도야.

은띠에 깃든 수호수인 호른과 공명함으로써 얻은 힘 중 하나였다. 다만 힘을 발동시킬 땐 반드시 현재의 모습으로 변신하고 만다.

창피하지만, 이 복장이 최고의 퍼포먼스를 발휘하는데 필요한 이상…… 힘을 발동시키지 않을 순 없었다. 은띠와 호른을 동시에 「장착하는」 우격다짐에 가까운 기술— 빙의 등과 달리 나 자신의 정신은 전혀 영향을 받지 않을 뿐만 아니라, 형성되는 방어 필드는 베렌 씨에게 받은 방어구를 가볍게 능가한다. 온힘을 다하는 이오와 싸우기 위해선 변신한 상태의 힘과 속도가 필요했던 나로서는, 능력의 부가적인 효과에 관해선 순순히 납득할 수밖에 없었던 것이다.

그러고 보니…… 이 검—.

설마 검 자체가 바람의 힘을 지니고 있을 줄은 몰랐다.

정말 미오 언니와 베렌 씨한텐 감탄밖에 안 나와.

그 두 사람은 이 검을 만들 때부터 나의 주특기 속성 정도는 가볍게 꿰뚫어봤던 것이다.

나는 이오와 격돌하고 나서야, 겨우 이 검의 진정한 능력을 깨달았다.

검은 무기질적인 목소리로 나에게 말을 걸어 왔다.

호른과 한 것처럼 일체화를 시도한다기보다는, 검과 힘겨루기를 하는 듯한 감각이었다. 나는 검 자신의 요구에 따라 최대한 출력시킨 그 힘을, 거의 반강제로 적당한 수준까지 억눌렀다.

귀에 거슬리는 쇳소리가 몇 번이나 울려 퍼지는가 싶더니, 대검은 예전에 즐겨 쓰던 바스타드 소드 정도의 사이즈까지 압축됐다. 반대편이 비쳐 보이는 어슴푸레한 초록빛 칼날은, 투명도가 떨어져서 진한 색깔을 띠게 되자 더더욱 강대한 바람의 힘을 발생시켰다.

무기를 제대로 이해하려 하는 것이 아니라 무식하게 힘으로 굴복시키는 거야말로 진짜 성능을 발동시키는 조건이라니, 정말로 너무나 짓궂은 설계 사상이야.

하지만 그 위력은 어마어마했다.

검을 들고 있는 것만으로도 속도가 눈에 띄게 빨라졌을 뿐만 아니라, 감각까지 예민해졌다.

검의 예리도가 월등하게 오른 결과, 검은색으로 변색된 이오에게도 참격이 통했다.

주특기 중 하나인 불 속성 공격을 날릴 땐 바람의 힘으로 불꽃의 위력이 한층 더 강화되는데다가, 검에게 속성을 부여하는 방식으로 싸울 때는 칼날로부터 초록빛 불꽃이 솟아 나온다.

바람 속성은 불 속성을 증폭시키는 성질을 지닌다. 그런 이유로, 베렌 씨는 불 속성 무기보단 바람 속성 무기가 나의 전투 능력을 강화시키는데 적합하다는 판단을 한 것으로 보인다.

「예전엔 제대로 된 무기를 갖추지 못 했던 자가, 이번엔 무기에게 휘둘린단 말인가」라는 식으로 이오에게 비웃음을 사긴 했지만, 그런 소리 따윈 신경 쓰이지 않을 정도의 고성능이었다. 이오는 나의 속도를 따라오지 못한 반면, 이오를 노리던 나의 공격은 빗나가지 않았다. 솔직히 나로서는 승리를 거의 확신하던 참이었다. 그러나—.

저 녀석이 가지고 있던 비장의 카드는 검게 변색하는 것이 아니었다.

팔에 차고 나온 커다란 건틀릿이 문제였다. 무기인 동시에 방어구를 겸하는 장비—.

예전에 싸웠을 땐 차고 나오지 않았던 걸로 봐서, 그 이후에 만든 것으로 예상되는 무기였다.

제각각 4대 속성이라 불리는 지수화풍(地水火風)의 속성을 지니고 있던 네 개의 건틀릿은, 이오가 공격을 해올 때마다 단순하게나마 속성을 부여하는 듯이 보였다.

바람과 땅으로, 나의 움직임을 제한시켰다. 불과 물로, 나의 공격을 약화시켰다.

저 건틀릿들만 없었다면, 이오가 「적응하기」 전에 승패를 가릴 수 있었을지도 모른다.

그야말로…… 딱 한 번, 패턴을 읽혔을 뿐이었다.

거기서부터 곧장 카운터가 날아 들어왔다. 나를 돕고자 우디와 치야가 날린 술법이 들이닥치건 말건, 이오는 무작정 돌격해 들어왔다.

나는 몸이 산산이 조각나고도 남을 정도의 연속 공격을 당하고 말았다. 그 결과, 형세는 단숨에 이오에게 기울었다. 발차기까지 더해서 6연속, 아니, 7연속 공격이었나?

저 녀석의 연속기가 끝날 때쯤, 우디가 마력의 잔량 따윈 완벽하게 도외시한 술법의 탄막을 펼치고 나서야 간신히 빠져나올 빈틈을 만들 수 있었다. 상처는 즉시 치야에게 회복 받았다.

혼자서도 그럭저럭 영창을 읊을 수 있는 단계부턴 스스로 회복술법을 걸어 전투태세를 다잡았지만, 우디의 마력을 대량으로 소비함에 따라 파티의 전투력은 크게 떨어지고 말았다.

그런데 그 순간, 상황은 완벽하게 뒤집혔다.

어렴풋한 황금색 빛을 띤 검은 덩어리가, 상공으로부터 알현실로 들이닥치더니…… 흉악하기 그지없는 해골과 특촬 히어로 같은 형상의 새하얀 녀석이 우리의 앞으로 나타난 것이다.

해골에게 이끌려 이오로부터 떨어진 나와 동료들은, 벽에 기댄 채로 휴식을 취했다.

아마도 이 해골은 하얀 녀석의 부하처럼 보였지만, 주인을 거들려하기는커녕 조용히 전투의 추이나 지켜보고 있었다. 우리 주위로 무슨 필드를 펼친 모양이지만, 더 이상 움직이려는 낌새는 보이지 않았다. 틀림없이 저 하얀 녀석은 이오를 상대로도 호각 이상의 전투를 펼치곤 있지만…… 아무리 그렇기로서니 엄호조차 안 한다는 건 좀 그렇지 않아?

"저 남자는 당신의 주인 아니야? 여기서 이러고 있기보다는, 도우러 가야 하지 않을까?"

"……문제없다. 저 정도의 적수를 상대하실 땐, 엄호 따윈 오히려 걸리적거리기만 할 뿐이야. 그런데 용사여. 히비키라고 했나?

혹시 그 무기는, 츠이게로 가서 손에 넣은 물건인가?"

"뜬금없이 무슨 소리야?"

"아니, 쿠즈노하 상회의 무기가 아닌가 싶었을 뿐이다."

"거길 잘 알아?!"

"어느 정돈 아는 곳이다. 굳이 말하자면 나는, 그 무기의 소재와 깊은 인연이 있는 모양이다."

"소재?"

"그렇다. 옛날에 황야를 돌아다니다가 바람의 정령 몇 마리를 먹여 만든 실험체가 있었거든. 그 검은 그 녀석의 낯과 비슷하군."

"……다, 당신이 그 마물을 만든 장본인이었어?! 아니, 그보다 그 녀석이 소재였단 말이야?!"

"뭐, 지금은 사실상 아무 상관없는 얘기다. 어차피 그렇게 소재로 써먹을 정도의 개체로밖에 성장 못한 놈한테 신경 쓸 만한 여유는 없다."

"……무심하게 정곡을 찌르는군. 도대체 정체가 뭐야?"

"랄바. 실험을 즐기는 리치다. ―이봐, 거기 있는 술사와 기사. 꼼짝 마라. 가만히 있어라."

자기 자신을 랄바라고 소개한 해골은, 일어나려던 벨더와 우디를 조용히 제지했다.

우디는 아직 마력이 거의 회복되지 않은 관계로, 곧장 다시 행동을 시작하긴 힘들어 보였다.

하지만 그들한테는 움직여야 할 이유가 있었다. 두 사람은 두 마리의 적을 마주보고 있었다.

켄타우로스와 미노타우로스가 다가오고 있었던 것이다. 누가 황야 출신 아니랄까봐 만만치 않은 상대들이었지만, 나의 실력으로도…… 물리칠 수 있는 적수들이었다. 일단은 내가 나서야 한다. 다른 동료들보단 그나마 몸이 말을 들어주고 있는 상황이거든.

"용사, 너 역시 다른 이들과 마찬가지다. 움직이지 마라."

내가 검으로 손을 가져가려 한 바로 그 순간, 다시금 랄바가 제지하는 말을 입에 담았다.

"지금 다가오는 적이 안 보여? 저 정도 녀석들 쯤은 3분 만에 해치울 수 있어. 나만 믿어."

"……착각하지 마라. 나는 너희들과 상담을 하고 있거나 의견을 요구하고 있는 것이 아니다. 명령을 하고 있는 거다."

해골의 얼굴 표정 따윌 짐작할 수 있을 리가 없었지만, 농담으론 들리지 않았다. 하지만 나 역시 간단하게 물러날 순 없었다.

"말이 너무 심하지 않아? 구해준데 관해선 물론 감사하고 있지만, 내가 저 녀석들을 맡겠다는 건 당신한테도 득이 되는 제안이잖아?"

나는 검을 든 채로 일어났다. 약간 힘이 빠져나가는 기척을 느끼자마자 강화 술법을 다시 걸었다. 술법의 질 자체는 저 하얀 녀석에게 못 미치지만, 항상 강화 술법을 전개하는 데는 상당한 양의 마력을 필요로 한다. 긴장을 풀자마자 해제되기 싶다는 것이 단점이군. 그 만큼 효과는 안정적이니까, 어쨌거나 마력량이 많은 나한텐 적합한 전투 방식이었다.

"네가 다칠 가능성이 티끌만큼이라도 있을 땐, 나에게 있어선 손해밖에 되지 않는다. 앉아라, 잠자코 쳐다보고나 있어라."

해골의 말투는 단 한 치의 반박조차 용납하지 않겠다는 분위기였다.

아무래도 그들은, 본질적으로 완전한 우리 편은 아닌 모양이다.

"금방 끝날 거야."

"필드 밖으로 한 발자국이라도 나오는 순간, 너의 동료를 죽이겠다."

"……?!"

"우리가 여신과 나눈 약속에, 네 동료들의 안위에 관해선 들어 있지 않다. 너 하나만 무사하다면, 다른 휴만들에 관해선 아무 상관없다는 뜻이다."

어떻게 그런 소릴 할 수 있지?!

여신은 도대체 무슨 생각으로 이런 작자들을 왕도로 파견한 거야?

여전히 랄바의 말은 전혀 농담처럼 들리지 않았다. 최소한 이 녀석 본인만은 휴만들의 목숨에 관해선 단 한 줌의 가치조차 느끼지 않는 걸로밖에 보이지 않았다.

"……요컨대 뭘 어쩌라는 거야? 저기 봐, 지금 오잖아?!"

"나의 손으로 해치워주마. 너희들은 거기서 조용히 숨이나 죽이고 있어라."

"이 자식! 예의가 없는 데도 정도가—!"

랄바의 태도를 도저히 못 참게 된 벨더가 불만을 입에 담았으나, 우디가 그를 말렸다.

"벨더 공, 일단은 저 분께 맡기십시오. 지금 적을 늘리는 건 좋은 수가 아닙니다."

옳은 말이다. 여기서 이오를 맞아 싸우기로 결심한 이상, 지금은 적을 늘릴 때가 아니었다.

왕도로 쳐들어온 마족들을 신속하게 쫓아 버려야 한다. 그러기 위해선, 당장 눈앞의 랄바부터 따돌려야 할지도 모르지만…….

"이렇게 된 바엔, 실력이나 좀 구경해 볼까? 랄바 공의 힘을 어디 한 번 보여주시던가요."

나는 약간 비아냥거리는 말투로 그를 배웅했다.

분명히 랄바는 강하긴 강할 것으로 예상된다.

복병들을 물리치면서 선보인 순간 이동과 심상치 않은 영창 속도가 아직 기억에 남아있다.

가지고 있는 무기 또한 절대로 평범하지 않았다.

그러나 몸 안의 마력은 우디 2인분 정도니까, 치야나 나보단 낮은 편이었다.

레벨과 마찬가지로, 마력량 또한 술사의 능력을 결정짓는 절대적 요인은 아니지만…….

하지만 저 켄타우로스와 미노타우로스는 어중간한 적이 아니었다.

나야 속성을 부여한 검과 압도적인 속력으로 제압해 버릴 수 있지만, 술사로 보이는 랄바가 어떻게 저들을 상대한다는 걸까?

그의 솜씨나 한 번 구경해 보자.

◇◆◇시키◆◇◆

소의 얼굴을 지닌 거구의 전사가 전투용 도끼를 치켜들었다.

흠, 이 녀석은 아인과 마물 중 어느 쪽이지?

꽤나 흥미로운 존재로군.

앞으로 맞닥뜨릴 기회가 있을 땐 제대로 연구해봐야겠어.

내가 뒤로 물러나 피하자, 도끼는 바닥과 격돌하고 말았다.

상식적으로 봤을 땐 바닥의 파편들이 화려하게 사방으로 흩날릴 순간이겠으나, 도끼가 처박힌 곳은 작게 금이 갔을 뿐이었다.

무척이나 뛰어난 지원 결계로군. 강대국의 이름은 겉치레가 아니라는 건가?

곧이어 나를 향해 날아든 화살을 지팡이로 격추시켰다.

"너는 활을 쓰나 보군."

켄타우로스는 아인들 중에서도 특히나 긍지가 높은 걸로 유명한 종족이었다.

사용하는 무기로는 활이나 창을 선택하는 이가 많다 보니, 전방과 후방으로 명확히 역할을 분담하는 걸로 알려져 있다. 이자는 활을 즐겨 쓰는 모양이야.

어쨌거나 아까 물리친 복병들보단 만만치 않은 실력자들이군.

"이오 님께서 싸우고 계신 지금, 우리들만 놀고 있을 순 없다. 비켜라, 리치여."

"너의 힘은 방금 막 구경한 참이다만, 그 정도로는 우릴 죽일 수 없다."

아직 여유를 잃지 않은 두 아인이, 나란히 입을 한데 모았다.

"……나는 필요 이상으로 자신의 능력을 과시하는 행동을 별로 좋아하지 않거든. 다행히 마스터께선 나에게 기회를 주실 것을 약속하셨다. 이왕 이렇게 된 이상, 너희들로 준비운동을 해둬야겠군."

나의 말을 듣고 난 두 아인의 분위기가 명확하게 변했다.

후후, 전사라는 자들은 정말로 자존심을 이용해 먹기 쉬운 족속이로군.

"상관없다. 결국 너 역시 동포들을 도륙한 장애물인 걸로는 마찬가지야."

"네 전투력은 어느 정돈 알고 있다. 집짐승으로 키울 땐 손이 많이 가는 난폭한 가축이더군."

"……!!"

우선은 나를 향해 순간적인 살기를 발산하던 미노타우로스를 세치 혀로 도발했다.

"멍청한 놈. 쓸데없이 분노를 부추겨 봤자 무슨 득이 된다는 거냐?"

그러한 대사와 함께 냉정한 척하는 말까지, 덤으로 도발해둘까?

"글쎄? 뿔조차 나지 않은 평범한 말은, 우리가 타고 다니기에는 너무 허약하더군. 그런 고로 너에 관해선 잘 모른다. 미안하구나."

"큭!!"

미노타우로스와 켄타우로스는, 둘 다 너무나 유쾌할 만큼 잔뜩 열이 올랐다.

이제 슬슬 시작해볼까?

"정확한 나의 정체는, 어디까지나 「원래」 리치였던 자거든. 「지금은」 리치가 아닌 까닭을 이제부터 너희들에게 보여줄 생각이야."

영창을 완료함으로써, 자신의 몸속을 향해 술법을 해방시켰다.

"과연 너희들이 어느 정도까지 저항할 수 있을까? 몹시 기대되는군. 「13계단(리스리처)」."

내가 말단 종자로서 도련님을 섬기기로 결심한 그날, 그분들께선 나의 힘만으론 제어하기 힘든 거대한 힘의 덩어리를 나의 몸 안으로 이식하셨다.

나의 몸과 동화된 힘이긴 하지만, 어디까지나 나 자신의 힘은 아닌 커다란 덩어리였다.

나는 이제야, 그 힘을 일부분이나마 자신의 힘처럼 쓸 수 있는 경지로 오르고 있는 중이다.

너희들은 첫 번째 사냥감이다. 나의 몸 안으로 들어와서 잠들어 있다가, 변질의 과정을 거쳐 눈을 뜬…… 도련님께서 하사하신 반지의 힘이다.

"제1부터 제4계단까지 해방. 「지팡이(완드)」「검(소드)」「잔(컵)」「동전(코인)」."

"큭!"

"이건……!"

소와 말이 나란히 숨을 죽였다.

거의 네 배에 육박할 만큼 마력이 팽창된 바로 그 순간, 몸 안을 미친 듯이 나돌아 다니는 이질적인 힘을 느꼈다. 최대 마력을 증폭시키는 이 감각은 언제나 독특하기 그지없군.

나는 자신의 왼손으로 시선을 돌렸다.

새빨갛게 물든 네 개의 반지가 새끼손가락을 제외한 모든 손가락뼈에 꼽혀 있었다.

온몸으로 엄청난 양의 힘이 넘쳐흘렀다.

제4계단까지 발동되는 효과는 술법 강화 · 신체 강화 · 마력 강화 · 장비 강화 따위의 기본 능력강화였다. 여기까진 특별한 위험 부담 없이 구사할 수 있는 능력들이다. 이 녀석들의 능력에 따라선 조금씩 더 높은 단계까지 해방시키고 싶었다만, 그건 욕심이 너무 지나친가?

“너희들은 상관에게 충성심을 증명하고자 앞장선 놈들 아닌가? 하다못해 발악이라도 해봐라.”

내가 지팡이를 다잡자, 두 아인 역시 곧바로 방어태세를 취했다.

바로 그 직후, 그들의 바로 밑으로부터 바닥을 변질시킨 창 여러 자루가 솟구쳐 올라왔다.

모처럼 깔려 있는 지원 결계를 유효하게 사용하고 싶었거든.

“호오? 말은 회피한 모양이군. 소는…… 일단 버티긴 버틴 건가?”

켄타우로스가 커다란 활로 나의 바로 위를 향해 화살을 쐈다.

허공을 가르던 화살이 여러 갈래로 분열되자마자 소나기처럼 쏟아졌다.

숲 도깨비 종족의 아쿠아가 쓰던 기술과 비슷하군.

“「불타올라라」.”

마술이 아니라 특수한 언어의 영력을 이용한 강제적인 술법으로 발생된 잿빛 불꽃이 화살들을 모조리 한 줌의 재로 만들어 버렸다. 이 상태로만 사용할 수 있는, 지극히 짧고도 지극히 강력한 나의 실험적인 영창 시스템이다. 아무래도 특별한 문제없이 발동 가능한 모양이군.

“빌어먹을, 술사 녀서어어어억!!”

이번엔 몹시 흥분한 미노타우로스가 돌격해 들어왔다.

어리석구나, 아직껏 힘의 차이가 안 보인단 말인가?

미노타우로스가 치켜들었던 전투용 도끼가 나를 향해 비스듬히 날아 들어왔다.

나는 일부러 방어 행동조차 취하지 않은 채로 그 공격을 몸으로 받았다.

“이럴 수가.”

도끼는 나의 어깻죽지까지 와서 멈췄다. 로브조차 전혀 찢겨 나가지 않았다.

마력과 장비, 그리고 물리적인 신체 능력까지 평상시와 비교조차 안될 만큼 강화된 탓이다.

이런 공격 정도는 막을 필요조차 없다.

“이제부턴 내 차례로군.”

검은 지팡이를 든 채로 영창을 읊기 시작했다. 그제야 절망적인 표정을 짓기 시작한 두 아인이 나의 시야로 들어왔다. 그리고 나는 그들의 숨통을 끊을 술법을 완성시켰다.

“걱정 마라, 아프진 않을 거야. 너희들의 목숨을 나에게 바치고 가거라.”

◇◆◇◆◇

"……시키 녀석, 초장부터 막 나가는군. 저 정도의 상대들은 평범한 방법으로도 얼마든지 물리칠 수 있을 텐데 말이야."

"한눈을 팔 줄이야! 여유가 넘친다는 거냐!"

그러한 대사와 함께, 이오는 단 한 순간의 빈틈조차 용납하지 않겠다는 듯이 연속 공격을 가해왔다. 나는 팔을 교차시키는 방어 자세로 그의 주먹을 막았다.

"아니, 기량으로 이길 수 없는 상대와 격투로 싸우고 있는 중이야. 여유 따윈 전혀 없어."

"뚫린 입으로 잘도 지껄이는군. 이만큼이나 나의 공격이 통하지 않는 건 난생 처음이다."

곧바로 들어오는 이오의 연속적인 추가타들을, 뒤로 물러나면서 회피했다.

"그쪽이야말로, 벌써 여섯 명이야. 부하들이 점점 죽어나가는 와중에도 신경 안 쓰여?"

미노타우로스와 켄타우로스는 사이좋게 한 줌의 재로 변하고 말았다.

시키는 오버킬이라는 사실을 알고도, 반지를 이용한 그의 능력을 발동시킨 모양이다.

전해져오는 느낌만으로 판단하자면, 기본적인 네 가지를 쓴 것 같군.

"……왕도를 공략하고 있는 부대원들은 모두, 각오를 하고 온

자들이다. 그들의 죽음을 동정하려 함은 본인들에 대한 모독이나 마찬가지다."

"죽음을 무릅쓴 병사들이란 소린가? 무슨 역사 소설의 등장인물이라도 되나?"

이오가 나에게 대답 대신 발차기를 날려 왔다. 얼굴만 봐선 우격다짐밖에 모를 것 같은 거한 주제에, 정말 기술적으론 섬세하기 그지없군.

팔이 네 개나 달린 거인이 테크니컬하다는 건 이미지와 전혀 일치되지 않았지만, 마장 이오라는 남자는 나의 어설픈 안목으로도 금방 알아볼 수 있을 만큼 탁월한 레벨의 격투 능력을 가진 고수 중의 고수였다. 아마도 이른바 달인이라 부를 수 있는 존재가 아닐까?

이 세계로 와서 처음 만난 「정상적인 덩치」일지도 몰라.

섣불리 죽이는 건 이 세계 그 자체의 손실이라는 느낌이 들 정도야.

"적병의 죽음을 안타깝게 여긴단 말이냐? 역시나 싸우기 거북한 상대로구나. 하지만!"

건틀릿으로 마력이 전달되잖아? 엉겁결에 거동을 관찰하다 보니, 방어하는데 실패한 이오의 주먹이 나의 복부까지 파고들어왔다. 이오의 주먹으로부터 불꽃이 솟아 나왔다. 호오?

"속성이 부가된 무기였나? 대단한데?"

속성 무기는 사용자에게 최소한의 마술적 소양이 없을 때는 제대로 활용할 수가 없다. 말인즉슨, 눈앞의 거인은 술법까지 평균 이상으로 잘 다룬다는 뜻이야.

전사들조차 다룰 수 있는 레벨로 강력한 속성이 부여된 무기는 상당한 귀중품이다. 휴만 종족의 대장장이들은 기본적으로 만들지 못 한다는군. 당연히 무척이나 비쌀 뿐만 아니라, 대부분의 경우엔 평범한 무기를 사용할 때마다 따로 술법으로 속성을 부여하는 편이 경제적인데다가 필요로 하는 술법의 레벨 또한 낮다.

"나의 공격 정도론 꿈쩍거리지도 않는 녀석에게, 담담히 그딴 소릴 들어봤자 어처구니가 없을 뿐이구나!"

나는 잇달아 들이닥치는 이오의 주먹들 사이로 단숨에 파고들어 갔다.

엄청난 거구를 가지고 있는 만큼 아주 가까이 접근할수록 공격수단이 줄어들지 않을까…… 싶었다만, 현실은 그런 식으로 쉽게 돌아가지 않는군.

이오는 허리를 비트는 동작이나 힘을 모으는 동작 등을 조합하는 식으로 현란한 타격을 날려 왔다. 이렇게 대단한 기술을 특등석까지 와서 볼 수 있다니, 가히 감동적이기까지 한 순간이었다. 나 역시 가까운 거리로부터 일격을 날렸지만—.

"흥, 어림없다!"

앞으로 뻗은 나의 주먹을, 이오는 아슬아슬하게 피해 버렸다.

강화된 능력치까지 계산할 땐 완력이나 속력으론 내가 더 앞설 것임에도 불구하고 이 모양 이 꼴이다. 접근하는 방식이 안 통할 땐 별 수 없다. 나는 반복적인 스텝으로 거리를 벌렸다.

처음부터 다시 시작해야겠군.

"경고와 확인 정도만 하고 넘어가자. 물러날 생각은…… 없어?"

"당연한 소리. 덧붙이자면, 더 이상 쓸데없이 싸움을 길게 끌 생각 또한 없다."

"……그렇군."

기본적으로 적이니까 말이야.

아무리 존경할 만한 사람이라도, 전쟁터까지 와서 적으로 만난 이상…… 죽일 수밖에 없나?

평소에는 좀 더 고민하거나 다른 방법을 모색할 텐데, 오늘은 왜 이런 식으로 간단하게 결론이 난 걸까? 머릿속이 또렷하다. 여신의 힘으로 공통어를 습득한 부작용인가? 혹은 또 다른 정체불명의 현상일까? 싸우는데 적합한 사고 패턴이 머릿속을 가득 메웠다.

……대단히, 편했다.

"진짜 실력을 펼쳐 봐라. 혹시 한계조차 보이지 않고도 이길 수 있을 만큼, 나를 간편한 상대로 여기는 건 아니겠지?"

그렇군. 이 사람을 상대론 쓸 수 있을지도…….

아니, 한계를 보일 필요는 없어. 이 모습을 유지한 상태로도 얼마든지 죽일 수 있는 상대야.

서로에게 온힘을 다하자는 건, 정말 고리타분하고도 비효율적인 사고방식으로 느껴졌다.

"……?"

이오가 영문을 모르겠다는 듯이 고개를 갸웃거렸다.

왜 지금 나는 이렇게 쓸데없는 생각이나 하고 있는 거지?

향후의 전개에 따라선 선배— 용사를 상대로 싸우게 될지도 몰라. 굳이 이런 데서 자신의 카드를 선보일 필요까진 없다. 그는 지금 상태로도 얼마든지 제압할 수 있는 적수였다.

"온힘을 다하지 않은 걸로는 피차일반인 모양이니, 일단은 이대로 갈게."

미오가 슈트에다가 추가한 능력을 대충 써볼까?

이 싸움을 길게 끌고 가는 것만으로도 마족들은 외통수였다. 따라서 실력 따윈 굳이 노출시킬 필요 없이, 대충 상대하는 거야말로 최선의 전략이다. 가장 효율적일 뿐만 아니라, 용사에게도 우리의 카드를 보일 필요가 없으니까. 이 방법으로 용사를 보호한 다음, 스텔라 요새에 대한 경고는 로나를 통해서 할 수 있을 테니 큰 문제는 없다.

그렇군. 시키로 하여금 시가지의 피해를 약간이나마 줄이게 할까? 시간을 벌기만 하는 임무 따윈 시키한텐 조금 지루할지도 모르지만, 지금 당장 딱 알맞은 능력이 있거든.

"랄바, 7번을 절반만 해방시켜."

시키의 능력은 특히나 여러 가지 상황에 대응할 수 있다는 점이 대단하다.

일단 4번까지 해방시킴으로써 능력치를 강화시키지 않고선 그 이후를 해방시킬 수 없다는 제약과, 5번 이후로는 동시 전개 가능한 능력은 하나나 둘 정도밖에 안 된다는 한계는 존재한다. 그러나 각 능력들을 갈아 끼우는 식으로 대부분의 적들을 상대로 유리한 전투를 펼칠 수 있다. 현재의 결점 또한, 끈질긴 단련을 통해 머지않아 극복할 수 있을 것으로 보인다.

결국은 전부 그의 몸과 동화된 힘이니, 언젠간 전부 동시에 일상적으로 해방시키더라도 아무 문제없을 날이 올지도 모른다.

나의 지시를 듣자, 시키는 가벼운 눈인사와 함께 곧바로 행동을 개시했다.

이왕 이렇게 된 이상, 이제 슬슬 나「답게」 싸워볼까?

이 모습으로 진짜 실력을 보인다는 건, 결국은 그런 뜻일 테니까 말이야.

아마, 그 정도로도 그를 죽이는 데는 모자라지 않으리라.

◇◆◇이오◆◇◆

귀에 거슬리는 주문의 영창 소리가 이어지다가, 흉악한 힘이 리치의 손가락 끝으로 모여들었다. 가능한 한 발동을 막고 싶었다만, 아마도 눈앞의 괴물이 나의 행동을 용납하진 않으리라.

기본적으로 몸을 움직이는 방법 정도는 알고 있는 듯이 보였다만, 아마도 하얀 녀석에게 본격적으로 격투술을 연마한 경험은 없다는 것이 나의 의견이었다.

사실 기술로서 확립된 무술 따윈, 마족들과 일부의 아인들에게 알려져 있는 정도의 기술 체계에 지나지 않았다.

일반적으로 휴만들은 맨몸 격투술보단 무기를 사용하는 전투 방식을 선호하거든. 그리고 휴만 녀석들은 다른 방법은 전혀 모른다는 듯이 스킬들을 주로 쓴다.

휴만들의 마지막 보루인 여신의 축복 또한, 맨손 기능을 수련한 이한텐 주어지기 어렵다더군. 여신이 선호하지 않는 분야가 저 녀석들 사이로부터 대대적으로 발달될 리가 없었다.

……정말 어이가 없을 지경이야. 이런 식으로 영문을 알 수 없는 난입자까지 진지하게 상대해야 한다니…… 군인의 의무를 다하기란 쉽지 않군.

일개 병졸로서 마음껏 싸우러 다녔을 무렵이 조금 그립게 느껴질 정도야.

"네가 온힘을 다한다는 건, 저 리치에게 지원을 받는 전투 방식을 뜻하나?"

저 녀석이 부하인 리치에게 뭔가 말을 거는 광경을 보자마자 그렇게 예상했다만…….

"그럴 리가 있나? 전황을 거의 다 파악한 관계로, 시간을 벌려는 것뿐이야."

그 녀석은 미처 예상치 못한 말을 입에 담았다. 시간을…… 벌겠다고?

"—큭! 그만한 힘을 지니고도, 제대로 싸울 마음은 전혀 없다는 거냐? 우리와 가까운 사상을 가지고 있는 것으로 보였으나, 아무래도 나의 착각이었던 모양이구나."

그렇다. 원래 나는, 저 하얀 녀석은 우리와 가까운 사고방식을 가지고 있는 것으로 여겼다.

하지만 싸움을 시작한 이후의 저 녀석으로부턴, 뭔가 위화감을 느꼈다.

주먹을 마주칠 때마다 다른 존재로 변질되어 가는 듯한, 무척이나 부자연스러운 감각이었다.

주먹의 궤도로부터도 처음엔 솔직한 성격이나 열량을 감지할 수 있었으나, 지금은 차갑고도 무감정적인 낌새만 느껴진다. 한창 전투를 치르다가 이만큼이나 극적으로 변모하는 상대는 흔치 않았다. 지금의 저 녀석은 골렘이라 할지라도 납득이 갈 정도지만, 과연…….

"우리의 목적은 용사의 보호와 스텔라 요새를 함락시키는 것뿐이야. 교전 시간이 길어지는데 관해선 특별히 문제될 여지는 없어. 지금은 앞으로 적대하게 될 상대조차 예측하기 어려운 상황이거든. 지금 무의미하게 자신들의 카드를 노출시키는 거야말로 어리석은 행동이야."

하얀 녀석은 이해가 가지 않는 소릴 지껄였다.

최소한 이 녀석의 목적이 달성될 경우, 용사가 목숨을 건지는 것만큼은 틀림없었다.

그런데 「적대하게 될 상대조차 예측하기 어렵다」는 발언은 또 무슨 뜻인가? 용사와 적대할 경우까지 고려하고 있단 말인가? 도대체, 이 녀석의 정체는…….

"지금껏 싸우고 나니 확실하게 알겠다만, 너는 골렘이 아니군. 그 형상은 상당히 높은 성능의 방어구야. 너한텐, 알맹이가 있어 보이는구나."

나는 은근슬쩍 하얀 녀석의 속마음을 떠 봤다.

"물론, 나는 골렘이 아니야. 네 예상대로 이건 방어구의 일종이야. 제작자의 의도로 인해, 착용하고 있을 땐 술법을 사용할 수 없어. 「폼이 안 난다」는 이유는 참 기가 차는군."

얼버무릴 생각조차 없단 말인가?

저런 강도의 전신 갑옷 따윈 듣도 보도 못 했다만, 최소한 방어구라는 건 틀림없는 모양이다.

자신의 비밀을 너무나 쉽게 노출시킨 그 여유…… 반드시 후회하게 만들어주마.

"사실 나와 이 슈트의 상성은 별로 좋은 편은 아니야. 억지로 술법을 발동시켰을 땐 저절로 고장 나는 모양이니, 정말 난감하기 그지없어."

"그 정도 성능의 방어구를 입고도 사치스러운 소릴 다 하는군."

제한이 있단 말인가? 술법 사용 불가— 술사가 저 갑옷을 이용함으로써 얻을 수 있는 장점은 거의 없다는 뜻이군. 하지만 전사한텐 사실상 제한이 거의 없다는 소리로 들렸다.

"간다. 헤이세이 시리즈 이후의 작품들이 기준인 모양이니, 아마 꽤나 터무니없을 거야."

새하얀 녀석의 영문을 알 수 없는 선언을 듣자마자, 나는 공격을 방어할 준비태세를 갖췄다.

하지만 예의 바르게 신호까지 한 주제에, 하얀 녀석은 뜬금없이 몸을 웅크렸다.

나와 마주보는 자세로 한쪽 무릎을 꿇고 있었다.

뭐지?

뭘 어쩌려는 거야?

"클레이모어."

그 말과 함께, 하얀 녀석이 무릎을 꿇고 있는 발 옆으로 상자 모양의 물체가 나타났다.

"……뭐라고?!"

어디서 튀어나온 물건이냐?!

"잠깐?!"

깜짝 놀란 히비키가 영문을 알 수 없는 고함을 치고 있었다.

그녀의 고함소리를 뿌리치듯이, 그 상자로부터 원통 모양의 물체들이 네 발이나 사출됐다.

원거리 공격용 무기였나!

그렇게 빠르진 않았다. 하지만 위력을 알지 못 하는 이상, 일단은 피하는 수밖에 없었다.

"으음!"

나를 향해 마구 날아오던 원통들을, 재빠르게 옆으로 피했다.

음, 가까스로 피하는데 성공— 아닛?!

회피한 줄로만 알았던 원통들 중 한 발이, 다른 궤도로 나를 추격해 왔다. 다른 세 발 또한 방향을 바꾼 듯이 보였으나, 나에게 명중되지 않는 각도를 향해 날아갔다.

어쩔 수 없군!

나는 네 개의 팔을 모두 써서 그것들을 막았다.

청각을 마비시킬 정도의 엄청난 폭발음뿐만 아니라, 열과 충격이 동시에 들이닥쳤다.

이건…… 폭렬 술법을 부여한 추적 무긴가?!

이런 물건은, 우리들의 기술로도 도저히—.

"시저 핸즈 너클."

폭발의 영향으로 소리는 잘 안 들렸으나, 녀석이 중얼거리는 혼잣말 소리를 놓치진 않았다. 곧장 평형감각조차 되찾지 못한 나의 가슴으로, 추가적인 폭발과 다른 충격이 전해져왔다.

"너는 도대체, 무슨 짓을……!"

"어라, 여기가 심장이 아니었나?"

"우, 오오오오오오!!"

뱃속으로부터 한꺼번에 솟아 올라온 충동에 따라, 나는 있는 힘을 다해 하얀 녀석을 후려 갈겼다. 하얀 녀석은 회피하는데 실패한 듯이 보였다.

혼신의 힘을 다한 타격이 명중된 결과, 하얀 녀석은 옆으로 꽤나 멀리 날아가 버렸다.

"헉, 헉, 헉……."

시선을 가슴 쪽으로 돌리자, 두 자루의 칼날이 꽂혀 있었다.

곧바로 칼날을 뽑자마자 내동댕이쳤다.

정말 터무니없는 괴물이다! 이 녀석을 상대로는, 검은 피부의 방어력으로도 충분치 않단 말인가? 나의 피부를 이렇게나 간단히 꿰뚫다니! 징그럽기 짝이 없는 놈!

나는 날아가 버린 하얀 녀석을 날카롭게 쏘아 봤다. 새하얀 녀석이 태연하게 일어나는 모습이 나의 시야로 들어왔다. 손등 부근으로부터 뻗어 나온 가윗날 같은 칼날이 꺾여 있었다.

"가위는 별로 실용적이진 않군. 이건…… 닻? 미오 녀석, 너무 취미를 우선한 거 아냐?"

자신의 손을 바라보던 하얀 녀석은 긴장감 없는 혼잣말을 중얼거렸지만…… 온다!

하얀 녀석은 아무렇게나 나를 향해 달려왔다. 하지만 나의 발차기가 닿는 거리보다 조금 더 멀리 떨어진 데까지 와서 급정지했다.

이번엔 또 뭐냐?!

당돌하게 앞으로 뻗은 왼팔로부터, 정체불명의 물체를 발사해 왔다. 또다시 원거리 공격이냐!

잠깐, 그런데 무슨 이유로 이렇게 거리를 좁혀 들어 왔나?

어쨌거나, 이 정도 거리로부터 이 정도 속도로 들어오는 공격은 막을 수밖에 없다.

자꾸만 선수를 빼앗기다 보니 조바심이 났다.

건틀릿들 사이로 비집고 들어온 그 물체가 나의 어깻죽지로 와서 꽂혔다. 그다지 대단한 위력은 아니었다. 이번엔 또 뭐냐? 갑작스럽게, 나의 몸 전체가 하얀 녀석에게 끌려갔다.

"우, 오오오오?!"

힘으로 버틸 수 없었던 나의 다리가, 드디어 땅바닥으로부터 떨어졌다.

휴만들과 비슷한 체격밖에 안 되는 상대에게, 완력으로 졌단 말인가?!

"그으으으윽!!"

허공으로 붕 떠 있던 나의 몸은, 저 녀석이 휘둘러 올린 오른 주먹의 직격을 받자마자 멀리 날아가 버렸다. 도대체, 무슨 수를 써야 나를 이렇게 가지고 놀 수 있단 말인가?!

하얀 녀석의 공격은 멈추지 않았다.

방금 날린 원거리 공격 무기는 이미 효과를 잃어버린 듯이, 하얀 녀석은 스스로 나를 향해 몸을 날려 왔다. 하지만 나는 아직, 저 녀석에게 고속 회복 능력과 재생 능력을 들키지 않았다.

상당히 만만치 않은 대미지를 입었다만, 정신집중을 통해 단숨에 회복시켰다.

아직은 이길 수 있다!

아직 거리가 꽤나 멀리 떨어져있는데도 불구하고, 땅을 박찬 하얀 녀석이 허공으로 떠올랐다.

이번엔 위로부터 공격을 날리려는 거냐?

……이건, 천재일우의 기회다! 아무리 저 녀석이라도 일단 몸을 높이 띄운 이상, 당연히 떨어질 수밖에 없다. 낙하하는 순간의 힘을 위력으로 더할 수 있는 반면, 빈틈 또한 작지 않다.

심지어 행동까지 제한된다. 즉, 카운터 공격의 제물이라는 뜻이다!

최고로 적합한 타이밍을 노린, 혼신의 돌려차기로 녀석을—.

"아, 니?"

그러나 녀석이 공격할 순간을 예측해서 날린 나의 발차기는, 덧없이 허공을 갈랐다.

녀석은, 단 한 줌의 마력조차 발동시키지 않은 상태로 공중 부양을 하고 있던 것이다.

저 사이즈로 날개조차 없는 녀석에게 비행 능력까지 있다니…… 도대체 이 세상의 어느 누가 그런 상상이나 하겠나?

"아마, 이거였나? ……킥."

뭔가 조그맣게 혼잣말을 중얼거린 순간, 녀석이 발을 앞세운 자세로 파고들어왔다.

상식을 무시한 급격한 가속이었다. 도대체 얼마나 높은 고도로부터 떨어져야 저 정도 속도를 발휘할 수 있단 말인가? 나로서는 감히 짐작조차 가지 않았다.

클린 히트를 피하기 위해서 몸을 비틀었다. 하지만 돌려차기가 빗나간 직후라 자세가 엉거주춤한 상태였기 때문에, 완벽하게 회피할 수가 없었다. 옆구리로 박혀 들어온 녀석의 발차기가, 무참하게 배의 일부를 도려냈다. 엄청난 고통으로 인해 비명을 지를 뻔 했다.

하지만 나의 눈은 후방으로 착지한 녀석을 쫓고 있었다.

아물어라, 아물어라, 아물어!

빈틈투성이인 저 녀석에게, 히비키조차 제압한 연속 공격이 안 통할 리가 없다!

히비키보다 중량이 무거운 저 녀석이 상대라면, 틀림없이 전부 다 명중시킬 수 있을 거야!

나는 몸의 각 부분을 살폈다.

문제없다—는 판단이 떨어지는 것과 발걸음을 내딛는 것 중 어느 쪽이 더 빠를까?

나의 왼손 중 하나가 녀석의 목을 붙잡았다.

괴물 녀석—.

나는, 지지 않는다!

◇◆◇히비키◆◇◆

하얀 녀석이, 특촬 드라마의 선전을 볼 때나 구경할 수 있을 것 같은 공격들을 이오에게 퍼붓고 있었다. 믿겨지지 않는 것은, 그 공격들을 얻어맞은 이오가 대미지를 받고 있다는 점이었다. 결정적으로 어처구니없었던 것은, 공중으로 떠올랐다가 발차기를 날리는 광경이었다.

나의 최대 출력을 능가하는 공격력을 지니고 있는 듯이 보이던 그 발차기는, 이오의 옆구리를 크게 도려냈다. 그런데 이오는 몇 초 만에 상처를 회복시키자마자 하얀 녀석을 붙잡았다.

나와 싸울 때부터 꽤나 재생을 되풀이한 걸로 기억하는데, 저 녀석한텐 한계가 없나?!

재생 능력을 주특기로 삼는 마물들은 흔한 편이지만, 일반적으로 재생하는 데는 한계가 있는 법이다. 그러나 이오에게 아직 여유가 있을지도 모른다는 생각을 하니 마음이 어두워졌다.

역시나, 이오를 물리치기 위해선 지금보다 훨씬 강대하고도 결정적인 일격이 필요할지도 몰라. 지금의 나한텐 아직 그런 능력은 없었다.

하얀 녀석의 목을 붙잡은 이오가, 곡선을 그리듯이 그를 바닥으로 내동댕이쳤다.

저 움직임이야말로, 내가 당한 연속 공격 동작이다. 나는 직감적으로 깨달았다.

호른을 장착한 상태를 유지하기 힘들 만큼, 거의 죽을 뻔한 순간이었다.

반사적으로 다시 장착한 덕분에 목숨을 건졌지만, 얼마든지 죽고도 남을 정도의 공격이었다.

"잠깐, 랄바— 공? 당신 마스터가 엄청 위험해 보이는데?"

영창을 멈춘 랄바에게, 결계 안으로부터 말을 걸었다.

지금 눈앞의 리치는 엄청난 양의 마력을 사방으로 발산하는 중이었다.

저 특이한 반지를 낀 순간부터, 명확하게 힘이 증폭된 듯이 보였다. 사용하는 술법들의 가짓수가 풍부한데다가, 마력 하나만 보더라도 나와 그의 차이는 뚜렷하기 그지없었다. 몇 번 정도 상대한 적 있는 다른 리치들과 완벽하게 차원이 다른 존재로밖에 보이지 않는다. 처음 낫을 출현시켰을 즈음까진 리치치고는 강한 편 정도로 여기던 것이 지금은 그립게 느껴졌다.

"대답은 아까와 마찬가지다. 겨우 저 정도로 도움을 필요로 하는 분이 아니시다. 언제 어느 때건 동료들과 힘을 합치는 걸 상책으로 여기는 네 녀석과 똑같이 취급하지 마라."

"……나는 어디까지나 선의의 조언을 하려는 의도였어."

"필요 없다. 너는 쓸데없는 소리를 지껄이기보다는, 지금 선보이고 있는 중도의 노출증 환자 같은 모습으로 실수로라도 마스터를 홀리지 않도록 걸쳐 입을 겉옷이나 준비해 둬라."

"뭐?! 당신이 만든 결계 밖으로 나오지 말라는 주제에, 그건 너무 모순된 얘기 아니야?"

"흠. 지금부터 대충 찾아오마. 잠시만 기다려라. 제7계단 「헬」을

5할 해방, 장착 및 발동."

—뭐?!

숨이 막힐 듯한, 기분 나쁜 기척이 퍼져 나갔다.

결계 안의 우리들한텐 변화가 없는 듯이 보였지만, 알현실의 구석구석으로부터 안개 같은 형상의 뭔가가 번져 나왔다. ……아니, 여기뿐만이 아니야.

성 전체?

그렇게 넓은 범위로 술법을 펼쳤단 말이야?

"……시가지의 외벽까지 전개하는 정도로도 충분한가? 안개를 다루는 만큼 그쪽을 지배하시는 그분께서 기분 나쁘게 여기실지도 모르겠다만, 그 점에 관해선 오히려 지금은 마음이 편하군. 「안개의 신전(니블헤임)」이여. 쇠약을 몰고 와라."

외벽이라니, 시가지의?!

그때까진 맨손가락이었던 새끼손가락으로 새롭게 검은 반지가 나타나자, 랄바는 만족스러운 듯이 고개를 끄덕였다.

"외벽이 있는 데까지, 무슨 짓을 한 거야?"

"이 도시를 쇠약의 안개로 뒤덮었다. 쇠약 정도로 끝나는 건 마스터의 지시 덕분이다. 저분께 무한한 감사를 드리도록 해라."

이 정도가 5할을 해방시킨 결과라니…….

추측컨대, 넓은 범위를 대상으로 영향을 주는 술법이야. 힘을 조절한 결과로 상대방을 약화시킬 수 있다는 말은, 온힘을 다할 땐 무지막지하게 살벌한 공격 수단이라는 뜻이다. 이 세계의 사람들은 개인의 역량으로 간단히 전술의 범위를 넘어서는 경우가 많다 보니, 수적 우열에 대한 개념이나 전투 방식이 현대 사회의 상식과 전혀 다르다.

랄바, 눈앞의 이 녀석은 의심할 여지없이 전략적 규모의 능력을 지닌 존재야.

미오 언니부터 시작해서, 재야의 인재들이 너무 강한 거 아냐?

"지금부터 너의 맨살을 가릴 물건을 찾아오마."

랄바가 느긋하기 그지없는 소릴 하던 옆으로, 무거운 물건이 떨어지는 소리가 들려왔다.

맞아, 하얀 녀석에 관해선 까맣게 잊고 있었다.

소리가 들려온 쪽으로 시선을 돌리자, 하얀 녀석이 무자비하게 얻어맞고 있었다.

주먹의 난무와 발차기의 난무—.

그리고 건틀릿의 속성을 이용한 속성 간의 상승효과까지 더한 연속 공격이다.

소위 말하는 오행 사상[#7] 같은 개념과 좀 다르지만, 바람으로부터 불로, 불로부터 흙으로, 흙으로부터 물로 흘러가는 속성 간의 강화 작용을 이용하고 있는 듯이 보였다.

물로부터 바람으로 순환이 되지 않은 걸로 봐선, 아마도 그 사이로 알려져 있지 않은 속성이 숨어 있을지도 모른다. 그러나 지금으로선 그 정체를 짐작조차 할 수 없었다.

이오는 이러한 강화 작용을 이용하는 방식으로 연속 공격을 펼

#7 오행(五行) 사상 음양오행(陰陽五行) 중 오행(五行)으로 우주 만물을 설명하려는 동양 철학. 오행이란 나무(木,) 불(火), 흙(土), 쇠(金), 물(水)을 뜻한다.

치다가도 단발의 위력을 더더욱 강화시켰다. 공교롭게도 전부 다 보인 건 아니었지만, 시간차를 고려할 땐 나에게 날렸던 공격보다 한층 더 횟수를 늘린 것으로 예상된다.

저 하얀 녀석…… 숨은 붙어 있나?

하지만 그러한 나의 걱정 따위는, 리치의 말마따나 완전한 기우였던 모양이다.

바닥으로 파고들어가서 엎어져 있던 하얀 녀석은, 목 근육을 푸는 자세로 평범하게 일어났다.

정말로, 하나부터 열까지 터무니없는 존재였다.

어, 약간 휘청거렸다. 충격이 전혀 없진 않은 걸까?

"마스터, 용사가 걸쳐 입을 옷을 찾으러 갔다 와도 되겠습니까?"

……공격을 당한 주인을 전혀 신경조차 안 쓰다니, 도대체 무슨 주종관계가 이 모양이지?

관계 그 자체는 물론이거니와, 마스터라는 단어의 의미조차 의심하게 되는 발언이야.

"어, 응. 그러던가. 아—, 그런데 좀 아프긴 아프더라. 평범한 공격들 사이로 갑옷을 관통하는 기술까지 섞어 오잖아? 상당히 묵직한 공격이었어."

갑옷을 관통하다니…… 아마도 일종의 발경(發勁)[#8] 같은 느낌의 기술을 말하는 거지? 주먹을 밀착시킨 상태로 타격을 가함으로써, 갑옷 안으로 대미지를 전달시키는 기술이었던 걸로 기억한다.

#8 발경(發勁) 중국 무술의 타격 이론으로서 대중문화 작품의 소재로 등장할 때는 기를 날려 상대방을 공격하는 기술로 묘사되는 경우가 많다.

이 세계에 그런 기술까지 존재할 줄은 몰랐다. 정말 없는 것 말고는 다 있군.

나 자신이 목격한 적이 없을 뿐, 일본에도「기」를 사용한 기술은 있었을지도 몰라. 하지만 실제로 그런 얘길 들으니 신선하게 느껴졌다.

"마스터, 그다지 실질적인 손해로 이어질 일은 아니다 보니 굳이 참견하진 않았습니다만."

"뭔데?"

"때로는 싸우시는데 지나치게 몰입하시다가 좋지 않은 결과를 야기할 수도 있습니다. 머릿속 한편으로라도 저희들을 잊지 않아 주신다면, 아마도 선을 넘으실 일은 없지 않을까 싶습니다."

당연하지만, 랄바는 나와 말할 때와 전혀 다른 태도로 하얀 녀석에게 정중히 머리를 숙였다.

"……그렇군. 조심할게."

"아무튼, 조심하십시오. 금방 다녀오겠습니다."

저 랄바 같은 존재를 거느리다니, 도대체 정체가 뭐지? 새삼스럽게 관심이 생겼다.

그리토니아로부터 온 자들은 아닐 것이다.

로렐로부터 온 자들일 땐 치야가 알고 있을 테니…… 남은 곳은 아이온뿐인가? 츠이게를 가느라 들렀을 뿐인 그 나라에 관해선, 사실은 기본적인 분위기조차 잘 모른다. 하지만 최소한 이런 괴물을 데리고 있을 경우엔 훨씬 전에 최전선으로 파견해 오리라는 생각이 들었다. 최근의 아이온이 발언력의 저하에 관해 꽤나 신경 쓰고 있다는 얘길 폐하로부터 들었던 기억이 난다.

"듣고 보니, 걸쳐 입을 옷은 확실하게 필요한 것 같군. ……지나치게 몰입한 상태, 였나?"

정신을 차리고 보니, 새하얀 녀석이 지그시 나를 쳐다보고 있었다.

"있잖아, 이름 정돈 가르쳐줄 수 없을까?"

과감하게 말을 걸어 봤다.

일단 하는 말은 알아들을 수 있을 뿐만 아니라, 우리 말 역시 통하는 듯이 보였거든.

"……."

무시?!

나를 쳐다보고 있는 줄 알았던 하얀 녀석은, 곧바로 이오와 싸우기 위해 발길을 되돌렸다.

사실상 이오보다 정보가 적은데다가 섬뜩한 존재였다. 그런 녀석에게 목숨을 맡기고 있는 현재 상황은, 나에게 있어선 이루 말로 표현하기 힘들 만큼 불편하게 느껴졌다.

◇◆◇◆◇

전쟁터로 변한 알현실은, 기묘한 침묵으로 둘러싸여 있었다.

팔 네 개를 지닌 마장 이오와 맞닥뜨리고 있는 장본인은, 하얀 슈트를 입은 마코토였다.

마코토의 등 뒤로는 시키가 전개한 결계가 펼쳐져 있었다. 용사 일행과 함께 결계의 한복판에 서 있던 시키는, 리치의 형태로 모든 왼손가락에 반지를 낀 상태였다. 히비키는 시키가 어디선가 조달해 온 비교적 커다란 망토로 몸을 감싸고 있었다. 이오와 싸우다가 입은 상처들은 완벽하게 회복된 상태였으나, 시키의 위압감으로 인해 거기서 움직이지 못 하고 있었다.

본심을 말하자면, 히비키는 성이나 시가지로 들어와 있는 마족군을 격퇴하러 가고 싶었다.

그녀에게 있어서, 현재의 전투가 오래가는 것은 그다지 바람직한 상황이 아니었기 때문이다.

마코토를 마주보던 이오가, 어이가 없다는 듯이 중얼거렸다.

"……그 공격을 받고도 흠집조차 안 날 줄이야. 이거야 원, 알맹이가 상위 용이나 정령은 아니겠지? 다른 존재들이 잔뜩 섞여 있는 감각까지 느껴진다. 정말 영문을 알 수 없는 놈이군."

이오는 마코토가 전투를 막 시작했을 무렵의 꾸김없는 분위기로 돌아온 기척을 느꼈다.

전투 도중의 변모한 모습이 본성인가? 혹은 지금의 모습이 본성인가?

아무리 마장 이오라도 이렇게 짧은 시간 동안 상대방에 관해 완벽히 파악할 순 없었다.

"흠집이 전혀 안 난 건 아니야. 아프긴 좀 아프더라. 그렇게 동작의 폭이 넓은데다가 재생 능력까지 갖추고 있을 줄은 몰랐어. 정말 상식 밖이더군."

"흥. 이런 데서 치르는 싸움만 아니었더라면, 전투를 즐기는 것도 나쁘진 않겠다만……."

이오는 크게 숨을 들이마시는가 싶더니, 갑작스럽게 엄청난 목소리로 고함을 쳤다.

"우오오오오오오오오오오오오오오오오오오오오오오오오오오!!"

분노인가? 혹은 용기를 북돋우려는 건가? 이오의 우렁찬 고함 소리가 성 안으로 울려 퍼졌다.

너무나 엄청난 음량으로 인해 시키의 로브가 펄럭였다. 히비키 일행은 귀를 틀어막았다.

마코토와 시키는 태연하기 그지없는 태도로, 귀를 틀어막으려는 낌새조차 보이지 않았다.

"지금 고함친 건 뭐야? 혹시 이제부터 진짜 실력을 발휘하겠다는 뜻인가?"

이오의 뜬금없는 행동을 이해할 수 없었던 마코토는, 진심으로 고개를 갸웃거렸다.

"아니, 나는 무능한 장군이라는 선언을 한 것뿐이다. 지금쯤, 목소리를 듣지 못한 자들에게도 염화가 돌아다니고 있을 참이야."

마코토에게는, 그런 식으로 대답하는 이오의 표정이 방금 전과 어딘지 모르게 달라 보였다.

"……?"

"이번 공격에 참가한 자들 가운데 뛰어난 병졸들에게는「어떤 물건」을 지급한 상태거든. 나와 같은 마장이 크게 공을 들여 모아온 물건들이다."

"……."

마코토는 이오의 해설에 조용히 귀를 기울이고 있었다.

"지금 친 고함은 그걸 쓰라는 신호였다. 어쩌면 몇 명 정도는 이미 썼을지도 몰라. 네가 말한…… 그렇군. 죽음을 무릅쓴다고 했나? 글자 그대로 죽음을 각오하라는 명령을 한 거다."

"명령이라니, 이미 그들은 죽을힘을 다하고 있을 텐데?"

"아니, 생물들의 잠재력이란 의외로 깊고도 큰 법이다. 나는 그 사실을 용사의 전우였던 하얀 여자에게 배웠다."

히비키의 절친이었던 여성이자, 마코토하고는 만난 적조차 없는 인물이었다. 그녀에 관해 언급하는 이오의 목소리로부터 약간이나마 존경심이 느껴졌다.

"분위기가 변했군. 생각보다 수단과 방법을 안 가리는 아저씨였던 모양인데?"

"앞으로 병사들을 통솔하는 장수로서 행동할 일은 없을 테니까 말이야. 겉치레를 신경 쓸 상황이 아니거든. 어차피 군인으로서 해야 할 일은 어떤 입장이건 마찬가지다."

"그건 뭐지?"

마코토는, 어느 틈엔가 이오가 꺼낸 파란 흙덩이 같은 물체를 보자마자 질문을 던졌다.

그것은 장미를 본뜬 아이템이었다. 일종의 공예품으로도 보였다.

그러나 멀리서나마 그 아이템을 육안으로 확인한 히비키가 숨을 죽였다.

그녀뿐만이 아니었다. 시키의 결계 안에 있던 용사 일행 전원이, 심상치 않은 반응을 보였다.

희미한 미소를 짓고 있던 이오 대신, 시키가 주의를 환기시키듯이 장미의 정체를 밝혔다.

“마스터! 저것은 장미의 파편(로즈 사인)이라 불리는 강화 아이템입니다. 힘의 마약(魔藥)이나 혼을 먹는 자라는 별명으로도 불리는 물건으로, 사용자의 혼을 잡아먹는 대신 절대적인 힘을 부여하는 도구입니다! 원래는 갈색입니다만, 색깔이 다른 걸로 봐선 일정한 개조를 거친 것으로 예상됩니다!”

“훗, 과연 리치로구나. 이런 종류의 도구에 관해선 정말 박식하기 그지없군. 정답이다.”

시키가 아이템의 정체를 폭로하건 말건, 이오는 전혀 당황하지 않았다.

반대로, 마코토는 눈썹을 찌푸렸다. 물론 하얀 헬멧을 쓰고 있는 지금 상태로는, 아무도 그의 얼굴 표정을 확인할 순 없었다.

“……부하들한테까지 그런 물건을 나눠줬다는 건가?”

“애초부터 살아서 돌아가지 못할 확률이 높은 전투였거든. 휴만들이 가지고 있게 하기는 위험한 관계로, 회수했던 것을 떠올렸다. 다행히 이 물건은 제조하는데 적지 않은 시간이 걸리는 모양이니, 상당한 수를 모은데 관해선 안심하던 중이었다. 하지만…… 강제로 사용하라는 명령을 하게 될 줄은 몰랐군. 그나저나 로나가 개량한 이 물건의 성능은 과연 어느 정돌까? 이 몸으로 시험해보도록 하마. 로나로부턴 나만이라도 반드시 살아 돌아오라는 말을 듣고 나오는 길이었다만…… 부하들에게 로즈 사인을 쓰라고 한 주제에 나 혼자만 살아남을 순 없다. 기뻐해라, 너를 내가 이 물건을 쓸 만한 가치가 있는 최강의 적으로 인정하마.”

"……."

꽉 쥐어 으스러뜨린 파란 모래알들이, 이오의 주먹으로부터 흘러 떨어졌다.

동시에 이오의 팔로부터 온몸으로, 부풀어 오른 듯한 강대한 힘이 널리 퍼져 나갔다.

"크윽! 과연, 이 넘쳐흐르는 힘은 정말 어마어마하구나. 어떠냐? 어서 덤벼라, 하얀 녀석아!"

"이오. 유감이지만, 네 부하들은…… 랄바의 힘으로 쇠약해진 상태라 거의 못 움직여."

"……휴만들 또한 마찬가지 아닌가? 이래봬도 최소한의 전황은 파악하고 있다. 전투 중에 염화조차 못 쓰는 자가 어떻게 장군 노릇을 하겠나? 그나저나…… 왕도 전체를 마비시키다니, 놀랍긴 하구나. 그 힘이 우리에게 있었다면, 네 도착 전에 히비키를 죽일 수 있었을 거야."

"염화라? 귀가 따갑군. 이오, 부하들에게 그 아이템을 쓰게 한 결정의 의미를 알긴 알아?"

어떤 대답을 원하는지 알 수 없는 표정의 마코토가, 이오에게 질문을 던졌다.

"물론이다. 넘쳐나는 힘으로 다시 일어난 동포들이, 움직일 수 없는 휴만들을 학살하기 시작할 것이다. 우리 군대는 약탈이나 강간 따윈 하지 않는다. 하지만 적들은 죽인다. 목숨이 있는 한, 남녀노소를 가리지 않는 무자비한 살육을 자행할 것이다. 막고 싶거든, 이곳을 뒤로하는 건 어떠냐? 나는 용사를 토벌하라는 임무를 수행해야 하는 몸이다. 너를 쫓을 생각은 없다.”

마코토는 조용히 진정되기 시작하던 왕도가 다시금 소란으로 휩싸이는 기척을 느꼈다.

“전쟁은 반드시 이기고 끝나야 그나마 의미가 있다는 건가? 이곳으로 쳐들어온 모든 병사들이 그런 사고방식을 가지고 있다면…… 상당히 만만치 않겠군.”

“네가 우리를 만만치 않은 상대로 판단해 주다니, 정말 고맙구나. 마장 이오, 돌격한다!”

싸우는데 몰입하기 위해 빨라지는 자신의 변질을 정도껏 억누르면서, 마코토는 이오를 향해 몸을 던졌다. 그러나 히비키는 마코토와 달리, 이오가 하는 소릴 듣자마자 크게 반응할 수밖에 없었다.

동료들과 자신을 존경해 마지않던 민중들을, 학살의 대상으로 삼겠다는 말을 들은 탓이다.

일찍이 그녀의 동료였던 나바르가 본인의 몸을 희생양으로 삼아 이오와 싸웠을 당시에 사용한 도구— 로즈 사인을 악용한 마족들의 군세가, 지금 여기서 학살을 일으키려 하고 있다.

절대로, 용납할 수 있을 리가 없다.

“헛소리 마. 그런 식의 학살은 두고 볼 수 없어. 저 녀석이 이오를 맡고 있는 이상! 우리는 시가지를 제압하러 갈 수 있어! 다들, 준비해!”

히비키가 기세 좋게 일어섰다. 그 몸으로부터 망토가 흘러내리며 그녀의 맨살이 드러났다.

히비키의 호령이 떨어지자마자, 파티 멤버들 또한 일제히 일어섰다.

그녀는 사람들의 죽음을 대국적인 시야로 바라볼 수 있는 여성이었다.

다른 이들이 기대하는 자신의 가치 또한 정확하게 파악하고 있다.

따라서 왕도를 일시적으로 포기하자는 전략이나 그로 인해 발생할 희생에 관해선, 완벽하게 받아들일 수 있었다. 이오의 난입으로 탈출 자체가 어려워진 결과, 실현되진 않았지만 말이다.

그러나 지금부터 일어날 살육은, 얼마든지 막을 수 있는 사태였다.

하얀 녀석이 마장을 맡고 있는 이상, 자신들만의 힘만으로도 죽음을 각오한 마족 군단의 졸개들 정도는 얼마든지 제압할 수 있다. 적들은 로즈 사인으로 강화된 모양이지만, 히비키 일행의 체력 또한 거의 다 회복된 상태였다. 여기서 잠자코 기다리고 있어봤자 아무 소용없었다.

히비키 일행은 알현실로부터 나가기 위해 발걸음을 옮기려다가, 한 가지 사실을 깨달았다.

결계가 풀리지 않은 상태라, 밖으로 나갈 수가 없었던 것이다.

"나갈 수 없잖아……? 랄바 공, 이 결계를 풀어 줘요! 우리는 왕도를 제압하러—!"

"거절한다. 이거야 원…… 나오지 못 하도록 만들어두길 잘 했군. 처음부터 말하지 않았나? 나의 목적은 용사를 보호하는 것이다. 보호를 하는데 자유의 보장은 포함되어 있지 않다."

"이오는 당신의 마스터가 상대하고 있잖아! 분하지만, 그는 지금의 나보다 훨씬 강해. 그건 여기서 보고만 있어도 확실하게 느낌이 와. 하지만 그건, 내가 굳이 여기 있을 필요가 없다는 뜻이잖아! 난 용사야. 지금 당장 해야 할 일이 있어!"

"무모한 짓이다."

"……랄바 공, 잘 들어. 승산은 충분하고도 남을 정도야. 이오는 나를 쫓아올 수 없어. 당신의 마스터는 한동안 이오를 묶어둘 수 있을 거야. 당신까지 합세할 경우엔 더욱더 확실하겠지. 그리고 우리는 이 도시를 속속들이 꿰고 있어. 절대로 죽을 리가 없다는 뜻이야. 왕도의 마족들 정도는 얼마든지 전멸시킬 수 있어."

"작전의 내용 따윈 상관없다. 내가 입에 담은 무모하다는 말의 의미는, 너희들이 나에게 저항하는 것이 무모하다는 뜻이다. 그렇군…… 하다못해 이 결계를 자신들의 힘으로 돌파해 봐라. 이건 코큐토스 뭐시기라는, 그럭저럭 강력한 결계를 참고삼아 발전시킨 술법이다. 일단은 원조보단 약한 편이야. 이 정도 결계조차 꿰뚫지 못 하는 몸으로, 구할 수 있는 것 따윈 없다."

시키는 방금 한 말의 뜻을 바로잡더니, 다시금 히비키의 소망을 들어줄 뜻이 없음을 밝혔다.

"……거역했을 땐 그 안개의 힘을 전부 해방시킬 마음은 없나 봐? 그 정도 조건으로 괜찮겠어? 이 결계를 돌파하는데 성공할 경우, 시가지로 향하는 우릴 막을 생각은 없다는 거지?"

"마스터의 명령은 절반만 해방시키라는 거였거든. 독단으로 움직일 순 없다. 이 결계를 돌파하는데 성공했을 땐 막지 않는다는 약속은 못 하겠으나, 일단 생각 정돈 해 보마."

"생각 정돈 해보시겠단 말이지…… 그럼에도 불구하고 시도할 수밖에 없는 나 자신한텐 화가 나지만, 어쩔 수 없군. 하지만 내 공격력은 그렇게 얕볼 만한 수준은 아니거든?"

"……마음대로 해라."

시키는 마코토와 이오의 싸움을 지켜보고 있었다. 만약 히비키가 결계를 돌파하는데 성공했을 땐 새로운 결계를 펼칠 뿐이었다. 그에게 히비키를 풀어줄 생각은 전혀 없었다. 어디까지나 생각만 해보겠다는 대답을 한 것뿐이다. 그보다 지금 중요한 상대는 이오였다.

시키가 아는 한, 로즈 사인이라는 도구가 저 정도의 효력을 지니고 있을 리가 없었다. 혼의 힘을 흡수하는 속도 또한 꽤나 느린 편이었다. 그야말로 올바르게 개량된 것으로 보인다.

이오가 로즈 사인을 사용한 이후로, 마코토는 시종일관 방어만 하고 있는 중이었다.

그럭저럭 반격은 하고 있었으나, 겉보기로는 완전히 밀리고 있었다.

'물론 제대로 된 대미지는 전혀 입고 계시지 않으니 걱정 따윈 필요 없겠지만 말이야.'

시키로서는 그렇게 판단할 수밖에 없었다.

그의 주인인 마코토는 그야말로 압도적인 방어력의 소유자였다.

지금은 저 방어구로 정체를 숨기고 있다 보니 그 몸까지 공격이 미치고 있으나, 원래는 이오 정도의 능력으론 그를 건드릴 수조차 없다는 것이 시키의 계산이었다.

그런 이유로 그는 충실하게 주인의 명령에 따라, 편안한 마음으로 마코토의 싸움을 바라볼 수 있었던 것이다. 시키 본인 또한 아직 상당한 양의 힘을 온존하고 있었다.

최악의 경우, 뭔가 예측하지 못한 사태가 벌어진다 한들 회복 술법을 주특기로 삼는 자신이 버티고 있는 이상, 마코토한테는 만에 하나의 경우조차 일어날 리가 없었다.

'무릇 방어구의 성능만을 믿는 어리석은 자들은 직접적인 공격을 당할 땐 약한 법이지만, 도련님에게 그러한 요소는 없다. 통증에 대해서도 상당한 내성을 가지고 계신다. ……보이지 않을 정도의 속도로 나돌아 다니는 상대와 싸울 때야 넓은 범위의 공격 술법이 효과적이겠으나, 어떤 공격을 당하시건 태연하게 넘기시는 저분을 공략하는 방법 따윈 나의 경험으론 전혀 짐작조차 가지 않아. 죽기도 전부터 지옥을 구경할 저 마장에게 동정심이 들 정도군.'

시키는 묵묵히 이오와 마코토의 싸움을 지켜보고 있었다.

일단은, 이오가 자신들을 향해 자폭에 가까운 공격을 감행할 경우를 대비한 몇 가지 술법들을 비축하고 있는 중이었다. 그가 세운 대비책은 거의 완벽에 가까웠다.

시키는 등 뒤로부터 몇 번이나 힘이 발동되는 기척을 느꼈으나, 고개조차 돌리지 않았다.

대략적인 규모 정돈 파악하고 있을 뿐만 아니라, 결계를 뚫을 수 있을 만한 공격이 아니라는 건 틀림없었기 때문이다.

한층 더 커다란 힘이 느껴졌다. 시키는 그제야 약간이나마 반응을 보였다.

히비키의 기합 소리와 함께, 그녀의 예리한 일격이 결계와 격돌했다.

하지만 결계를 파괴할 정도의 위력은 없었다.

"좀 더…… 힘을…… 아직 멀었어. 나는, 좀 더 힘을……!"

헛소리처럼 중얼거리던 히비키가 무릎을 꿇었다.

정신을 잃으니 조용해서 좋군.

시키는 또다시 그녀에 대한 관심을 끊었다.

◇◆◇◆◇

"여긴…… 어디지?"

히비키는 주위로 시선을 돌렸다.

자신은 별이 총총한 하늘 한복판을 떠돌아다니고 있었다.

떨어지거나 떠오르지도 않는다. 꼴사납게 당황하진 않았다.

경계태세를 유지한 채로, 상황을 파악하고자 정신을 집중시켰다.

"여신에게 부름을 받았을 때와 비슷하지만…… 조금 다른 느낌이 들어."

그녀가 겪은 일들 가운데 지금 일어나고 있는 현상과 가장 가까운 경험은, 일본의 여고생이었다가 여신에게 부름을 받았던 그날의 한 장면이었다. 하지만 조금 다른 느낌이 들었다.

어디까지나 직감적인 소감이었으나, 히비키는 그러한 번뜩임을 중시하는 성격이었다.

바로 그러한 직감 덕분에 이오를 상대로 선전할 수 있었을 뿐만 아니라, 은띠나 엘더 드워프 종족의 베렌에게 받은 검의 진가를 발휘할 수 있었다.

「잘 왔어, 세계를 전이한 자.」

목소리가 머리로 직접 울려 왔다.

히비키는 역시나 여신에게 부름을 받았을 때와 비슷한 느낌을 받았다.

“……누구지?”

「누구냐는 질문에 대답하긴 쉽지 않아. 왜냐하면 나한텐 이름이 없거든. 어차피 여기서만 보는 사이일 뿐만 아니라 두 번 다시 만날 일은 없을 테니, 너무 신경 쓰지 마.」

“일단 저 결계로부터 데리고 나와 준데 관해선 감사할게. 하지만 지금은 볼일이 있으니까 얘기는 나중으로 미뤄 줄래? 나한텐 당장 해야만 하는 일이 있거든. 나를 왕도로 돌려보내줘.”

「너무 성급하게 굴지 마. 네 몸은 여전히 저 결계 안에 있어. 여기 있는 건 네 정신뿐이야. 그리고 이곳의 시간 경과는 저기선 눈 깜짝할 사이 정도야. 안심해.」

“눈 깜짝할 사이라…… 단 한 순간뿐이란 뜻이야?”

「정답이야. 아무튼, 하던 얘기나 계속하자. 원초의 세계로부터 온 방문자, 오토나시 히비키.」

목소리가 자신의 정체를 정확히 파악하고 있었다는 사실을 깨달은 히비키는, 상대방을 더욱더 경계하는 태도를 보였다.

“……내가 용사라는 사실을, 알고 있나 봐?”

「물론이야. 너와 또 한 사람, 이와하시 토모키. 여신에게 선택받은, 용사의 사명을 가진 자.」

"걔에 관해서도 알고 있구나."

「알다마다. 그는 이미 이곳을 왔다 갔거든— 아니, 지금은 그에 관한 얘기를 할 때가 아니야. 네가 알아야 할 것은 이제부터 일어날 일에 관한 지식이거든.」

히비키가 이와하시 토모키에 관해 언급하자, 목소리가 약간이나마 당황한 듯이 느껴졌다.

히비키는 상대가 말실수를 했을지도 모른다고 상상했다.

아는 것이 전혀 없는 거나 다를 바 없는 지금으로선, 상대방을 당황하게 만든 것이 본인한테 유리한지조차 판단이 서질 않았다.

"이제부터 일어날 일……."

「응. 넌 자격을 얻은 몸이야. 세계를 전이해 온 자들에게 주어지는「특전」을 받을 자격이지.」

"자격?"

「일단 넌 합격이야. 기준 자체는 별로 엄격하진 않아. 하지만 여기까지 도달조차 못한 채로 죽는 전이자들 역시 적진 않아. 대략적으로 설명하자면, 특별히 강하게 자기 자신에 대한 마음을 가지는 거야말로 가장 중요한 비결이야. 자신에 대한 집착이나 갈망을 가지라는 소리지. 일단 그 감정의 종류가 긍정적이건 부정적이건 큰 상관은 없어.」

"감정의 종류가 상관없다는 건, 영문을 모르겠어."

「사랑이건 증오건, 존경심이건 질투건 상관없다는 뜻이야. ……으음, 어쩌다 보니 너한텐 쓸데없는 소리까지 하고 마는군.」

목소리는 약간 장난스럽게 농담 같은 소릴 지껄였다.

"……."

「사실 조건 따윈 크게 중요하진 않아. 잘 들어. 넌 지금부터 몇 가지 질문에 답해야 해.」

"여기서 퀴즈 놀이나 하자는 거야?"

「조금 틀려. 정답 따윈 없는 문답이거든. 들어본 적 없어? 양쪽 다 정답이라거나 해답이 없다는 식의 얘기 말이야. 대충 그런 종류야. 그 결과에 따라 너에게 주어지는 특전이 달라져.」

"특전…… 힘을 늘릴 수 있다는 얘기야?"

「네 자질에 달려 있지만, 대답은 예스야. 자, 시작하자. 결과는 무슨 색일까…… 기대되는군.」

도대체 얼마 동안이나 문답을 주고받았을까?

—누군가를 죽여야만 친구를 구할 수 있다. 너는 죽일 수 있나? 만약 죽여야 할 땐 누구를?

—두 사람이 높디높은 낭떠러지 위로부터 당장이라도 떨어질 듯한 상황이다. 왼손으로 붙잡고 있는 이는 가장 사랑하는 사람인 반면, 오른손으로 붙잡고 있는 이는 나이든 부모님이다. 어느 한 쪽밖에 구하지 못할 경우, 너는 어느 쪽 손을 놓을 거지?

—법과 감정 가운데 어느 쪽을 따르는 경우가 보다 인간적인가?

—정의를 이루기 위해선 악법을 어길 수 있나?

그렇게 이해가 안 가는 수많은 문답들로 시간을 낭비하던 히비키는, 도저히 말로 표현할 수 없을 만큼 조바심이 났다.

「좋아, 수고했어. 후후후, 히비키? 드디어 네 결과가 나왔어.」

“빨리 좀 해줄래? 시간이 흐르건 안 흐르건, 초조한 건 마찬가지야. 결과는 색깔로 나온다고 했지? 얼른 가르쳐주기나 해.”

「알았다니까. 오토나시 히비키, 넌「검은색」이야.」

“검은색?”

예상치 못한 색깔이 나오자, 히비키는 자기도 모르게 되묻고 말았다.

자신은 지금껏 검은색으로 비유된 적이 거의 없었기 때문이다.

검은색은 세련된 색깔이긴 하지만, 부정적인 이미지 또한 적지 않은 편이다.

게다가 약간 어두운 인상까지 있다 보니, 개인적으로 그다지 좋아 하는 색깔은 아니었다.

지니고 다니는 장신구들 중에서도, 검은색으로만 도색된 물건은 많지 않았다.

「응, 검은색이야. 최상위의 색깔들 중 하나지.」

“최상위라는 말은, 좋은 결과라는 뜻인가?”

최상위라는 소릴 들어봤자, 히비키의 지식으로는 판단이 서질 않았다.

「물론 좋고말고. 토모키와 똑같은 결과지만, 이번에 전이해 온 아이들은 다 뛰어난 편이군.」

이와하시 토모키와 똑같은 결과—.

그러한 대답을 듣자마자 히비키의 표정이 어두워졌다.

그 남자와 똑같은 부류나 다름없다는 소릴 듣고 나니, 기분은 별로 좋지 않았다.

"……그래서, 검은색으론 뭘 할 수 있는데?"

「검은색은, 신들의 힘으론 절대로 도달할 수 없는 색깔이야. 인간들만이 아주 흔치 않게 도달할 수 있는 경지지. 이른바…… **모든 가능성의 색**이라고도 불러. 공격, 방어, 지원, 회복, 소환, 기타 등등…… 못 하는 분야가 오히려 적은 편이야.」

"모든 가능성의 색……."

「그건 그렇고, 히비키. 능력을 만들자. 우선은 생각나는 대로 제안해 봐. 능력의 대가에 관해선 내가 가르쳐줄게. 그걸 듣고 나서 결정하도록 해. 그것이야말로 전이자를 위해 준비된 특전이야. 아차, 깜빡할 뻔 했군. 딱 한 가지 주의할 점이 있어. 이미 같은 시간축의 누군가가 선택한 계통의 능력은 창조할 수 없어. 방금 얘기해버린 걸로 기억하는데, 또 한 사람의 용사가 공격 능력을 손에 넣었거든. 그 능력만은 선택할 수 없어. ……다만, 별을 소환하는 능력을 공격하는데 써먹는 식의 샛길이 없는 건 아니야.」

"요컨대 세계를 제압하는 힘 같은 능력까지 만들 수 있다는 소리야?"

「물론이야. 어디 보자…… 그 힘을 선택할 경우, 필요한 대가는 네 모든 마력과 이 세계에 존재하는 생명의 8할 정도군. 남길 대상을 선택할 순 없지만, 넌 확실하게 살아남을 수 있어.」

"……일단 그건 기각할 수밖에 없겠군."

「정말? 전쟁은 확실하게 끝날 텐데? 저 여신이 뭐라고 할진 모르겠지만, 그녀는 널 처벌할 수 없거든. 아차, 또 쓸데없는 소릴 지껄여 버렸군.」

"잠시만 조용히 해줄래?"

히비키는 골똘히 생각에 잠겼다.

공격 계통의 능력은 토모키에게 빼앗긴 모양이다.

그렇다면 지금의 그는 강대한 공격 능력을 손에 넣었다는 뜻이다.

'반대로 나는, 토모키에게 대항할 수 있는 방어 계통 술법을 손에 넣어야 하나? 아니야. 방어 계통 기술론 랄바의 결계 하나조차 돌파할 수 없어. 차라리 회복 능력을 고를까? 유효하기야 하겠지만, 지금 당장 왕도를 구하지 못 하고선 완전한 무용지물이야. 별을 소환하는 술법처럼, 실질적으로 공격하는데 써먹을 수 있는 기술은 쓸모가 없진 않겠지만…….'

정말로 너무나 광범위할 뿐만 아니라 불확실한 제안이었다. 히비키는 고민할 수밖에 없었다.

문득, 그 목소리가 불가능한 사항을 나열하고 있지 않다는데 특별한 의도를 느꼈다.

"공격 계통 이외의 불가능한 일들에 관해선 가르쳐줄 생각이 없나 봐?"

「후후후, 그건 비밀이야. 너는 스스로 생각해서 원하는 능력을 선택해야 하는 입장이거든. 그것 또한 규칙 중 하나야. 그다지 흔치 않은 질문인데, 넌 정말 머리가 좋군.」

목소리는 히비키가 던진 질문이 흥미로웠다는 듯이, 무척이나 즐거운 목소리로 응했다.

대답하는 건 거부했지만—.

"있잖아. ……혹시 과거로 돌아갈 수 있는 종류의 능력은, 없어?"

한동안 생각에 잠겨 있던 히비키가, 조용히 입을 열었다. 그것은 지금 당장 왕도를 구할 방법은 아니었으나, 모든 것을 다시 시작할 수 있는 비장의 수단 중 하나였다.

「시간 역행 말이야? 불가능하진 않아. 시간 연속체가 동일한 세계로 가기 위해선 터무니없이 큰 대가를 치러야 하니까, 케이스를 한정시키는 편이 실용적이긴 하지만 말이야.」

"시간 연속체…… 완전히 똑같은 세계의 과거로 돌아가는 능력을 쓸 땐 대가가 커진다는 뜻이구나. 횟수를 제한할 경우에도 마찬가지야? 같은 세계가 아닌 세계의 과거로 가봤자 아무 의미 없을 테니……."

「완전히 무의미하진 않아. 평행세계는 결국 세계의 수많은 분기 중 하나거든. 두 명이나 되는 인간들이 유입된 결과, 지금 저 세계로부턴 방대한 양의 평행세계들이 태어난 상태야. 이렇게 생각해보는 건 어떨까? 네가 자신의 세계로 여기는 장소가 너 자신의 세계인 거야. 수많은 세계들을 대상으로 수많은 가능성을 시험해보는 것도 유쾌하지 않을까? 경우에 따라선 왕도가 저렇게 되지 않는 세계를 만들 수 있을지도 몰라.」

목소리의 의견은, 마치 시간 역행을 추천하는 듯이 들렸다.

히비키는 그 점이 약간 마음에 걸렸다.

"참고로 대가는 어느 정도야?"

「같은 세계의 과거로 역행할 수 있는 횟수는 딱 한 번뿐이야. 그리고 넌 서른 살의 나이로 죽어. 평행세계의 과거로 이동할 경우, 이동할 때마다 수명이 1년씩 깎여 나갈 거야.」

"……무지막지하군."

「아하하, 죽음을 피할 수 있는 샛길이 전혀 없는 건 아니야. 인간을 관둬야 한다는 점이 옥에 티지만, 나이를 먹지 않는— 수명이 존재하지 않는 종족으로 몸을 변이시킬 경우, 불이익은 사라져. 인간들만이 도달할 수 있는 「검은색」까지 다다르지 않고선 애초부터 시간 간섭 능력 따윈 얻을 수 없지만, 여기서 나간 이후로 인간을 관두는 데는 사실 아무 제한이 없거든.」

"친절하게 설명해준 건 고마워. 재시도는 사실상 불가능에 가깝다는 얘긴가……."

「어, 시간 역행은 원래부터 재시도를 한다기보다는 과거로 돌아가기 위한 능력이야. 소위 말하는 루프 능력 정도까진, 평행세계로 한정할 경우엔 값싼 대가만 치르고도 얻을 수 있거든?」

"……너 혹시, 나한테 시간을 조작하는 능력을 주고 싶은 거야?"

「나는 그냥 친절한 마음으로 너한테 대답하고 있을 뿐이야. 다른 뜻은 없어.」

'가능한 한 많이 쓸 수 있을 뿐만 아니라 대가는 작은데다가, 현재 상황까지 극복할 수 있는…….'

히비키는 잠자코 생각에 잠겼다.

목소리는 스스로 제안할 생각은 전혀 없다는 듯이, 철저하게 침묵을 지켰다.

"……어떤 술법이건 완벽하게 무효화시킬 수 있는, 디스펠 매직 같은 건 가능할까?"

「우와, 설마 그렇게 시시한 능력을 떠올릴 줄은 몰랐어. 일단 가능하긴 가능해. 대가 역시 마력뿐이야. 아마 지금의 네 마력으로도 대여섯 번 정돈 쓸 수 있지 않을까?」

"좋아. 말인즉슨 영속적으로 치러야 할 대가는 없다는 뜻이지?"

「응. 하지만 디스펠 정도, 지금 저기 있는 저 친구가 쓸 수 있을 걸?」

목소리가 태연하게 경악을 금치 못할 발언을 입에 담았다.

"뭐?!"

「거인이랑 싸우고 있는 저 친구 말이야. 그가 디스펠을 쓸 수 있다는 얘기야. 이미 타인이 쓸 수 있을 뿐만 아니라 향후의 노력에 따라 터득할 수 있는 능력 따윈 시시하지 않아? 검은색이라는 대단한 결과까지 거두고도 말이야.」

"하얀 녀석, 저 녀석의 힘으로 그런 짓까지 가능하단 말이야?!"

히비키는 경악을 뛰어 넘어 기가 막혔다.

「그 정도는 저 친구한테 부탁해 보지 그래? 네가 하는 부탁은 들어줄지도 모르거든?」

"……잠깐만 기다려 봐. 지금 한 말은 무슨 뜻이지? 저 하얀 녀석의 정체를 알고 있어?! 설마 저 녀석, 여기서 저 특촬 변신 세트를 받아간 거야?"

「풉, 아하하하!! 여기서 저런 황당무계한 물건을 원하던 사람은 없어. 뭐, 아냐고 물으실 땐 안다는 대답밖에 못 하겠군. 왜냐하면 저 친구는 휴만이거든. 하지만 모르긴 몰라도, 저 친구가 여기로 올 일은 없을 거야.」

"저 녀석이랑 아는 사이야?! ……잠깐? 내 부탁을 들어줄 수도 있다니? 그건 혹시……."

「유감스럽게도, 아는 사이는 아니야. 나 혼자 일방적으로 알고 있을 뿐이지. 그리고 나는, 그렇게까지 네 편만 들 순 없어. 아무튼, 이 얘긴 이제 끝이야. 히비키, 능력을 결정하도록 해.」

"크, 자기가 먼저 말한 주제에!"

목소리는 말을 멈췄다.

히비키는 다시금 골머리를 썩기 시작했다.

"……그렇다면……."

◇◆◇◆◇

「아쉽군. 결과적으로 시간 능력을 선택하지 않을 줄은 몰랐어. 그건 그렇고, 설마 저렇게 전형적인 영웅 같은 능력을 창조해 버리다니. 흐음, 하지만 사고방식 하나는 정말 기발하군.」

아무도 없어진 공간으로, 목소리의 혼잣말이 울려 퍼졌다.

히비키가 있었을 때와 마찬가지로, 그 모습은 아무 데도 없었다.

「지속 발동형, 타인이 본인에게 느끼는 감정을 그 숫자에 따라 자신의 힘으로 바꾸는 능력이라? 카리스마가 있는 아이였으니, 도대체 어느 정도까지 커질까? 치러야 하는 대가는 최대 마력의 삭감뿐이었으니, 금방 원래대로 되돌릴 것 같군.」

히비키의 추측은 옳았다. 그다지 강하게 바라던 것은 아닌 듯이 보였으나, 목소리는 그녀가 시간 이동 능력을 선택하기를 바라고 있었던 것이다.

「평행세계를 폭발적으로 증식시켜 준다면, 당분간 따분할 일은 없을 줄 알았는데……. 이제 슬슬 때가 된 건지도 몰라……. 뭐,

큰 상관은 없나? 인간들은 존재하는 것만으로도 신들의 간섭을 제한하는 최고의 굴레가 될 테니까 말이야.」

약간 아쉽게 들리는 목소리가 허공으로 울려 퍼졌다.

◇◆◇◆◇

"이럴 수가……."

해골의 얼굴 표정은 짐작조차 가지 않았으나, 시키는 놀라운 듯이 중얼거렸다.

"결계는 돌파했어, 랄바 공! 난 갈 거야!"

방금 전까지 보여주던 힘과 차원이 다른 위력의 참격이, 결계를 안쪽에서부터 깨뜨렸다.

원인을 알 수 없는 용사의 파워업을 느낀 시키는, 의도치 않게 고개를 돌렸다.

"완전히 딴 사람 같군. 그 또한 용사의 힘인가?"

"비밀이야. 우리를, 꼭 막고 싶어?"

"마스터께서 하신 명령이라서 말이야. 음……."

거기서 일단 말을 끊은 시키는, 히비키의 강한 의지가 깃든 눈동자를 마주보다가 엉뚱한 방향으로 시선을 돌렸다. 히비키가 봤을 땐, 그의 시야는 아무 것도 없는 천장의 한 모퉁이로 향하고 있을 뿐이었다.

"고마워! 이만 갈게!"

시키가 보인 순간적인 빈틈을 찌른 히비키 일행은, 알현실 밖으로 뛰쳐나갔다.

“아니, 잠깐! 뭔가 온다! 마스터!”

시키는 혀를 차는가 싶더니 그녀와 자신의 주인에게 경고를 날렸다.

로즈 사인의 힘으로 번쩍거리는 이오와 일진일퇴의 공방전을 펼치고 있던 마코토는, 시키의 목소리를 듣고 이오와 거리를 벌리기 위해 물러섰다. 하지만 간단히 벗어날 순 없었다.

다음 순간, 형형색색으로 빛나는 주먹과 발차기의 난무가 마코토를 집어삼켰다.

“랄바! 여긴 신경 쓰지 마, 용사를 따라가! 그녀와 그 일행들을 지켜. ……어이가 없군. 엎친 데 덮친 격으로 너까지 온다는 거냐……소피아!!”

마코토는 이오의 연타를 당하면서도 어느 정도는 여유가 있다는 듯이, 시키에게 대답했다.

그는 이곳으로 접근 중인 존재의 정체를 파악하고 있었다.

그녀는 그가 싸워 왔던 적들 가운데 최강으로 인정한 상대였다. 또한 그에게 가장 강한 적대심과 악의와 살기를 보였던 상대이기도 하다. 그는 상황의 악화를 정확히 파악하고 있었다.

“저 녀석들은 지금부터 뭔가 시작할 생각이야! 조심해!”

“예! ……아무도 이곳을 볼 일은 없을 겁니다. 경우에 따라선, 그 갑옷을 벗어 주십시오.”

“알았어. ……아마도 그렇게 될 공산이 커 보이는군.”

마코토의 대답을 듣자마자, 시키는 용사 일행을 따라 전이했다.

"한눈팔지 마라. 지금 네가 싸워야 할 상대는 내가 아닌가?! 혹시 히비키를 쫓으러 갈 수 있도록 길을 비켜주겠다는 거냐!"

이오는 종자를 배웅하는 마코토에게 무자비한 주먹을 날려 왔다.

"칫, 용사를 쫓게 만들 순 없어! 겨울을 넘기고 나서 재도전할 수도 있는 거 아냐! 물러나!"

"전쟁의 이치조차 모르는 풋내기가 아는 척 하지 마라! 지금 당장 방치할 수 있는 위험요소 따윌 왜 죽을힘을 다해 제거하려 하겠나!"

터무니없을 만큼 위력이 강화된 주먹의 직격으로 인해, 하얀 슈트가 삐걱거렸다.

마코토는 감지하는데 응용하던 계를 강화 쪽으로 돌려 그 공격을 막았다. 그리고 곧바로 엄청난 힘이 실려 있던 이오의 주먹을 자신의 주먹으로 있는 힘껏 맞받아쳤다. 그로 인해 반동이 일어난 결과, 두 사람의 거리는 다시금 멀어졌다.

타임 오버를 기다릴 수 있는 이상, 틀림없이 마코토가 이기는 승부였다. 하지만 슈트 때문에 술법을 못 쓰던 마코토에게 결정타가 없다는 것 또한 분명한 사실이었다.

시키의 충고에 따라 싸우는데 지나치게 몰입하지 않도록 조심하고 있던 그는, 가능한 한 이오라는 남자를 죽이고 싶지 않았다.

적은 죽인다— 지금 그는 즉시 그렇게 결단해야 할 단계까지 몰입하지 않는 정도의 심도로 싸우고 있었던 것이다. 하지만 적들이 더욱더 늘어날 경우엔 얘기가 달라진다.

마코토는, 지금 당장 슈트를 벗더라도 상관없게 만들겠다는 시키의 배려가 고마웠다.

술법을 쓸 수 있게 될 경우, 안전한 범위가 더욱더 넓어질 것이기 때문이다.

직접 공격을 강화시키는 슈트의 효과 따위는, 지금의 그에게 전혀 쓸모가 없는 기능이었다.

슈트를 착용함으로써 정체를 감출 수 있다는 것 이외의 장점은 없었다.

그런 이유로 히비키를 가게 놔둔 것이다.

시키를 동반시킬 경우엔 안전할 것으로 판단했기 때문이다.

마코토에게는 소피아가 틀림없이 자신부터 노리리라는 불가사의한 확신이 있었다.

마코토는 지긋지긋한 눈빛으로 머리 위를 올려다봤다.

바로 그 순간—.

수많은 빛의 검들과 형형색색의 빛줄기들이 왕도로 쏟아졌다.

빛과 폭발—.

리미아 왕국의 왕도는, 지금 그야말로 붕괴의 순간을 맞이하려는 듯이 보였다.

5

“이럴 땐 무슨 짓을 당하건 재생 능력으로 살아날 수 있는 타입들의 터프함이 부럽군.”

파괴의 광풍이 지나가자, 알현실은 조용해졌다.

누가 보건 공중 정원 못지않은 공중 알현실 상태가 된 거기서, 나는 하늘로부터 쏟아진 빛의 검들을 막기 위한 목적으로 취하고 있던 방어 자세를 풀었다.

곧바로 나보다 조금 복귀가 빨랐던 이오가 네 개의 주먹을 이용한 콤비네이션을 퍼부어왔다.

"지금의 나와 거의 같은 속도로 전투를 계속할 수 있는 상태까지 복귀할 줄이야. 심지어 재생조차 필요로 하지 않다니, 정말 웃음밖에 안 나오는구나!!"

그가 노린 곳은 나의 가슴 부분이었다.

네 발 전부 다 갑옷 관통 버전으로, 슈트 너머로부터 숨 막힐 듯한 압력이 전해져왔다.

몸이 날아간 충격은 기둥과 부딪히고도 줄지 않았을 뿐만 아니라, 오히려 그 여세를 몰아 더 많은 기둥들을 휩쓸어 버렸다. 물론 기둥 따위가 쿠션 역할을 할 리가 없었다.

아야야.

변신을 풀자마자 저 자기희생 아이템의 효과를 무효화시켜 버릴까 싶었지만, 미오가 심혈을 기울여 제작한 변태 슈트의 기능들을 확인하다가 특이한 성능 하나를 발견했다.

헬멧 내부로 쓸데없이 공을 들인 근미래적인 입체영상이 첨부된 설명서가 망막으로 투영됐다.

그 설명서 가운데 거미 마크가 달려 있는 필살기 리스트의 가장 밑으로—.

강제 변신 해제(스펠 브레이크)—.

미오의 코멘트에 따르면, 적들 가운데 자신과 똑같은 히어로가 나왔을 경우에 써야 한다는군. 「다만, 이 기술을 쓰게 된 당신 역시 다크 히어로로 확정된답니다.」는 해설 부분은 무시하자.

상세한 성능을 확인해 보니, 상대의 강화를 해제하는 종류의 초한정적인 디스펠 매직이었다.

차라리 똑같은 종류의 술법을 쓰는 편이 몇 배는 더 편하지만, 이오와 로나의 관계를 고려할 땐 슈트를 벗지 않고도 끝나는 편이 그나마 조금 더 나은가?

상대와 접촉하지 않고선 쓸 수 없다는 조건이 붙어 있는 모양이지만, 이오와 싸울 땐 그런 조건 정도는 꽤나 간단히 만족시킬 수 있다.

왜냐하면 굳이 움직일 필요조차 없이 스스로 알아서 돌격해오는 아저씨거든.

"그 갑옷만의 내구성은 아닌 모양이구나. 추가로 강화 술법을 쓴다손 치더라도, 도저히 휴만 같진 않군."

"일단 칭찬으로 받아들일게. 방금 전 같은 무차별 공격을 얻어맞고도 최우선 목표물은 여전히 난가? 용사는?"

"……부하들의 반응이 거의 없더군. 용사를 찾으러 이 폐허더미를 헤치고 다니기보다는, 우선 눈앞의 너를 처리하는 것이 먼저다. 나한텐 아직 몇 시간 정돈 남아있거든."

"내가 기억하기론 이번 공격을 날린 녀석은 너희 편인 걸로 아는

데, 거기 관해선?"

"호오, 네가 그 녀석들을 안다는 건 뜻밖이로군. 그 녀석들을 알고 있는 이상, 쉽사리 목줄을 매달 수 있는 존재가 아니라는 것 정돈 짐작이 가지 않나? 우리는 우연히 자신들에게 향하고 있지 않은 그 녀석들의 칼끝을 이용하고 있는 것에 지나지 않아."

"……그렇군."

"그런데, 네가 지금 잡은 자세는 뭐냐? 이번엔 또 뭘 보여줄 셈이지?"

"글쎄? 직접 구경할 때까지 실컷 기대나 하셔."

몸을 일으킨 나는 비스듬한 자세로, 눈앞을 향해 뻗은 오른손을 높이 치켜들었다.

말하자면 손날을 이오에게 향하는 형태였다.

순수한 힘으로 변환시킨 이오의 혼을, 빛의 입자로 만들어 그의 몸을 휘감고 있는 술식의 핵을 발견하는데 성공했다. 미오의 코멘트로는, 마음의 눈으로 상대방의 급소를 어떻게든 해보라는군. 영문을 모르겠어……. 이오와 나 사이의 거리를 지름으로 삼을 정도의 범위까지 넓힌 계로, 힘의 흐름을 파악했다. 빛의 검을 막기 위해 순간적으로 방어하는데 썼지만, 곧바로 전환시킬 수 있게 된 건 평소부터 열심히 노력한 성과가? 응, 오른쪽 어깻죽지 부근이군.

"어디 한 번, 그 잘난 실력을 펼쳐 봐라!"

근육의 탄력으로 무지막지한 순발력을 발휘한 이오가, 일직선으로 나를 향해 들이닥쳤다.

거한들은, 원래 그 몸집만으로도 대단히 위험한 적수들이다. 체중은 강력한 무기거든.

그리고 그 무게가 전부 근육에 의한 결과물일 경우, 위험도는 더더욱 올라갈 수밖에 없다.

거인이 무술을 배웠을 경우, 압도적으로 체격이 작은 휴만의 몸으론 승산 따윈 전혀 없다.

덩치가 큰데다가 빠를 뿐만 아니라 튼튼하기까지 하다.

일본에 살면서 이런 녀석과 맞닥뜨리지 않았던 건 정말 다행이야.

이오의 가속도는 어마어마했지만, 그나마 아주 짧은 여유 시간이 없는 것은 아니었다.

나는 차분하게 표적을 겨눴다.

그러나 이오는 갑작스럽게 바닥을 강하게 박차더니 공중으로 떠올랐다.

"아닛?!"

솔직히 좀 놀랐다!

놀라긴 했지만, 마음의 당황을 최소한으로 억눌러 냉정을 유지했다.

그와 싸우다가 느낀 차가운 감각—.

과도하게 몰입하지 않도록 조심하면서, 그 영역으로 몇 걸음만 걸치도록 정신을 이동시켰다.

…….

동시에 공격을 당하더라도 상관없다.

지금은 저 녀석에게 가장 유리한 조건이자 최강의 무기를 빼앗는 데나 집중하자.

우선 발차기가 들이닥쳤다. 뒤꿈치 떨구기였다.

대미지야 별 거 없겠지만, 명중 당했을 땐 자세가 흐트러지고야 말리라.

하지만 비스듬한 자세로 회피하기 쉬운 공격이었다.

약간 몸을 뒤로 젖혀…… 회피하는데 성공했다.

착지하는 순간을 공격의 기회로 삼을 만한 허점은 눈에 띄지 않았다.

이오가 두 개의 팔로 나의 머리를 잡기 위해 가까이 다가왔다.

지금이야!

“스펠 브레이크.”

“큭!!”

바로 밑으로 떨구듯이, 오른손으로 이오의 오른쪽 어깨를 베었다.

계산한 대로, 오른손은 로즈 사인의 힘이 집중되어 있는 곳까지 포함하는 직선을 그었다.

하지만 이오는 멈추지 않았다.

그는 나의 머리를 붙잡자마자, 땅바닥으로 내동댕이쳤다.

주먹으로 연타하는 추가타가 들어왔다. 그러나 그 공격은 열 발을 넘길 수 없었다.

이 정돈 아무 문제없다.

삐걱거리는 슈트가 비명을 질렀으나, 파괴될 경우를 걱정할 수준의 위력은 아니었다.

약간 공격을 당하더라도, 상대방의 가장 큰 무기를 못 쓰게 만들어놔야 지금부터 편해지거든.

이득은 얻어맞은 몫보다 훨씬 컸다.

몸을 일으키려던 나에게, 얼굴을 노린 발차기 공격이 들이닥쳤다.

나는 이오와 똑같은 발차기로 맞받아쳤다.

"휴우……."

나는 크게 숨을 쉬었다.

가능한 한 깊숙이 숨을 쉬었다.

더 이상 차가운 쪽으로 몰입하지 않도록, 마음을 원상복구 시켰다.

이오는 허탈한 얼굴로 꼿꼿이 선 자세를 유지하고 있었다.

내가 벤 장소는 이미 치유된 상태였다.

재생 능력 하나는 정말 대단하군.

다만, 그의 몸속을 미친 듯이 나돌아 다니던 엄청난 힘의 빛은 온데간데없었다.

"……무슨 짓을 한 거냐?"

"로즈 사인이라는 물건을, 파괴한 것뿐이야."

"부쉈단 말이냐?!"

"응, 부쉈어. 이미 사라진 생명력까지 회복되진 않겠지만, 이제 그 도구의 효과는 사라졌어."

"그럴 리가 있나, 허풍 떨지 마라!"

이오가 도저히 믿어지지 않는다는 표정을 지었다.

"그런 종류의 아이템을, 예비까진 가지고 다닐 리가 없어. 더 덤벼 볼래?"

이오와 소피아, 그리고 랜서—.

세 사람을 한꺼번에 상대하고 싶진 않거든.

그들을 동시에 상대할 경우, 이곳은 틀림없이 쑥대밭이나 다름없는 꼴이 되고야 말 것이다. 사실 이미 이 성의 기능은 거의 마비된 거나 마찬가지였지만 말이야. 고치는 데는 꽤나 막대한 비용과 수고를 필요로 하리라. 네오 리미아 성을 기대해 달라는 말밖에 안 나오겠군.

방금 쏟아진 빛의 검들로 이루어진 소나기와 폭발의 결과, 왕도는 이미 하나의 도시로선 완전히 끝장나고야 말았다. 리미아 왕국은 이곳을 포기하고 제2 · 제3의 도시로 천도하거나, 새로운 도시를 건설하는 수밖에 없어 보였다.

마족들은 리미아 왕국을 상대로, 최소한 2~3년 정도의 시간을 번 셈이다.

지금으로선 그리토니아가 입은 피해의 정도를 예측할 길은 없었지만, 이번 기습…… 설령 스텔라를 빼앗기더라도 마족들에게는 충분하고도 남을 만큼 보람이 있을 걸로 예상된다. 물론 용사가 아직 건재한 이상, 이오나 소수의 살아남은 마족 군단이 순순히 물러날 리는 없었다.

「영겁의 세월을 살아가는 용의 왕들아……」

갑작스럽게 이 일대로 정체불명의 목소리가 울려 퍼졌다.

"응?"

"소피아…… 이 느낌은, 강화 영창인가? 저 녀석이 갑자기 무슨 이유로 이 왕도까지 찾아온 거지? 제도는 어떻게 하고 여기로 왔단 말이냐?"

이오가 무척이나 씁쓸한 표정으로 혼잣말을 중얼거렸다. 분명히 그것은 소피아의 목소리였다.

소피아는 아직 하늘 위로부터 강하하지 않은 상태였다. 위치는 파악하고 있다.

물론 저 녀석을 상대로 현재 위치를 파악하는 건 무의미하다는 사실 정도야 잘 알고 있다.

소피아는 단순히 큰 목소리로 영창을 읊고 있는 것은 아니었다.

강화 영창—.

아직껏 들려오는 저 영창은, 의도적으로 넓은 공간을 무대로 목소리를 울려 퍼지게 함으로써 술법을 발동시키겠다는 선언을 대대적으로 감행하는 특수한 영창 기술이었다. 일반적인 영창을 아득히 능가하는 위력 향상을 기대할 수 있는 반면, 술법의 구성을 파악 당하기 쉽다 보니 상대방이 대책을 세우도록 용납하게 되는 경우가 많다.

넓은 범위로 영창을 울려 퍼지게 하는 만큼 지극히 당연한 인과관계였다.

다만 상대가 그 술법을 모를 때는 꽤나 효과적인 수단이었다.

그렇긴 하지만, 어느 정도 이상의 규모를 자랑하는 도시나 성들은 대규모 술법을 대상으로 하는 무효화 결계를 반드시 전개하고 있다 보니 대포 같은 위력을 더욱 강화시킨 대규모 술법을 시가지 등을 향해 날려 봤자 별로 의미가 없는 경우가 많다.

일정 등급 이상의 술법 공격을 막기 위한 무효화 결계는, 이 세계치고는 흔치 않게 상당한 심혈을 기울여 고안된 기술로 보인다.

소피아의 영창은 계속 이어졌다.

「인룡(刃竜), 수룡(水竜), 화룡(火竜), 영룡(影竜)…….」

상당히 길게 걸리는 영창이군.

힘의 흐름은 내향적인 걸로 봐서, 자기 자신에게 사용하는 버프 계열 스킬인가?

영창까지 필요로 하는 자기 지원이라니, 꽤나 흉악한 효과가 있어 보이는군.

이오 또한 소피아의 목적을 도무지 짐작조차 할 수 없다는 듯이, 하늘 위로 떠 있는 좁쌀 정도 크기의 그녀를 바라보고만 있었다. 지금은 일단 같은 편인 이오의 눈으로도 예측할 수 없는 그녀의 행동을, 나의 보잘것없는 경험으로 파악할 수 있을 리가 없었다. 당분간 영창은 계속 이어질 듯이 보이니, 경계 정돈 해두자.

랜서 녀석은 시가지 쪽으로 착륙한 모양이지만, 별로 움직이진 않고 있다. 저 상태의 시키로도 확실하게 물리칠 수 있으리라는 보장은 없을지도 모르지만, 랜서가 이쪽으로 못 오도록 붙잡아두는 것 정도는 가능하리라. 남은 건 선배가 무리수를 두지 않기만 기도할 뿐이다.

애초부터, 저렇게 여유가 없는 선배는 난생 처음 본다. 내가 기억하는 그녀는, 눈앞의 모든 일들을 여유로운 표정으로 해결한다는 인상의 대단한 아가씨였거든…….

이세계로 오고 나선 예전과 많이 달라졌다는 건가?

이오에게 주의한 상태로 슈트 내부의 신체 강화와 마력의 체외 구축 가능 여부를 확인했다.

슈트가 부서지는 사태는 이미 각오한 바였다.

드래곤 슬레이어와 다시 대결할 날이 온 건가……. 그런 식으로 감회에 젖은 바로 그 순간—.

「—이하 생략!」

"뭐어?!"

깜짝 놀란 나의 입으로부터 무심코 얼빠진 목소리가 새어 나왔다.

엄청난 힘이 급속도로 소피아에게 모여들었다.

이렇게 터무니없을 수가!

"죽어라."

계로 기척을 감지하자마자 등 뒤로 고개를 돌린 나의 귀가 그 목소리를 포착한 것은—.

정수리로부터 일직선으로 참격 한 줄기가 지나가 버린 이후였다.

◇◆◇◆◇

나는 소피아와 마주보고 있었다.

그리고 등으로 이오의 시선을 느꼈다.

젠장, 슈트가—.

직접 참격이 명중된 곳은 머리였다. 게다가 그 대미지는 상당히 엄청났던 모양이다. 충격을 버티다 못한 슈트 전체가 가냘픈 빛을 뿜다가 사라져 버렸다. 마치 히어로의 변신이 풀리는 광경 같군. 미오 녀석이 이런 데까지 쓸데없는 공을 들였을 줄은 몰랐다.

"방금 전 날린 공격으로도 안 죽는단 말이야? 죽기는커녕 방어구만 파괴된 상태로 멀쩡하다니, 여전히 정말 웃음밖에 안 나오는군."

그녀가 낯익은 호전적인 미소를 지어 보였다.

내가 기억하던 대검보다 작은 사이즈의, 같은 색깔로 빛나는 검을 들고 있었다.

아무리 계로 파악하고 있었다지만, 이렇게 직접 마주하니 역시나 실감이…….

"소피아 브루거."

"응, 맞아. 기억해주니 정말 크나큰 영광이군. 그 이후로 나한테도 여러 가지 일들이 있었거든. 방금 전 날린 공격 정도론 절대로 죽지 않으리라는 확신이 있었어."

"개인적으론 은근히 마인이라는 존재에게 죽임을 당해주기만 기대하고 있었는데 말이야. 역시나 살아있었나 보군."

마인이라는 존재하고는 우연히 스쳐 지나간 것뿐으로, 직접 마주치진 않았던 모양이다.

젠장할, 운 하나는 정말 좋은 녀석이야.

"뭐? 하지만 기뻐. 방금 전 공격을 버틸 줄이야. 역시 제국의 용사 군보단 훨씬 세군."

"……용사를 죽였나?"

이봐, 잠깐? 용사를 죽여 버리기라도 하는 날엔, 여신의 분노가 폭발할지도…….

혹시 소피아란 녀석한텐 여신이건 뭐건 아무 상관없는 건가?

"아니, 아직은 아니야. 그 아이 덕분에 흥미로운 구경을 했거든. 일단은 눈감아 주기로 했어."

"너한테 오락거리를 제공한 걸로는 나 역시 크게 다르지 않으니, 오늘은 그냥 돌아가 줄래?"

"그럴 순 없어. 나와 랜서는 너를 가장 큰 장애물로 인식하고 있거든. 아마도, 아니, 너는 반드시 우리 앞을 가로막게 될 거야."

"그건 혹시…… 직감?"

"그런 셈이야. 오늘에야말로 너를 갈가리 찢어주고야 말겠어."

소피아의 눈동자로 깃든 살기가 한계점 가까이까지 고조되는 낌새가 전해져왔다.

지금 당장 이 녀석과 싸우게 될 경우, 모르긴 몰라도 이오를 상대할 때보다 훨씬 깊숙이 싸우는데 집중하지 않고선 꽤나 크게 다칠 것이다.

하지만 소피아는 적이다. 분명하게 나를 죽인다는 소릴 입에 담은, 더할 나위 없는 적이다.

그렇다면 싸우는데 집중하지 않을 이유가 없다.

돌아오기만 할 수 있다는 전제하에, 아무 문제없다는 얘기야.

그렇고말고.

지금의 나 자신을 잊어버리지만 않는다면, 걱정할 필요는 전혀 없다.

"좋아—."

"양쪽 다, 당장 멈춰!"

스스로 싸울 뜻을 완전히 굳힌 바로 그 순간, 소피아가 아닌 제3자의 목소리가 나를 말렸다.

"……?!"

"어라?"

"로나? 네가 왜 여기로?!"

가장 먼저 목소리의 주인공을 확인한 이오가, 그 녀석의 이름을 큰 소리로 외쳤다.

로나?!

하필 소피아의 일격으로 맨얼굴이 드러난 지금, 왜 그녀가 여기로 나타난 거지?!

도대체 난 얼마나 운이 없어야 직성이 풀리겠냐!

여신, 변신, 히비키 선배뿐만 아니라 소피아에다가 로나까지?!

조커가 있는 규칙으로 포커를 치다가 파이브 카드를 당한 기분이야!

지금껏 난 롯츠갈드의 상인으로서 꾸준히 노력하다가, 이제야 좀 스트레이트나 플러시가 나와서 좋아하던 참이었는데!

이걸로 완전히 물거품으로 돌아간 건가?

……아니, 이번만은 절대로 실패할 수 없어.

나 혼자뿐만 아니라, 상회는 물론이거니와 아공의 주민들까지 꼼짝없이 말려든 상황이야.

토모에와 미오와 시키까지 말이야.

포기한다는 선택만은, 절대로 할 수 없다.

우격다짐으로 나가건 강제로 밀어붙이건, 설령 처음과 약간 다른 형태로라도—.

반드시 성공시켜야만 한다.

순순히, 포기할까 보냐!

"소피아, 그리고 하얀 옷? ……어, 너는?"

로나와 눈이 맞았다.

"……."

"……라이, 도우?"

들켰다.

젠장, 막상 들킬 때는 엄청 허무하군.

"뭐라고?! 이 녀석이 라이도우란 말이냐?!"

이오 역시 나의 얼굴은 몰랐지만, 라이도우라는 이름은 들어본 적 있는 모양이다.

"어라? 로나하고도 아는 사이였구나, 라이도우."

소피아가 그제야 떠올린 듯이 입을 열었다. 용케도 뚫린 입으로 태연하게 지껄이는군.

"라이도우, 어떻게 된 거지? 지금 넌 롯츠갈드에 있어야 하지 않아? 무슨 이유로 왕도까지 나온 거야? 왜 여기서 이오나 소피아와 눈싸움을 벌이고 있는 거지?"

아무리 로나라도 혼란을 숨길 수 없는 모양이다. 나한테도 그녀의 당황한 마음이 전해져왔다.

"……그건."

머뭇거리던 나 대신, 이오가 입을 열었다.

"여신과 약속을 나눈 모양이다. 왕국의 용사를 구출한 다음, 스텔라를 함락시키고 싶다더군."

"와우, 라이도우. 나한테 거짓말을 할 수 있을 만큼 고단수일 줄은 몰랐는데? 역시나 여신의 하수인이었구나. 그건 그렇고 리미아는 참 운이 없나 봐. 너만 오지 않았다면, 최소한 성이나 시가지가 이만큼이나 철두철미하게 초토화되진 않았을 거거든. 네가 제도의 용사를 구하러 왔다면, 나나 미츠루기가 이곳까지 오진 않았을 거야. 정말 불쌍해 죽겠군."

이오의 말을 듣고 난 소피아가 과장된 제스처로 놀라움을 표현했다.

"……거래였어. 나는 여신과 거래를 한 것뿐이야. 서로 약속을 한 것뿐이야. 나는 딱히 그 녀석의 하수인은 아니야."

무너진다. 나는 지금까지 쌓아올린 수많은 것들이 무너져 가는 광경을 속수무책으로 바라볼 수밖에 없는 감각을, 바로 지금 체험하고 있었다.

"라이도우, 나랑 폐하를 알현할 약속을 잡았던 건 기억나? 그런 네가 마족을 상대로 싸우고 있는 건 그때 한 말을 거스르는 행동이 아닐까?"

……로나.

너야말로 나의 말에 함축되어 있던 의도를 일부러 무시했잖아?

아마도 지금의 내가 그렇게 어리숙한 녀석이었다면, 그런 소릴 지껄였을 수도 있겠군.

그녀가 봤을 땐, 롯츠갈드로 가서 만난 나는 상당히 다루기 쉬운 휴만이었던 것이리라.

시키가 없었다면, 좀 더 철저하게 이용당했을지도 몰라.

"마왕과 만날 약속은, 분명히 하긴 했지. 하지만 마족들을 절대로 해치지 않겠다는 약속을 한 적은 없어. 로나, 네가 그 이치를 모를 리가 없을 텐데? 나는 용사를 보호하고 스텔라를 함락시키라는 의뢰를 받은 몸이야. 그 의뢰들은 딱히 마족들을 죽일 필요 없이 완수할 수 있어. 동포들을 더 이상 잃지 않기 위해서라도, 리미아의 용사와 스텔라 요새를 포기할 순 없을까?"

"며칠 전까진「로나 양」이었는데 말이야. ……그래. 롯츠갈드의 변이체 소동이 네 성질을 심하게 건드렸나 보구나. 네가 휴만들한텐 특별히 집착은 하지 않던 걸로 보여서, 오히려 감사받을 줄 알았어. 그 사건엔 답답한 입장이던 상인 라이도우를 돕는 효과까지 있었잖아?"

"……적대하던 상인들을 몰살시켜서 말이야?"

부탁조차 한 적 없는 짓을, 그런 방식으로 저질러 놓은 주제에 용케 그런 소릴 지껄이는군.

"마족들이 풀어 놓은 변이체가 멋대로 한 짓들의 결과야. 절대로 네 책임은 아니었을 뿐만 아니라 의심을 살 일조차 없었을 거야. 모든 건 우연이었거든. 너희들은 그냥 피난이나 갔다가, 각국의 지원군들이 변이체들을 토벌하자마자 대충 돌아가서 그럭저럭 정리된 환경 아래 장사를 다시 시작할 수 있었을 거야. 그 작전으로 너한테 가는 불이익은 거의 없었던 걸로 알아."

"쓸데없는 참견이야."

"……그렇게 보이는군. 랄바, 아니, 지금은 시키였나? 그 녀석이 따라다니는 상회가 윤리를 중시할 줄은 몰랐거든. 너한테 계산적인 측면이 별로 없었던 건 꽤나 큰 오산이었어. 설마 전혀 상인답지 않은 어리숙하고도 다정한 성격으로 저 랄바의 협력을 받고 있었을, 줄이야……."

로나에게 이런 소릴 듣다니, 과거의 시키는 역시나 상당히 악랄한 축에 속하던 모양이군.

“롯츠갈드는, 깨끗이 청소하고 오는 길이야.”

“연락은 다 듣고 왔어.”

상식적으로 보고가 너무 심하게 빠르지 않아? 로나는 태연하기 그지없는 태도로 대답했다.

“……마족들은 도시를 떠나 있었어야 하지 않나?”

“그렇고말고. 실제로 마족들은 다 철수한 상태였어.”

아인……들이군. 이제야 납득이 간다. 롯츠갈드의 아인들 중에서도 협력자가 있었나?

이오가 통솔하는 군대만 보더라도, 파란 피부를 가진 마족들 말고도 휴만들의 적은 넘쳐난다는 것 정도는 이해가 갔다. 아무리 숫자가 많건 적건, 사면초가에 빠진 쪽은 휴만들일지도 모르겠군. 나하곤 아무 상관없지만 말이야.

“악랄한 수법이군.”

“난 너와 한 약속은 지킨 걸로 아는데? 그나저나 생각 좀 해봐. 다시 한 번, 거래하지 않을래? 마족령으로 와서 하게 될 네 사업을 최대한 지원해줄게. 물론 기존의 휴만들을 상대로 하던 사업을 막진 않을 거야. 방해하지도 않아. 그 대신, 여기서 물러나.”

로나는 이런 상황까지 와서도 나에게 거래를 제안해 왔다.

“……지금 막 여신과 약속을 하고 왔다는 말을 한 참이야. 다시 한 번 경고하지만, 너야말로 이오와 함께 얼른 마족들의 거점으로 돌아가. 그리고 스텔라 요새로부터 인원들을 대피시켜. 남겨 봤자 쓸데없는 희생을 치르게 될 뿐이야."

로나는 도저히 믿어지지 않는다는 표정으로 말을 이어 나갔다.

"여기 있는 소피아는 이미 휴만을 관둔 거나 다름없는 엄청난 전투력의 소유자거든? 게다가 이오까지 한꺼번에 상대하고도 무사히 끝날 수 있을까?"

"……이래봬도 나 역시, 수많은 초인들에게 비상식적이라는 소릴 들어온 몸이니 걱정 마. 괜찮아. 정 불안하거든 너까지 가세해볼래? 너희들은 나를 약간 과소평가하는 듯이 보이는군."

"뭣……?"

로나가 말문이 막힌 듯한 반응을 보였다.

지금 내뱉은 소리는, 솔직히 나한테 잘 어울리는 종류의 말은 아니었다.

하지만 이왕 이렇게 된 이상, 두 명이나 세 명이나 마찬가지였다.

시키가 감당하지 못 할 리야 없겠다만, 개인적으론 랜서까지 합세한다 한들 아무 상관없었다.

중요한 건 집중이야, 집중.

이제부턴 술법까지 총동원한다.

그리고 여름 동안 쌓아올린 수행의 성과까지 선보여 주마.

자신의 한계와 가능성을, 틀림없는 적들을 상대로 확인해볼 좋은 기회였다.

"로나, 저 말은 교만 따위가 아니다. 방금 전까지 나는, 로즈 사인을 동원하고도 저 녀석을 제압할 수 없었거든."

갑작스럽게 끼어든 이오의 발언이, 로나에게 엄청난 충격을 선사했다.

“로즈……?! 이오, 너한텐 반드시 돌아오라는 말을 한 걸로 기억하거든?! 왜 그런 물건을 사용한 거지?! 레프트에게 맡겨둔 물건을, 엉뚱하게 네가 가지고 있는 이유는 또 뭐야?!”

“그런 물건을 부하들에게만 장비시킬 순 없었다. 그리고 레프트는 일찍이 나의 부관이었던 남자야. 나의 뜻에 관해선 납득한 듯이 보이더군. 뭣보다 여기서 용사를 물리칠 수만 있다면, 후진들에게 자리를 양보할 좋은 기회로 여겼다. 그 녀석은, 예상보다 훨씬 강해진 상태였거든.”

“저기 말이야! 마장의 자리까지 오른 남자가 간단히 죽거나 자리를 양보한다는 소린 하지 마! 하긴 나랑 너는 섬기는 왕은 같을지 몰라도, 그 충의의 방향은 분명하게 달라. 하지만 나는, 흔치 않은 무인인 너라는 장군을 인정 못할 만큼 소견이 좁진 않아. 무슨 수를 써서든 자리를 양보하고 싶었다면, 왜 한 사람의 교관으로서 그 기술을 전수할 생각은 못 한 거야……?”

로나가 뜻밖일 만큼 노골적인 감정을 토로하자, 이오는 약간 위축된 듯이 말을 잇지 못했다.

“음, 그렇군. 아니, 정말 미안하다.”

“그래서? 너한테 남겨진 시간은 어느 정도야?”

“설명하기가 어렵군.”

“더 이상, 빛조차 나오지 않고 있어……. 수도로 돌아갈 시간조차 없는 거야?”

로나의 목소리로부터 비통한 심정이 배어 나왔다.

이 여자한테도 최소한 자기 친구에게 다정한 구석은 있었나 보군.

아니, 이오가 예상 밖이라는 표정을 짓고 있는 걸로 봤을 땐 혹시 엄청나게 드문 얼굴인가?

소피아 또한 나에게 검을 향한 채로 움직이지 않고 있었다.

나는 놀라면서도, 남몰래 계를 평상시의 은폐 기능으로 되돌려서 힘의 전개를 종료시켰다.

지금까지 연속된 불행의 콤보에 비해선 사소한 기회였으나, 운이 좋았던 건 틀림없었다.

약간이나마 전개가 호전된 셈인가? 최악의 상황만은 회피해주기를 바랄 뿐이다.

"로즈 사인의 효과는 사라졌다."

"……알았어. 따로 남길 말은 없어? 상대가 누가 됐건, 책임지고 네 말을 전해줄게."

"……아니. 저 남자, 라이도우에게 무효화당하고 말았다."

로나의 태도가 너무나 진지하기 그지없던 나머지, 이오는 난감한 얼굴로 입을 열었다.

"……?"

"라이도우에게 한창 발동 중이던 로즈 사인의 효과를 강제적으로 무효화당하고 말았다. 실제로 저 녀석에게 당한 짓에 관해선 감히 짐작조차 안 가는군."

"……뭐? 그 말은, 혹시?"

"……나의 죽음은 아직 확정되지 않았다."

"큭!! 그런데! 왜 그 소릴 처음부터 안 하는 거야?! 깜빡 속을 뻔

했잖아!!"

로나는 멋쩍은 기분을 얼버무리듯이 분노로 바꾸자마자 목청껏 고함을 쳤다.

"너야말로 진정해라. 남의 말을 끝까지 안 들은 장본인은 다름 아닌 네가 아니냐?"

"윽……."

로나가 나를 노려봤다. 아니, 잠깐? 지금 오가던 대화에 관해선 내 책임은 전혀 없잖아?

사실은 그냥 책임이 없는 정도가 아니라, 네가 방금 연출하던 비통한 분위기로 봐선 이오의 목숨을 구한 나한텐 오히려 고마워해야 하는 상황 아니야?

"후후, 후후후, 아하하하하하하!!"

소피아의 박장대소가 알현실로 울려 퍼졌다.

파괴된 천장 사이로 밤하늘이 보인다곤 하지만, 이곳은 보이지 않는 결계로 휩싸여 있었다.

빛의 검들에 의해 일시적으로 효과를 상실한 왕국의 지원 결계였다.

역시나 리미아의 왕도이자 강대국의 왕성은 겉치레가 아닌 모양이야. 결계는 일단 뚫린 상태로부터 곧바로 재구축되는 구조로 보였다.

한바탕 웃고 난 소피아는, 우리를 한꺼번에 둘러봤다.

지금 오간 맥 빠지는 대화가 그녀의 흥을 약간이나마 깨뜨려주기를 바랬다만, 아니나 다를까 이 녀석을 상대로는 헛된 희망에 지나지 않았던 것 같군.

"그렇군! 말인즉슨 목숨을 대가로 치렀던 이오가 확실한 대미지조차 못 입혔단 뜻이야! 후후, 후후후후!! 처음부터 「해방」시켜두길 잘 했어. 온힘을 다하지 않고선 못 이길지도 몰라."

"온힘을 다하겠다고? 드래곤 슬레이어의 모든 능력을 총동원하겠다는 소리냐?"

이오가 탄식하듯이 중얼거렸다.

"지금 당장 피난이라도 가고 싶은 기분이야."

로나 역시 진절머리가 난다는 반응을 보였다. 그녀에게도 소피아는 버거운 상대인 모양이군.

"동감이야."

"너무 섭섭한 소리 마. 너한텐 나의 진짜 실력을 특등석에 앉아 구경할 자격이 있어. 너는 분명하게 그럴 만한 가치가 있는 상대야, 라이도우."

그리고 소피아는 장난거리를 떠올린 아이처럼 짓궂은 미소를 지은 얼굴로 로나를 쳐다봤다.

"맞다, 로나. 별의 호수 사건에 관한 얘긴데—."

"뜬금없이 또 뭐야?"

"마인의 이름이, 이제야 기억났어."

"뭐어?"

마인의 이름? 그건 또 갑자기 무슨 소리냐?

로나 역시 어안이 벙벙한 표정을 짓고 있었다.

소피아…… 이 녀석은 역시, 거대한 호수를 만들어 전쟁을 끝마쳤다는 그 마인하고도 싸웠던 모양이다. 그런데 사지가 멀쩡한 상태로 살아있다니, 정말 대단한 생명력이군. 그리고 변함없는 전투 중독자스러운 모습을 마주하다 보니 이상한 감동까지 느껴질 정도야.

나에게 돌아선 소피아가, 순간적으로 몸을 낮추자마자 예리하게 파고들어왔다.

"우리의 재대결을 시작하자! **마인, 라이도우**!"

"……."

"……?!"

"마인?!"

소피아가 정체불명의 빨간 빛을 부여받아 공격 범위가 늘어난 검을 앞세워 희희낙락한 표정으로 나를 향해 돌격해 들어왔다.

……뭐, 마인?

내가?

마인?!

왜 이 녀석을 상대할 땐 항상 이렇게 되는 거야?!

순간적으로 멈췄다가 재가동된 표면적인 이성을 교란당한 채로 드래곤 슬레이어를 마주봤다.

소피아가 눈앞까지 와서 사라졌다. 이 녀석의 주특기였다. 공격 궤도를 파악할 수가 없군.

그런 이유로…… 나는 이런 힘을 원한 거야.

이오를 상대할 때와 달리, 나는 어깨 폭 만큼 다리를 벌린 채로 멈춰 섰다.

회피를 고려하지 않는, 정면으로 맞받아치기 위한 자세였다.

째애앵!!

귀에 거슬리는 소리가 들려 왔다. 왼쪽이었나 보군.

"이건!"

"네 기습을 당할 땐 언제나 호되게 매운 맛을 봤거든. 너 혼자만 실력을 키운 건 아니야."

소피아의 검은 나로부터 약간 떨어진 데까지 와서 멈춰 있었다.

아니, 내가 **정지시켰다**.

"아하. 아까부터 뭔가 위화감이 느껴진다 싶었는데…… 라이도우, 언제부터 말문이 트였지? 혹시 그게 네 수행의 성과니?"

표정은 조금 흐트러진 듯이 보였으나, 소피아의 태도는 여전히 태연하기 그지없었다.

검을 들고 있지 않은 왼손으로 검은 어둠 뭉치를 잡자마자, 나를 향해 뻗어 왔다. 어둠?

혹시 이 녀석, 다룰 수 있는 속성이 예전보다 늘어난 건가?

하지만 그 어둠 뭉치 또한, 둔탁한 소리와 함께 검과 똑같은 데까지 와서 멈췄다.

"공통어가 그렇게 신기한가? 이걸 익힌 건 방금 전이야. 그건 그렇고 무슨 문제라도 있나, 소피아? 아까부터 전혀 공격이 통하질 않잖아? 아까 날렸던 빨간 참격은 또 안 쓸 거야?"

나는 계를 은폐로부터 강화로 이행시켰다.

나의 몸을 중심으로 퍼져 나가는, 진한 오렌지 빛 마력의 모습이 눈으로 보이기 시작했다.

"인룡(刃竜)의 검과 염룡(焔竜)의 불꽃이야. 네 힘으로 과연 막을 수 있을까?"

"일격으로 나를 죽이고자 자신 있게 날린 공격이었잖아? 혹시 모르니 다시 한 번 써보셔."

이오와 로나, 등 뒤의 두 사람으로부터 숨을 죽이는 기척이 전해져왔다.

이오한텐 아직 움직일 생각이 없어 보이는군.

혹시 소피아의 광범위 공격에 말려들지 않고도 협공할 수 있는 방법을 모색하고 있는 건가?

"네 말대로 다시 한 번 써볼게. 덤으로 방금 네가 쓴 속임수까지, 한꺼번에 파헤쳐 버리겠어!"

강한 붉은빛이 소피아가 들고 있던 짙은 초록빛 검을 감싼 순간, 그 칼날까지 길게 늘어났다.

—온다.

엄청난 섬광이 순간적으로 번뜩였다.

정면으로부터 날아오는 검을 방어 자세조차 취하지 않은 채로 지켜봤다.

소피아가 휘두른 일격이 나의 주위를 에워싸고 있던 마력과 충돌하더니, 그 궤적을 따라 색깔을 남겼다. 그녀가 잽싸게 물러난 순간, 강렬한 폭발이 일어났다.

저 빨간 빛의 검이나, 아까부터 날려 오는 공격들이나…… 예전의 소피아는 불 속성 따위는 거의 쓰지 않았던 걸로 기억한다. 정말 터무니없는 변화군.

연기로 뒤덮여 있던 시야가 맑아지는 가운데, 그런 의문점이 떠올랐다.

"사람 형태? 설마 순수한 마력으로 구축한 건가? 아니, 하지만 저건…… 그럴 리가 없어."

"……저게 바로 저 녀석의, 진짜 갑옷인가 보군."

과연 마족들을 통솔하는 장군들이군. 로나와 이오는 은폐를 중단한 나의 마력을 벌써부터 분석하고 있었다. 그러한 두 사람과 달리, 나는 머리 회전이 빠른 편은 아니다.

그런 고로 사용하는 방식에 따라 엄청나게 강하다거나 조건을 만족시켜야 무적이 되는 등의 능력보다는, 단순하게 들키건 말건 특별히 불리한 방향으론 작용되지 않는 힘을 원한 것이다.

그것이 바로, 이 능력이었다.

나의 몸을 중심으로, 이오보다 약간 더 큰 사이즈로 구축된 사람의 상반신처럼 보이는 그림자가 나타났다. 제3자에게 빙의당한 것처럼 보이지만, 어디까지나 나 자신의 마력으로 연성한 존재였다. 들키건 말건 아무 상관없는데다가, 기습 공격에도 강하다. 한 번에 쓸 수 있는 마력이 도무지 늘질 않던 나에게 새로 생긴, 대량의 마력을 한꺼번에 사용할 수 있는 수단이었다.

"……물리 공격을 막는 용도의 장벽은, 아니군. 라이도우, 제정신이야? 그렇게 엄청난 방어력을 지닌 몸으로, 더욱더 방어 스킬을 특화시켰단 얘기야?!"

여유 따윈 온데간데없이, 경악으로 가득 찬 소피아의 표정과 목소리가 나에게 자신감을 줬다.

"드래곤 슬레이어가 있는 힘을 다해 날린 일격까지 쉽게 버틸 수 있을 정도군. 나한테 자신감을 줘서 고마워, 소피아."

"술법을 발동시키는 기척이나 장벽 특유의 튕겨 나오는 감촉은 전혀 느껴지지 않았어. 도대체 뭘 어떻게 한 거야? 분명히 물리적으로 내가 날린 공격을 막은 걸로밖에 안 보였거든?"

소피아는, 난생 처음 보는 표정을 짓고 있었다.

방금 날린 공격에 그만큼이나 확고한 자신감을 가지고 있었던 건가?

혹은, 내가 펼친 **이 녀석**이 정말로 완벽하게 예상 밖이었나?

하긴 토모에나 미오, 그리고 시키까지 이걸 처음 봤을 땐 엇비슷한 표정을 짓더군.

"정답이야. 지금의 난 마력을 물질화시킬 수 있거든. 일단 되돌리는 데까진 식은 죽 먹기더라. 상대방에게 보이는 상태로만 발동된다는 점은 큰 단점이지만, 사실은 감출 수 있는 수단까지 따로 있으니까 큰 문제는 없어. 그리고 가장 중요한 방어력은, 지금 네가 본 대로야."

소피아의 일격이나 그에 따른 폭발은, 내가 구성한 마력체(魔力體)에게 전혀 유효타를 줄 수 없었다. 뭐, 물론 방어하는 데만 쓸모 있는 기술은 아니야.

공격할 때 역시 꽤나 반칙적인 위력을 자랑하거든.

……습득하는데 무지막지하게 고생하긴 했지만 말이야. 물질화 자체는 물론이거니와, 그 영역이나 형태를 안정시킬 때까지 손쉽게 지나간 과정은 전혀 없었다.

"마력을 물질화시키다니…… 난생 처음 보는 기술이야."

소피아가 중얼거렸다.

아마 그럴 거야. 나한테도 에바 양에게 논문을 빌려 읽을 때까진 완전히 생소한 개념이었을 뿐만 아니라, 그 논문 말고는 새로운 자료를 찾을 수 없었다. 이 세계의 사람들한테 완벽하게 버림받은 기술이었다. 마력체의 정체를 알아본 이오와 로나 역시 진심으로 놀란 듯이 보였다.

"로나, 마력을 물질화시킨다는 건 도대체 어떤 개념이냐? 마력으로 사물을 연성하는 건가?"

"아마도 엄밀하게 봐선 조금 다를 거야. 라이도우가 하고 있는 짓은…… 마력 그 자체를 대상으로 만질 수 있는 성질을 부여하는 종류의 기술로 보여."

"마음만 먹는다면 저 마력 덩어리로 이루어진 상반신과 주먹다짐까지 가능하단 말이냐? 대단하군! 저렇게 전개한 마력은 술사들의 훌륭한 방어 수단이 될 거다."

"맞아, 아마도 가능하긴 할 거야. 하지만…… 마족들조차 저런 종류의 기술을 개발하는 건 오래전에 단념했어. 저 반대야 가능할진 몰라도, 가격 대 성능비가 너무 안 좋거든."

악몽이라도 꾸고 있는 듯한 말투로 중얼거리던 로나는, 도저히 믿어지지 않는다는 눈으로 나를 쳐다봤다.

"이오, 너한텐 금화 한 닢을 재료로 동화 한 닢을 만든다는 소리가 대단하게 들려?"

"……그럴 리가 있나? 오히려 터무니없는 머저리들이나 할 짓 아닌가?"

"그렇지? 지금 저 녀석이 하고 있는 행동은 그야말로 딱 그런 짓이야. 마력을 물질화시켜 봤자 전혀 수지타산이 안 맞거든. 한 마디로 말해서 이보다 더할 수 없을 만큼 비효율적이야. 특정한 물질을 마력으로 변환시키는데 관해선 그나마 충분히 연구할 여지가 있지만, 말이야."

"단순히 물리 공격을 방어하는 용도의 장벽이 아니란 말이냐?"

"소피아가 말했잖아? 물리 공격을 방어하는 장벽은 무기나 주먹 공격 등에 반응해서 기동되는 술법의 일종이야. 라이도우가 지금 하고 있는 저 짓은, 사실은 마술조차 아니야. 모르겠어. 라이도우가 도대체 무슨 생각으로 저런 기술을 습득한 건지……."

로나는 중얼거리는 목소리로 고찰을 이어 나갔다.

"소피아, 이번엔 내 차례야."

지금껏 대량의 마력을 가지고 있는 상태로 그에 걸맞은 사용 방법을 몰랐던 나한테 있어선, 이 능력은 엄청난 가능성을 개척시켜 준 혁명적인 첫 걸음이었다.

우선은 눈앞의 드래곤 슬레이어부터 처리한다.

이 녀석을 짓밟음으로써, 개인적인 트라우마 하나를 극복하는 것이야말로 나의 목적이었다.

"덩치가 큰 만큼! 속도는 별 거 아니군!"

머리 위로부터 날린 마력체의 주먹을 피한 소피아가, 가까운 거리까지 뛰어 들어왔다.

변함없이 빨간 빛을 띤 검으로 날렵한 연속 공격을 날려 왔다.

하지만 그 공격들은 나한텐 닿지도 않았다.

"뭐, 육체를 따로 연마한 무술의 달인은 아니거든. 그건 그렇고, 예전과 비교조차 되지 않을 만큼 강력한 공격들이군."

"……당연한 소리! 이 힘은!"

"용의 힘인가? 영창으로 판단하자면, 다른 상위 용들한테라도 힘을 빌려 왔나?"

"이건 어떠냐!!"

대답할 생각은 전혀 없나 보다.

소피아의 모습이 사라졌다. 주특기인 전이를 쓴 걸로 보였다.

하지만 예전에 봤을 때랑 조금 달라. 그땐 검과 위치를 맞바꾸는 것 같은 느낌이었는데, 지금의 그녀는 조금 다른 수단으로 이동하고 있는 듯이 보였다. 영룡 같은 녀석의 특수 능력인가?

비스듬한 전방의 공중으로부터 그녀의 기척이 느껴졌다.

등 뒤로 짊어진 듯이 검의 위치를 바꾸더니, 가슴 앞 부근으로 빨간 구체를 출현시켰다.

원거리 공격인가?

소피아가 짊어지고 있던 검을 손으로 다잡으며 대각선 방향으로 그 구슬을 갈라 버렸다.

바로 그 순간, 빨간 구슬은 레이저 같은 형태의 빛다발이 되어 나에게 들이닥쳤다.

순간적으로 마력체의 손을 뻗어 공격을 막았다.

짓이겨 버리는 방식으로 무효화시켰다.

"흐음, 마치 레이저 같은 공격이군. 아까 영창으로 중얼거리던 염룡의 힘인가? 상위 용들 가운데 불의 힘을 다루는 건 다홍빛 비룡(飛竜), 「붉은 유리」라는 녀석이었나?"

"……이것조차 안 통한단 말이야? 붉은 유리는 용족 최강의 공격력을 가지고 있을 텐데?"

착지한 드레곤 슬레이어가 날카로운 눈빛으로 나를 노려봤다.

"참나, 상위 용의 힘을 잇달아서……. 어디선가 붉은 유리의 원한이라도 샀나? 용한테 미움 받을 짓을 한 기억은 별로 없는데 말이야."

오히려 한 마리, 너무 호감을 사서 어찌하기 곤란한 **양성류(兩性類)**가 있을 정도였다. ……모험가 길드 부근에 말이지.

"어머나, 너무 걱정 마. 걔들은 딱히 널 싫어하진 않는 걸로 알거든!"

소피아가 넌덜머리나게 돌격해 들어왔다.

나는 그녀의 공격을 튕겨 버리자마자 반격을 날렸다.

"—큭!!"

공격은 또다시 회피 당하고 말았지만, 주먹 표면으로 마법진을 전개하며 소피아가 쏜 레이저를 모방한 기술로 그녀를 공격했다.

하지만…… 칫.

기습이었는데도 불구하고, 검으로 막히고 말았다.

변함없이 터무니없는 직감과 무지막지한 검이군.

하지만 상관없다. 사실 마력체한테는 나의 술법을 강화하는 식으로 서포트하는 용도까지 있다.

오히려 진짜 목적은 그쪽에 가까웠다. 원래는 몸 밖으로 방출한 마력을 주위의 공간에다가 저장하는 기술이었다. 그러기 위한 가장 적절한 방법이 물질화— 구현화였거든.

계는 감지하는 용도로 고정시켰다.

저 녀석의 공격력을 고려할 땐, 지금의 두 배라 한들 강화 따윈 필요 없어 보인다.

"이런 건, 어떨까?"

거리를 벌린 소피아를 정면으로부터 정확히 포착한 채로 짧게 영창을 읊었다. 마력체의 앞으로 수많은 파문이 발생하더니, 사람의 손가락만한 크기의 구슬이 분리되어 떠올랐다.

"방어, 특화가 아니……."

소피아가 나의 속셈을 꿰뚫어본 듯이 신음소리에 가까운 혼잣말을 중얼거렸다.

"그것뿐일 리가 없잖아? 소피아."

구슬 자체가 가늘게 진동을 일으킨 직후—.

약간 소구경이었으나, 방금 전 쏜 레이저와 비슷한 공격을 소피아에게 연발로 발사했다.

거의 백 발 남짓이나 되는 빛다발들이 소피아를 향해 날아갔다.

녀석은 언제나 지겹게 쓰는 전이로 그 레이저들을 회피했다.

하지만 헛수고야.

그녀의 전이는 다른 공간으로 도망치는 종류가 아니었다. 단순히 다른 장소로 이동할 뿐이야.

게다가 겉으로만 봤을 땐 이동 거리에도 그럭저럭 제한이 있는 기술이었다.

응. 있군.

그늘로 숨어 들어가 있던 소피아를 계로 발견했다.

표적을 잃은 관계로 벽면을 향해 날아가던 모든 빛들에게, 그녀의 위치를 전송했다.

"구부러지다니?!"

방향을 전환한 모든 빛들이, 소피아가 숨어 있던 폐허 더미로 파고들어갔다.

구부러지는 레이저 빔— 사나이의 로망 중 하나였다.

경악을 금치 못 하는 로나의 목소리가 들려왔다. 추적 따윈 흔해 빠진 기능 아닌가?

지금 방향을 바꾼 건 추격이라기보다는 추가 입력에 가깝지만, 일단은 엇비슷하게 보인다.

폭발이 일어났다.

소피아의 위치는 변함없었다. 어느 정도의 대미지는 입었을 것으로 예상된다.

등 뒤로 고개를 돌린 나는 이오와 로나의 눈치를 살폈다.

이오는 나를 상대하기 위한 전투 준비 자세를 풀지 않고 있었다.

소피아 같은 타입과 함께 협공을 시도하기는 어려워 보인다. 그럼에도 불구하고 우리가 싸우는데 난입할 셈인가?

"이오, 그렇게 뒤숭숭한 자세는 당장 푸는 편이 좋아. 네가 나를 가로막는 순간, 최소한도의 반격 정돈 날릴 수밖에 없어."

"나는 아직, 너에게 도전할 마음을 버리지 않았거든."

"그렇구나. 하지만 내가 충고했다는 건 잊지 마라?"

"라이도우, 지금 정말 자기 자신의 마력만으로 그 능력을 쓰고 있는 거야?"

"로나, 솔직히 그에 관해선 너한테 대답해주고 싶지 않아. 하지만 한 가지만 조언해둘게. 지금 당장 스텔라로부터 인원들을 철수시켜. 이쪽은 이제 슬슬 끝날 것 같거든."

어라?

시선을 되돌리자, 자욱하게 연기가 피어오르는 한 가운데 소피아가 서 있었다.

"기억났어. 너한텐 그 공격이 있었다는 걸 말이야, 라이도우."

이번에야말로 무사히 끝날 리는 없을 것으로 예상했다만, 상처다운 상처는 눈에 띄지 않았다.

"마치 이오 같군. 재생 능력까지 익혀 온 거야? 이제 슬슬 랜서 정돈 부르지 그래?"

"부르고 있어. 올 생각은 전혀 안 하지만 말이야……. 네 종자가 놔주질 않는다는데?"

"아하…… 하긴 그럴 수밖에 없을 거야. 일단 우리라도 먼저 결판을 지을까, 소피아?"

"……상위 용 네 마리야."

그러한 대사와 함께, 소피아는 씁쓸한 듯이 얼굴을 일그러뜨렸다.

"뭐?"

"예전에 맞붙었을 때 흡수한 상태였던 어검(御劍), 폭포(瀑布)뿐만이 아니야. 너랑 정면으로 붙었다가 호수를 떠다니던 그날 이후로…… 밤의 망토와 붉은 유리까지 잡아먹었단 말이야!!"

잡아먹었다니?

상위 용의 협력을 얻은 것이 아니란 말인가?

"……."

"내가 터득한 자기 자신의 선천적인 힘이야. 잡아먹은 용의 힘을 흡수할 수 있는 능력이지. 나는 모험가로서도 정상급이라는 사실을 자부하지만, 추가로 상위 용 네 마리의 힘까지 손에 넣었어. 바야흐로 이 몸은 어지간한 나라조차 멸망시킬 수 있는 힘을 지니고 있다는 뜻이야."

나라를?

겨우 그 정도로?

"아직 남아 있는 모래 물결과 무적(無敵)만 잡아먹고 나면, 드디어 그 녀석을…… 만색(萬色)을 물리칠 수 있을 텐데!"

일곱 용들 중 네 용의 힘을 흡수하고도 나 하나조차 이기지 못한다는 사실이 어지간히 쇼크였던 모양이다. 그나저나…… 만색(루토)이라? 나중에 꼭 따지러 가 주마.

아무래도 소피아의 목표는 루토와 직결된 것처럼 보이지만…… 왜 그 녀석의 실수까지 내가 책임져야 하는 건데?

"너무 과장된 소릴 하는군. 겨우 그 정도의 힘으로 나라를 멸망시킬 수 있을 줄 아나?"

"충분하고도 남을 정도야. 당장 저기 있는 이오부터, 작은 나라 하나 정돈 혼자서 멸망시킬 수 있어. 군대 따윈 약자들의 집단에 지나지 않아. 나나 너한텐 그런 녀석들은 거의 과녁이나 다름없어. 얼마나 뛰어난 개인을 보유하고 있냐는 것이야말로 진정한 국력의 척도야."

"……."

그렇단 말이야?

나는 개인의 힘 따윈 군대라는 숫자의 폭력과 상대할 땐 무력한 걸로 여겼다.

……하지만 소피아의 말을 듣고 나니, 왕도의 상황이나 전황을 파악하자마자 「겨우 이 정도야?」라는 생각을 떠올렸던 것이 기억나는군. 아무리 기습이라곤 하지만, 군대나 기사단이 이렇게 간단히 당할 줄은 몰랐다. 이 세계는 나의 예상보다, 훨씬 「약할」지도 몰라.

불현듯, 소피아의 힘이 한층 더 크게 솟아올랐다.

"참나. 피부 위로 비늘을 나게 하는 식의 꼴사나운 짓은 하고 싶지 않았는데, 너 때문에!"

그녀의 몸속을 나돌던 네 가지 색깔의 힘들이, 그녀의 원래 힘과 더불어 대리석 무늬를 띈 것처럼 보였다. 소피아의 피부가 약간 검은 빛을 띠다가, 어렴풋이 비늘 같은 문양이 떠올랐다. 손톱이 자라더니, 눈동자까지 토모에처럼 용의 흔적이 남아 있는 형태로 변했다.

드래곤 슬레이어라기보다는, 드라고뉴트 같군.

"변신한 건가? 솔직히 난 그론트에 관해선 잘 몰라. 하지만 네가 신(蜃)이나 루토를 이길 수 있을 것 같진 않군."

"—신에다가…… 루토라고?! 아무래도 너한테 자백을 받아야 할 일이 늘어난 모양이야."

나의 말을 듣자마자, 소피아의 표정이 한층 더 험악해졌다.

"네 힘으론 그러기 힘들 거야."

"무적의 신에 관해선 일단 그냥 넘어가더라도, 만색이라 불리는 상위 용의 이름을 아는 사람은 거의 없거든. 무슨 수를 써서든 반드시 실토를 받고야 말겠어. 네가 죽기 전에 말이야!"

"헤에, 그건 또 금시초문이군. 요즘은 꽤나 식사를 같이 하는 빈도가 늘어났거든."

"끝까지 헛소리만 지껄이는군!"

소피아가 또다시 마력체와 접촉을 시도해왔다. 정말 지겹게 똑같은 짓을 되풀이하는군.

아니, 검을 들고 있지 않은 손으로 만졌다. 바로 그 순간, 소피아의 손으로부터 새까만 진흙탕 같은 어둠이 뿜어져 나왔다. 부착된 어둠이 마력체의 강도를 부분적으로 저하시키는 낌새가 전해져왔다. 한층 더 강한 빛을 띤 소피아의 검이 검게 마킹된 장소를 정확하게 베었다.

"호오."

나는 그러한 감탄사와 함께 소피아를 향해 공격을 가했다.

여러 가지 술법들을 구성하자마자 마력체로부터 사출시켰다.

화살, 창, 구슬—.

몇 발 정도는 명중된 듯이 보였으나, 그녀는 멈추지 않았다. 순간적으로 회복 술법이라도 사용한 듯이, 나에게 반격을 당하건 말건 닥치는 대로 난도질을 가해 왔다.

최소한의 급소와 오른손만을 감싸는 동시에, 다른 부분은 다치고 나서 회복시켰다.

지금 이 순간을 승부의 갈림길로 판단한 모양이군.
—이크, 여기서 이오까지 덤벼 오나?
등 뒤로부터 이오가 나를 향해 돌격해 들어오는 기척을 느꼈다. 계를 감지 모드로 전개하고 있던 이상, 나를 상대로 한 기습은 거의 불가능한 거나 마찬가지였다. 로나는 일단 말리려 한 것 같지만, 그는 소피아와 마찬가지로 지금 이 순간을 최고의 기회로 여긴 듯이 보였다.
"라이도우, 나쁘게 생각 말거—!!"
나는 등을 돌린 채로 마력체의 팔을 뻗어 이오를 붙잡았다.
새롭게 연성한 세 번째 팔이었다.
"아닛?!"
"사람 모양이니까 팔이 두 개라는 말을 누가 한 적 있나? 너한텐 네 개나 달려 있잖아?"
나는 밤하늘을 향해 그를 똑바로 들어 올렸다.
"이오, 만약 다시 돌아오는 날엔…… 널 죽일 거야. 아까 한 건 충고였고, 이건 경고야."
고개를 돌린 다음, 확실하게 이오를 쳐다보는 자세로 그렇게 말했다.
아마 돌아올 수 있을 리야 없겠지만 말이야.
"로켓 펀치, 라고 해야 하나?"
"우오오오오옷?!"
분리시킨 세 번째 팔을 고속으로 사출시켰다.
손아귀 속의 이오는 그 구속을 뿌리치지도 못한 채로, 발버둥을 치다가 밤하늘 저 너머로 사라졌다.

그야말로 전형적인 무인이라는 분위기의 아저씨라, 죽이기는 조금 아까웠거든.

어디로 추락하건 귀환 정도야 가능하리라. 스텔라로부터도 멀리 떨어뜨렸으니, 그에 관해선 더 이상 문제될 여지는 없어 보였다.

"엉뚱한 데로, 한 눈 팔지 말란 말이다아아!!"

소피아가 혼신의 힘을 다한 가로 베기 공격을 날려 왔다.

음, 이 공격을 당한 상태론 마력체를 유지하기 어렵겠군.

사방팔방으로 검은 마킹까지 당한 상태거든.

쨍그라아아앙!

마력체가 귀에 거슬리는 소리와 함께 산산이 조각났다.

"어떠냐아아아!!"

뭐―.

째애애애애앵!

"……크으으윽!!"

―재구축을 못 한다는 말은, 일언반구조차 한 적 없지만 말이야.

파괴한 줄 알았던 물체가 곧바로 다시 나타나서 검을 막았다는 사실로 인해 몹시 당황한 소피아의 온몸은, 순간적으로 경직을 일으켰다. 그 단 한 순간을 놓칠 리가 없는 나는, 마력체의 손으로 그녀의 몸을 움켜잡았다.

"그 변신한 모습의 방어력은, 과연 어느 정돌까?"

그녀를 움켜잡고 있던 주먹이, 엄청난 열량과 빛을 발산하는 동시에 폭발을 일으켰다.

"아아아아아악!"

분명한 고통을 머금은 비명소리였다.

소피아의 이런 목소릴 듣는 건, 처음일지도 모르겠군.

◇◆◇로나◆◇◆

눈앞의 무지막지한 전투를 지켜보고 있던 나는, 난생 처음으로 진정한 두려움을 느꼈다.

그야말로 순수한 공포에 가까운 감정이었다.

나와 함께 전투를 지켜보던 이오는, 라이도우가 소피아에게 순간적으로 밀린 듯이 보이자마자 참전하기로 결심했다. 하지만 눈 깜짝할 사이에 제거 당하고 말았다.

그는 우리 군이 자랑하는 최강의 장군이었다.

그러나 라이도우는 자신을 에워싸고 있던 사람 모양의 옆구리로부터 발생시킨 세 번째 팔로 이오를 움켜쥐더니, 곧장 몸으로부터 분리시키자마자 저 하늘 너머로 날려 버렸다.

이오는 전이를 쓰지 못 한다.

사실상 그는 이번 전투의 무대로부터 강제로 퇴장당한 셈이다.

이오에겐 저런 수법을 쓰는 상대에게 저항할 수단이 없었다.

물론 내가 데리러 갈 수야 있긴 하지만, 마장 정도 수준의 능력자들로도 감당 못할 상대가 둘이나 눈앞에 존재한다는 현실을 어떻게 받아들여야 한단 말인가?

그야말로 순수하게 난감하기 그지없는 상황이었다.

단 한 가지의 희망적인 판단 재료는, 저 마력체가 라이도우가 가진 비장의 카드로 보인다는 점뿐이었다. 저 기술은 분명히 꽤나 성가시게 느껴진다. 술법을 쓸 때까지 응용할 수 있는 마력 덩어리로, 아무래도 간단한 영창만으로도 곧장 술법을 전개할 수 있는 듯이 보인다.

심지어 마력이 이어지는 한, 재구성하기는 손쉬운 모양이다.

저 정도 규모의 마력체를 구축할 수 있는 능력을 선보인 라이도우는, 최소한 국가 규모의 마력량을 지니고 있다는 사실을 증명한 셈이다.

순수한 물체는 아닌 걸로 봐서 내가 알고 있는 비슷한 기술보다 변동 효율은 좀 더 뛰어날지도 모르지만, 의심할 여지없이 엄청난 위험요소 그 자체였다.

"마족들의 실험 결과로는, 일반적인 술사가 모든 마력을 다 쏟아 붓고도 모래알 하나쯤의 분량을 연성하는 정도가 고작이었어. 저렇게 큰 덩어리를, 드래곤 슬레이어의 공격을 받아넘길 수 있을 만한 강도로 구현화시킬 수 있다는 말은……."

계산할 엄두조차 나지 않을 정도의 어마어마한 마력량을 지니고 있다는 것은 틀림없다.

하지만 어차피 마력이다. 내가 가진 비장의 카드와 저 기술의 상성은 상당히 좋은 편이었다.

라이도우를 상대로도 손을 쓸 여지가 전혀 없진 않을지도……몰라.

게다가 지금은 소피아의 엄호까지 기대할 수 있는 상황이다.

오로지 그것이야말로, 나 자신이 아직 여기에 머물고 있던 이유였다.

만전의 상태를 유지한 저 둘이 완전한 마족의 적으로 돌아설 경우, 종족 전체가 치명타를 입을 공산이 컸다. 그런 고로, 지금 당장 둘 중 하나라도 제거할 수만 있다면…….

그것이 나의 사명이었다.

내가 지닌 비장의 무기를 사용할 땐 기본적으로 왕의 허가를 받아야 했지만, 지금은 그런 식으로 절차를 밟을 만한 여유가 없었다. 나는 조용히 준비하기 시작했다.

심혈을 기울인 영창을, 저 둘에게 들키지 않도록…….

"로나. 네 꿍꿍이속에 관해선 알 바 아니지만, 그 술법으로 무슨 수작을 부렸을 땐…… 짓이겨 버릴 거야."

그 한 마디가 나의 정신 집중을 순식간에 날려 버렸다.

"큭?!"

라이도우!

저 녀석한테, 지금 우리 둘 사이의 거리 따윈 무의미하다는 거야?

라이도우는 고개를 돌리지도 않은 채로 경고해 왔다. 그러고 보니 학원생으로 잠입해 들어가서 장난으로 저 녀석을 상대했을 때부터, 묘하게 나의 공격을 예측하는 모습을 보였다.

다른 학생들과 달리, 개인적인 습관까진 파악하고 있을 리가 없는 상황이었다.

등줄기로 식은땀이 흘렀다.

변함없이 어딘가 모자란 녀석이라는 생각밖에 들지 않았던, 마지막으로 대화를 나눈 그날로부턴 불과 며칠 정도의 시간만이 흘렀을 뿐이다. 겨우 그 정도의 기간 동안, 라이도우한테 무슨 일이라도 있었단 말이야? 도무지 짐작조차 가지 않았다.

하지만 지금은 그 원인보단 변화했다는 사실 자체가 더욱 중요하게 느껴졌다.

최소한 지금의 그는, 절대로 손바닥 안의 장난감처럼 가지고 놀 수 있는 상대는 아니었다.

갈증 나는 목구멍 속으로 침을 넘겼다. 목구멍 속은 완전히 메말라 있었다.

오랫동안 느낀 적 없던 공포가, 몸속을 가득 메울 만큼 부풀어 올랐다.

이 녀석만은 절대로 적으로 만들지 말아야 한다.

나는 공포에 굴복한 자기 자신을 숨기듯이, 그와 적대하는 행위를 부정하기 위한 이유들을 열거했다. 염화로 이오가 날려간 위치는 대략적으로나마 파악하고 있었다. 상당히 먼 거리였지만, 데리러 가지 못할 정도는 아니었다.

…….

물러날 때야.

휴만의 모습을 일그러뜨릴 만큼 용의 힘을 해방시킨 소피아는 — 본인의 언급을 믿을 경우 — 상위 용 네 마리나 되는 분량의 힘을 지니고 있는 모양이다.

인룡의 검, 염룡의 불꽃, 수룡의 회복과 지원, 영룡의 특수 능력—.

틀림없이 어지간한 국가 정돈 손쉽게 멸망시킬 수 있는 권능이다. 경우에 따라선 4대국(大國)조차 짓이겨 버릴 수 있을 정도야. 하지만 라이도우는, 태연하기 그지없는 얼굴로 정말 땀 한 방울조차 흘리지 않고도 그녀를 상대하고 있었다. 아마도 그 또한—.

아니, 그의 진정한 능력은…… 아직 미지수야.

최소한 나는 그를, 지나치게 과소평가하고 있던 것이다.

"농담이었어, 라이도우."

혀가 잘 돌아가지 않았다.

약간 시간적 간격을 두고 나서야, 가까스로 그의 경고에 대한 대답을 입에 담을 수 있었다.

"어, 정말?"

"……용사와 스텔라 요새를 포기하라는 얘기였지? 알았어. 소피아에 관해선 잘 모르겠지만, 나와 이오는 그 요구를 받아들일 거야. ……돌아갈게."

"조건은?"

라이도우가 나를 쳐다봤다.

소피아 같은 괴물을 상대로도, 몇 번이나 한 눈을 팔 수 있을 만큼 여유가 있다는 증거였다.

설마 이만큼이나…… 터무니없는 존재였을 줄이야.

"조건은 없어. 폐하를 알현하겠다는 약속은 아직 유효한 거지?"

"물론이야. 어쨌거나 한 번 정도 진지하게 얘기를 나눠 보고 싶은 상대였거든."

"우리한텐, 그것만으로도 충분하고도 남을 정도야. 소피아는 객장이긴 하지만, 지휘하고 있는 부대는 없어. 놔두고 갈 생각인데,

너한텐 아무 상관없는 거지?"

"……무사히 놔준다는 보증은 안 할 건데?"

"맘대로 해. 지금 우리가 한 대화를 듣고도 싸움을 그만둘 생각은 없는 모양이니, 어떻게 끝나건 전쟁터의 이치에 따른 결과로 받아들일게."

"좋아, 이젠 마음껏 돌아가. 말해두지만, 지금부터 용사한테 수작을 부리려 해 봤자 헛수고야. 밖에는 시키가 버티고 있거든."

"난 그렇게 멍청하진 않아, 이만 실례할게."

—무섭다.

이곳을 떠나려 하는 나의 머릿속을 지배하고 있던 감정은, 오로지 그 하나뿐이었다.

라이도우야말로 마인이었다.

그가 스스로 지은 이름은 아니었으나, 정말로 잘 어울리는 별명이었다.

이제야 얼굴을 타고 흐르던 식은땀을 훔친 나는, 진심으로 그렇게 여겼다.

◇◆◇◆◇

"검이 손이랑 달라붙어 있는 것처럼 보이는데?"

"……이 검은 원래 미츠루기가 지닌 힘의 결정체 같은 거야. 이런 식으로 용의 힘을 강하게 해방시킬수록, 융합에 가까운 상태가 될 수밖에 없더라."

알현실— 이었던 장소엔 우리 둘뿐이었다.

다시금 몸을 일으킨 소피아가 파란 빛을 휘감더니, 상처를 회복시켰다.

아직껏 그 눈은 전의를 상실하지 않았다.

"있잖아. 그렇게 자기 패를 조금씩 펼쳐 보이는 건, 상대가 자신보다 약할 때나 걸맞은 방식 아닐까? 혹시 지금 넌 내가 널 안 죽일 거라고 생각해?"

만약 그럴 경우, 너야말로 정말 이보다 더할 수 없을 만큼 물러 터졌다는 말밖엔 못 하겠다.

오늘 나는 이 녀석을, 반드시 죽여 버릴 생각이거든.

신의 이름에 반응한 이상, 이 녀석은 토모에까지 잡아먹으려 했다는 뜻이다.

아무리 실력으로 이기진 못 할지라도, 토모에를 노리는 녀석을 눈감아줄 이유 따윈 없다.

"전쟁터까지 나와서 죽임을 당하지 않을 것으로 여길 만큼 꿈 많을 나이는 아니야. 너야말로 일격의 위력 자체는 제국의 용사보다 뒤떨어지는 것 같은데?"

제국의 용사?

왜 갑자기 걔가 나오는 거지? 네가 목숨만은 살려줬다는 걔 말이야?

"글쎄? 제국의 용사랑은 만난 적조차 없다 보니 잘 모르겠군. 꼭 상대방을 일격으로 날려 버릴 필요는 없잖아? 자기 패는 조금씩 펼쳐 보이는 거야말로 전투의 정석이야."

"비아냥거리긴……. 네가 한 수 위라는 말을 하고 싶은 거야? 역시 걔가 그나마 귀여운 구석은 있는 편이군."

"……."

"그 아이가 날린 공격의 위력은 정말 엄청나더라. 영룡과 수룡, 두 마리의 힘을 최대한 쓰고 나서야 가까스로 막을 수 있었어. 변신할 정도까진 아니었지만, 너보다 강하더군."

"……그건 좀 모순된 소리 아니야?"

"동료들을 위할 줄 알 뿐만 아니라, 생명을 깎아서라도 목적을 달성하려는 각오까지 있어."

"……."

그 녀석을 꽤나 높이 평가하는 것처럼 보여.

"만약 반드시 누군가와 손을 잡아야만 할 땐—."

……아니, 제국의 용사는 분명하게 얕볼 수 없는 상대가 틀림없군.

"그렇군, 네 말이 옳아. 제국의 용사는 정말 대단하긴 대단하군."

"뭐?"

"너 같은 규격 밖의 여자한테까지 매(참)료를 걸 줄이야. 심지어 약간이나마, 확고한 실마리까지 남긴 상태군. 반복적으로 만날 경우엔 완성시킬 수 있을지도 몰라."

"……?!"

소피아의 얼굴이, 전혀 알아차리지 못 했었다는 듯이 경악으로 물들었다. 당연한 반응인가? 정말로 조용히, 한 줌밖에 안 되는 매료의 씨앗을 심어두기만 했다는 느낌이거든. 저렇게 만들기 위해선 도대체 얼마나 치밀한 계략을 짜야할까? 개인적으론 상상조차 되질 않을 정도야.

“하하하, 몰랐나 보구나? 지금 보니 너, 어디선가 저항하는데 실패한 모양인데? 아니, 과연 용사는 용사군. 내 경우엔 적대하던 너를 동료로 삼겠다는 생각은 감히 하지도 않을 테니까.”

소피아의 몸 안에 깃들어 있던 마력의 파편을 발견한 나는, 진심으로 감탄할 수밖에 없었다. 설마 소피아한테 매료를 걸 줄은 몰랐거든. 제국의 용사 녀석, 미인은 그냥 아무나 다 좋다는 건가?

아공 주민들 가운데 새로운 피해자가 발생하지 않도록, 확실한 대책을 세워둬야겠군.

소피아한테까지 통할 만큼 꽤나 경이적인 능력이니까 말이야.

“매, 료? 나를? 너 지금, 무슨 소릴?”

“눈감아줬단— 말이지? 정말 그럴까? 죽이지 않았던 진짜 이유는 용사에 대한 호감 아니었나? 드래곤 슬레이어씩이나 되는 네가 말이야.”

“…….”

“내가 베풀 수 있는 최소한의 자비야. 끝내기 전에라도 그 매료를 풀어줄까?”

제국의 용사에게 매료된 상태로도 나와 싸우는 데는 전혀 지장 없다.

하지만 쓸데없이 제국의 용사를 치켜세우는 그녀가, 너무나 초라하게 보였다.

소피아는, 내가 싸우는데 지나치게 몰두할 경우를 걱정해야 할 만큼 위험한 상대가 아니었다.

교만인가? 혹은 자신감인가?

나는 순수하게 그녀를 동정하고 있었다.

"……닥쳐."

"미안하군. 하지만 기습 같은 걸 시도하진 않을 거야. 어때, 너한테 걸린 참을 무효화 시키게 둘 순 없을까? 디스펠 매직은 안전한 술법이거든?"

"……난 지금 닥치라고 했어."

"어차피 혼자선 더 이상 할 수 있는 일조차 거의 없잖아. 랜서를 기다려 봤자 너한테 유리한 전개가 찾아오진 않을 텐데?"

"그 입을—."

"저기 말이야……."

내가 말을 이어나가려 한 바로 그 순간, 소피아의 등이 타올랐다.

아니, 불타는 건 아니군.

불꽃이었다.

용의 날개를 본뜬 불꽃이 펼쳐진 것이다.

"—다물란 말이야!!"

자취를 감췄다!

전이?!

아니…… 틀려!!

단순히 눈으로 쫓아갈 수 없는 속도로…….

나는 허공으로 시선을 돌렸다.

새빨간 궤적이 종횡무진하게 허공을 내달리면서 선을 그렸다.

고속 이동—.

아직 이런 수가 남아있었을 줄은 몰랐다.

정말 특기가 많은 녀석이야.

마력체의 곳곳으로 참격의 흔적과 검은 얼룩이 남았다.

수다스럽기 짝이 없던 소피아가, 지금은 묵묵히 공격을 계속해 왔다.

"……휴우."

"미츠루기가 돌아오면, 넌 끝장이야."

음, 그녀가 드디어 입을 열었다. 하지만 완전히 꿈같은 소리나 지껄이는군.

아니, 「우리」가 너무 심하게 규격 밖인가?

"미츠루기— 랜서가 돌아올 일은 없어. 상위 용 네 마리의 힘을 지닌 너조차 고작 이 정도잖아? 그렇다면…… 우리 시키가 랜서 같은 녀석보단, 훨씬 세다는 뜻이야."

그렇다.

눈으로 좇을 수 없을 만큼 빠르게 날아드는 연속 참격을 받아넘기던 나는, 분명한 확신과 함께 소피아에게 답했다. 그리고 동시에, 염화로 나에게 허가를 바라던 시키에게 전달했다.

마음대로 해— 라고 말이야.

EXTRA 에피소드

한편 그 무렵

마코토가 대표를 맡고 있는 쿠즈노하 상회가 롯츠갈드의 변이체 소동을 수습하기 시작할 즈음으로부터 어느 정도 시간이 지날 무렵, 학원 도시로부터 두 사람의 휴만이 자취를 감췄다.

에바 안스랜드—.

학원의 사서로 일하던 여성이다.

그리고 그녀의 동생인 루리아 안스랜드—.

학원 도시의 음식점인 고테츠의 종업원으로 일하던 에바의 동생이다.

강력한 마물로 변신한 이들에게 공격당한 희생자들은, 쿠즈노하 상회의 대처가 시작된 이후로도 연달아 발생했다. 그러는 동안에 잃어버린 생명들 또한 결코 적지 않았다.

하지만 안스랜드 자매의 소식이 두절된 직접적인 원인은, 변이체가 아니었다.

두 사람은 망국 켈류네온의 생존자이자, 귀족 가문 출신의 아가씨들이었다.

나라가 멸망한다는 참사를 겪은 두 사람은, 운 좋게도 목숨을 부지하는 데는 성공했다. 하지만 두 사람은 그러한 출신 성분으로 인해 수많은 멸시와 분노, 증오를 온몸으로 감당할 수밖에 없는 입장이었다. 언니는 언제부턴가 위험한 광기에 사로잡혔으며, 동생은 모든 것을 포기한 빈 껍질만 남아 버렸다.

하지만…….

동생의 체념에 의해 제동 장치를 상실함으로써 더욱더 가속되던 언니의 광기는, 본인을 망치기는커녕 기적적인 결실을 맺는 하나의 이정표가 되고 말았다.

그것이 바로, 어떤 남자와 체결한 계약이었다. 두 사람은 아직 알 리가 없었으나…… 그 남자의 정체는 이른바 마인이라 불리는 정체불명의 존재였다.

그의 제안은, 켈류네온이라는 나라의 과거를 고쳐 쓰자는 것이었다.

하나의 나라가 걸어온 역사를 사실상 날조하자는 거나 다름없는, 너무나 무모한 계획이었다.

멸망이라는 피치 못할 결말을 맞이한 조국에게, 그 이외의 결말을 갖다 붙여 다시 시작하자는 얘기였다. 에바의 광기가 바라마지 않던 최고의 결과였다.

그 대가로 치러야 하는 것은 안스랜드 자매가 지금까지 살아온 인생과 모든 경험들이었다. 두 사람은 마인— 쿠즈노하 상회의 대표인 라이도우에게 무릎을 꿇고선 그가 뻗어온 오른손에 매달렸다. 그 결과로 지금, 에바와 루리아는 롯츠갈드로부터 자취를 감춘 것이다.

모든 것은 괴이하기 그지없는 인과관계로 인한 운명의 장난이었다.

"여긴, 어디지?"

“몰라. 하지만 아마도 라이도우 선새— 라이도우 님의 소유진, 가?”

루리아가 망연자실하게 중얼거리자, 언니인 에바가 본인의 추측을 입에 담았다.

다만 두 사람 다 상황을 정확히 파악하지 못 하고 있는 것은 틀림없었다.

지금 그녀들이 서 있는 곳은, 깔끔하게 늘어선 돌바닥 도로의 한 모퉁이였다.

눈앞으로는 푸르른 초원이 펼쳐져 있는데다가, 바람을 탄 나무 향기가 강하게 풍겨 왔다.

그녀들을 이 장소로 데려온 인물은, 두 사람에게 「여기서 기다리게나」라는 말을 하자마자 저 앞으로 보이는 마을로 들어갔다.

에바와 루리아는, 그가 쿠즈노하 상회의 종업원 중 한 사람이자 드워프라는 아인 종족의 일원이라는 소개를 받고 왔다. 그러나 두 사람은 그가 정확하게 부를 땐 엘더 드워프라는 이름으로 불리는 대단히 뛰어난 장인 종족의 일원으로서, 만약 한 명이라도 고용하는데 성공하면 상인이건 귀족 가문이건 막대한 부를 손에 넣을 정도의 존재라는 사실까진 몰랐다.

“저 마을 좀 봐. 어딘지 모르게 이상하지 않아, 언니?”

“응, 특이하긴 한 것 같아.”

자매는 나란히 고개를 갸웃거렸다.

“꽤나 큰 마을인데…… 도대체 뭘까? 어딘지 모르게 이상해 보여.”

“외벽…….”

에바가 나직이 중얼거렸다.

"어?!"

"저 정도 규모의 마을치고는 벽이 너무 낮아. 해자(垓子) 역시 정상적인 기능을 발휘할 만큼 깊진 않아 보여. 폭은 그럭저럭 넓은 것 같지만……."

에바의 지적을 받은 루리아가, 위화감의 정체를 깨달았다.

"언니 말이, 맞아. 외부로부터 이렇게 마을 안의 구조가 보이는 건, 부자연스러워."

자매가 서 있는 장소로부턴, 초원 너머로 꽤나 커다란 규모의 거리가 펼쳐져 있는 광경이 보였다. 높은 지대로부터 굽어볼 때야 얘기는 다르겠지만, 이만한 규모를 지닌 도시는 일반적으로 우뚝 솟아 있는 외벽으로 인해 마을 안의 구조 따윈 보일 리가 없었다. 그러나 특이하게도, 지금 두 사람의 눈앞으로 펼쳐진 마을은 그렇지 않았던 것이다. 마을을 둘러싼 비교적 낮은 높이의 벽은 군데군데가 미완성 상태로, 방벽으로선 너무나 미덥지 못 했다. 그런 반면, 몇 개 정도 보이는 파수꾼들이 쓰는 용도로 추정되는 망루는 부자연스러울 만큼 높았다.

아무튼 기묘한 마을이라는 데는 의심할 여지가 없었다.

"언니, 드워프가 돌아왔어!"

"진정해, 나. 어차피 각오는 다 하고 오는 길이야. 나는 목적을 이루기 위해서 자신의 모든 것을 라이도우 님께 바친 몸이야."

에바는 자신을 타이르듯이 조그맣게 중얼거렸다. 긴장을 숨기지 못 하는 두 사람과 대조적으로, 마을까지 갔다가 돌아온 엘더 드워프는 태도가 무척이나 자연스러울 뿐만 아니라 기분까지 좋아

보였다. 사실 그의 기분이 좋은 까닭은 다름 아닌 눈앞의 두 사람과 관련된 일이었으나, 이 시점의 그녀들은 아직 그 까닭을 짐작조차 할 수 없는 입장이었다.

"오래 기다렸겠군. 이제부터 도련님의 도시로 안내하겠네."

엘더 드워프 본인한테는 지극히 일상적인 대사일 뿐이었으나, 에바와 루리아가 절대로 흘려들을 수 없는 말이 섞여 있었다.

"라이도우 님의……?"

『도시?!』

그 말이 뜻하는 바를 깨달은 두 사람은, 입을 모아 고함을 쳤다.

개인이 도시를 소유한다— 는 말은, 영토를 보유하고 있다는 뜻으로 해석된다.

요컨대 라이도우는, 상인이 아니라 귀족이었단 말인가?

에바의 머릿속으로, 실제 나이보다 어려 보이는 라이도우의 모습이 떠올랐다.

물론 작은 주거지나 마을 정도를, 상인이 재력을 앞세워 실질적으로 지배하기는 어렵지 않다.

하지만 이만한 규모의 도시를 소유하고자 할 땐, 국가의 승인을 얻지 못 하고선 불가능하다.

"그렇다네. 그러고 보니 손님들한테 아직 자기소개를 안 했군. 난 이슈라고 하네. 자네들을 부를 땐 에바 공과 루리아 공이라 해야 하나?"

드워프는 앞으로 나아가면서 쾌활하게 자기소개를 시작했지만, 에바나 루리아는 마음이 여기에 없다는 듯이 건성으로 대답할 뿐이었다.

"……예."

"잘 부탁드립니다."

마을로 들어가던 자매들에게 자격 심사와 같은 과정은 전혀 없었다.

의아하게 여긴 에바가 이슈를 상대로 그에 관해 물었으나, 그는 웃는 얼굴로 이렇게 답했다.

"도련님께서 초대하신 손님들에게, 자격 심사 따윈 필요 없다네. ……그러고 보니, 도련님께서 직접 초대하신 휴만들이 이곳을 찾는 건 처음인가? 기억이 잘 안 나는군……."

에바와 루리아는 그 말을 듣자마자 주위를 관찰했다.

도시의 주민들 가운데 휴만이 없었던 것이다. 단 한 사람조차 눈에 띄지 않았다.

그 중대한 사실을 깨달은 두 사람은 전율을 느낄 수밖에 없었다.

"저, 저기요! 이슈 씨, 한 가지만 여쭤 봐도 될까요?!"

똑바로 손을 든 루리아가 이슈에게 질문을 던졌다.

"상관없다네, 찌개 집 아가씨. 우리는 이미 동지나 다를 바 없는 몸인데다가, 자네들은 머지않아 우리들에게 최고의 선물을 가져다줄 아가씨들이거든."

"선물이라고요?"

"아니, 그에 관해선 기회를 봐서 편할 때나 얘기하세나. 그런데, 뭐가 궁금하신가?"

“이곳의 주민들 가운데 휴만들은 전혀 없나요?”

“지금은 없을 걸세. 도련님 이외의 휴만은 자네들뿐이야.”

“아인이 이만한 규모의 도시를 보유하고 있다는 얘기는 금시초문인데요?”

“여긴 아인들의 도시가 아니야. 도련님의 세계 한 가운데 자리잡은, 도련님의 도시지. 중요한 건 단지 그뿐일세. 말인즉슨 도련님의 백성들은 어떤 종족이건 누구나 살 수 있다는 뜻이지.”

이슈는 싱글벙글한 얼굴로 설명하면서 큰 길을 똑바로 나아갔다.

아까부터 엇갈리는 이들은 오크나 리자드맨들이었다.

두 사람은 난생 처음 보는, 등의 날개를 지닌 아인들까지 눈에 띄었다.

그들 말고도 몇 종류 정도 되는 마물들이 큰 길을 나다니고 있었다.

다들 지극히 우호적인 시선으로 에바와 루리아를 쳐다보고 있었다.

적대심 따위는 전혀 느껴지지 않았다.

“하지만 저 안경을 쓴 여성분들은 휴만 종족 아닌가요?”

루리아가 그런 질문과 함께 손가락으로 가리킨 대상은, 보랏빛 머리카락의 여성들이었다. 마을로 깊숙이 들어갈수록 하나둘씩 눈에 띄기 시작한 이들이다. 모두 일률적으로 머리카락이 보랏빛이라는 공통점을 가지고 있었으나, 아인으론 보이지 않았다. 루리아는 그녀들을 휴만일 것으로 예상한 것이다.

“휴만? 아하, 그녀들 말인가? 저들은 고르곤이라는 종족일세. 말해두지만, 아인조차 아니야. 어디까지나 마물에 속하는 종족이지.”

에바와 루리아는 이슈의 대답을 듣자마자 숨을 죽였다. 입가로 손을 가져가 마물에 대한 공포와 경악으로 인해 두 눈을 크게 뜨는 두 사람의 반응은, 실로 모범적인 휴만다운 모습이었다.

"하하하하. 이제 곧 다 알게 될 걸세. 어쨌거나 자네들은 도련님과 계약을 하고 온 몸이거든."

이윽고 널찍한 길 너머로 한층 더 커다란 건물이 보였다.

이슈가 오려던 장소는 바로 저곳이었던 골로 예상된다.

저택치고는 꽤나 큰 편이었으나, 궁전이라 부르기엔 조금 작은 느낌이 드는 건물이었다.

대충 그런 인상을 주는 크기였다.

'언니, 설마 저기가 선생님 댁은 아니겠지?'

은근슬쩍 이슈의 눈치를 살피던 루리아는, 언니에게 귓속말을 중얼거렸다.

'루리아, 선생님이 아니랬잖아? 앞으론 라이도우 님이라고 불러. 이곳이 라이도우 님께서 소유하신 도시일 경우, 저곳은 자택이거나 쿠즈노하 상회의 본점일 공산이 클 거야.'

'하지만 저 이슈 씨라는 분, 「도련님의 세계」라는 영문을 알 수 없는 얘길 한 것 같은…….'

'일단 잊어. 아마도 그에 관해선 지금 당장 깊이 생각할 필요는 없을 거야. 지금은 눈앞의 광경만을 확실한 현실로 여기자. 오로지 그러기만을 염원할 수밖에 없어.'

'언니…… 알았어. 무슨 수를 써서든 납득해볼게.'

대낮의 큰길을 걷다가 남들에게 들리지 않도록 서로 귓속말을 속삭이는 안스랜드 자매의 모습은, 너무나 수상해 보였다. 하지만 그에 관해 신경 쓰는 이들은 아무도 없었다.

루리아와 하던 비밀 이야기를 일단락 지은 에바는, 하늘을 올려다봤다.

높고도 파란 하늘이, 어디까지나 끝없이 이어져 있었다.

'여기가 라이도우 님께서 말씀하시던 기업 도시라는 곳일까? 하지만 하늘은 어딜 가건 다 마찬가지야. 4대국이건 마족령이건…… 켈류네온은 물론, 이곳까지 다 똑같아. 이제 와서 전이나 도시 정도로 놀라는 정신력으론, 도저히 저 분을 따라갈 수 없을 거야.'

다시금 결심을 새로이 굳힌 에바가, 똑바로 앞을 쳐다봤다.

……사실, 눈앞으로 펼쳐진 하늘조차 그녀가 떠올렸던 그 어느 곳으로도 통하지 않았다.

그녀들은 아직 아무 것도 몰랐다.

마코토의 초대로 이 땅을 방문한 두 사람의 휴만은, 그날부터 너무나도 특이하기 그지없는 운명을 걷기 시작한 것이다.

◇◆◇◆◇

"—이상이, 머지않아 두 분을 직접 돕게 될 종족들입니다. 익인과 고르곤들의 경우엔 다른 이들보단 조금 더 시간이 걸릴지도 모르지만요."

"아, 예."

케이트라고 자기소개를 한 오크 여성의 설명을 듣고 난 에바는, 그런 식으로 어중간하게 답할 수밖에 없었다. 그리고 에바의 예상대로, 커다란 건물은 마코토의 자택이었다. 두 사람은 건물 안의 한 방으로 안내받았다. 회의실처럼 보이는 그 방까지 따라가 보니, 여러 종족들이 기다리고 있었다. 두 사람과 눈이 마주친 각각의 종족들은, 곧바로 자기소개를 시작했다.

—그들은 그녀들의「협력자」가 될 이들인 모양이다. 어느 종족이나 이곳까지 걸어오는 동안에 목격한 관계로, 당황은 거의 하지 않았다. 그러나 두 사람은 정말로 휴만이 없다는데 관해선 남몰래 크게 놀라고 있었다.

"—꽤나 얼빠진 대답이군요. 이름은 에바라고 들었는데…… 지금 상황 파악은 되시나요?"

각 종족들의 자기소개를 주관하던 케이트가, 에바를 엄격한 눈으로 바라봤다.

"예, 그야 물론이죠. 라이도우 님께선 켈류네온을 저희들에게 되찾아주시겠다고 하셨습니다. 그 대신 저희들의 인생을 통째로 접수하시겠다는 말씀을 하셨지요."

"그렇다면 구체적으로 어떻게 될 거라 예상하셨나요? 저는 그에 관해 묻고 있는 겁니다."

"무, 물론 대답해 드려야죠! 저희들과 안스랜드 가문의 모든 것을 저분께 바치는 대가로서, 우리들의 모국인, 켈류네온을! 마족들의 손으로부터 되찾아주신다는 뜻으로 알아들었어요!"

"이슈…… 정말로 이 두 사람이 도련님께서 말씀하시던 안스랜드 가문의 생존잔가요?"

오크 여성은 낙담하는 기색을 숨길 생각조차 없다는 듯이, 자매의 등 뒤로 서 있던 드워프에게 눈을 돌렸다.

“틀림없고말고. 기분은 이해가 간다만, 각오만은 확실한 모양이니 나름대로 가르칠 보람은 있지 않겠나? 그리고 켈류네온을 되찾겠다— 는 이 둘의 소원은, 경우에 따라선 우리들의…….”

“알고 있어요. 물론, 대단히 가치 있는 일이 될지도 몰라요. 하지만 지금 이 둘한텐 너무 심하게 자신들의 미래가 안 보이는 것 같지 않나요?”

“그에 관해선 아마도, 도련님께서 우리들에게 전적으로 맡겨 주신다는 뜻 같군. 토모에 님이나 미오 님께서도 마찬가지야. 그리고 이 녀석들은 최소한의 운까지 갖추고 있어. 예를 들어 여기에 에마가 없다는 건, 이 둘에게 있어선 크나큰 행운이라 할 수 있을 거야.”

“……듣고 보니 그렇군요. 에마가 이런 꼬락서니의 두 사람을 볼 경우, 흑화(블랙) 정도가 아니라 심연(어비스)으로 들어가 버릴 것 같으니까요. 절대로 가까이 있고 싶지 않아요.”

오크 여성은 뭔가 좋지 않은 기억을 떠올린 듯이 머리를 싸쥐더니, 깊은 한숨을 쉬었다. 자리를 함께 하던 다른 종족들 역시, 모두 그녀에게 동의한다는 듯이 연거푸 고개를 끄덕였다.

“에바 안스랜드, 그리고 루리아 안스랜드? 다시 한 번 묻겠어요. 각오는 하고 오신 거죠?”

“……이 몸을 남김없이 그분께 바치겠습니다.”

“저 역시, 제 한 몸 정도는 거리낌 없이 바칠 수 있어요.”

에바와 루리아가 다시금 본인들의 각오를 입에 담았다.

뭐든지 할 것이다. 그가 무엇을 바라건 응할 생각이었다.

두 사람은 틀림없이 그 정도의 각오는 하고 오는 길이었다. 하지만 두 사람의 각오는, 라이도우가 그녀들에게 바라던 각오와 약간— 아니, 크게 동떨어진 마음가짐이었다.

“좋아요. 지금 한 말을 절대로 잊지 마세요. 우리 역시 편리하게 해석할 테니까요.”

『……?』

그 말의 의미를 알 수 없었던 두 사람은, 서로의 얼굴을 마주봤다.

“그나저나, 에바? 질문을 계속할게요. 당신은 켈류네온을 마족들의 손아귀로부터 되찾은 이후론 뭐가 어떻게 될 걸로 예상하시나요?”

케이트가 아주 약간 음침한 미소를 띤 얼굴로, 에바에게 돌아섰다.

“그야, 재탈환을 하려는 마족들이 침공해 오지 않을까요? 그런 고로 우선은 방비를—.”

“아하…… 그에 관해선 걱정할 필요 없을 겁니다. 있을 수 없는 일이거든요.”

“있을 수 없는 일이라고요?”

“그렇고말고요. 아무튼 마족들의 손을 떠난 켈류네온은, 그들 대신 당신의 차지가 되는 겁니다. 그럴 땐 뭔가 이야깃거리가 필요하겠지요?”

“무슨, 말씀이시죠?”

“마족들에게 지배당하던 약소국이 갑자기 해방된 과정과 휴만 종족인 당신이 거기 있었던 까닭을 설명해야 한다고요. 세상 사람들을 납득시킬 만한 이유가 필요하지 않겠어요?"

"……라이도우 님께서 다스리시는 걸로는……."

"그럴 순 없어요. 아마도 그 방법은 도련님께서 바라시는 바가 아닐 테니까요."

"그럴 순 없다고요?!"

"도련님께선 저희들에게 모든 생각을 말씀해주시진 않는 관계로, 어디까지나 추측이지만요. 도련님께선 당신들과 안스랜드 가문에게, 약간 특별한 역할을 기대하고 계시는 걸로 보여요."

"……."

케이트의 설명에 압도당하던 에바는, 그녀가 다음 말을 꺼낼 때까지 기다렸다.

침이, 좀처럼 목구멍으로 넘어가질 않았다. 긴장감이 그녀의 몸을 지배하기 시작하던 탓이다.

"당신과 당신의 동생인 루리아는, 켈류네온 국민들과 함께 마족들에게 끊임없이 저항하다가 드디어 그들을 국토로부터 추방하는데 성공한 구국의 영웅이랍니다."

"……예?"

"그런 과정을 거치던 가운데 마족들의 방침에 반대하던 아인이나 마물들까지 한데 집결시켰을 뿐만 아니라 안스랜드 이외의 귀족들을 모조리 멸망당하고도, 불굴의 정신과 탁월한 재능으로 독립운동을 주도해 온 켈류네온의 절대적인 영웅이죠. 두 사람은 바로 그러한 존재랍니다."

『…….』

"사실 켈류네온은 멸망당한 적조차 없었어요. 망하기는커녕 쿠즈노하 상회라는 믿음직스러운 협력자까지 얻은 결과, 마족령 한가운데로부터 독립하는데 성공한 기적의 나라죠. —도련님께선 그러한 줄거리를 그리고 계시다는 것이, 저희들의 추측이랍니다."

"자, 잠깐만요. 그건 거의 머리가 돌아버린 사람이나, 철없는 어린아이의 얼토당토않은 망상 같은 얘기처럼……."

케이트의 너무나도 황당무계한 이야기를 경청하던 에바는, 무심코 이의를 제기하고 말았다.

지금껏 가만히 있던 루리아 역시, 언니를 따라 입을 열었다.

"저한테도, 저기…… 너무 심하게 비현실적인 이야기로 들리는데요……."

"그렇겠죠. 저 또한 그런 일 따윈 있을 리가 없을 걸로 여기니까요. 사실 저 따위가 믿건 안 믿건 아무 상관없지만요. ……그나저나, 에바? 도련님을 상대로 머리가 돌았다거나 어린아이의 망상 같다는 식으로 무례한 표현을 쓰는 행동은 금지합니다. 앞으로 조심하세요."

케이트의 말로부터 은근한 중압감을 느낀 두 사람은, 곧바로 입을 다물었다.

"방금 전 소개드렸다시피, 아인들에 관해선 저희가 협력자를 파견할 겁니다. 어디까지나 일시적인 조치가 될 예정이지만요. 그리고 휴만들에 관해선 츠이게의 모험가들을 중심으로 파견될 계획입니다. 그들에 관해선 모험가 길드와 상담할 여지가 있다 보니, 조만간 어떤 형태로든 도련님께서 직접 움직이실 겁니다."

"……."

"남은 건 영웅뿐입니다. 에바 안스랜드와 루리아 안스랜드가 말이죠. 전투력에 관해선 기대하지 않아요. 사실 필요조차 없을 테니까요. 그보단 전쟁이 끝난 나라를 다시 부흥시키기 위한 정무 능력을 중심으로 터득해 주세요. 두 사람은 이제부터 다시 태어나야 합니다."

"뭐라고요?!"

"아, 아, 아, 아니. 저는 언니 같은 학식이나 지식 따윈 없는, 평범한 음식점 종업원인데요?!"

루리아는 필사적으로 거부했다. 하지만 케이트의 눈동자는 무자비하게 빛날 뿐이었다.

"즉, 식량이나 농작물에 관해선 기초가 전혀 없진 않다는 뜻이군요. 그나마 듣던 중 반가운 소리네요."

『잠깐만요?!』

"각오……는 하고 오셨다면서요? 설마 가문의 이름을 버리는 걸로 끝날 줄 알았나요? 제3자가 통치하는 켈류네온으로 돌아간 다음, 자신들은 원래의 영지 같은 데서 도련님의 첩으로서 그분의 아이나 키우는 걸로 만족한다거나—."

『……?!』

"……그렇게 뜨뜻미지근한 사고방식으로 따라온 건 아니시겠죠? 켈류네온을 버린 안스랜드 자매는 도련님과 계약함으로써 사라져 버린 셈이지만, 그 대신 켈류네온을 구원한 영웅 안스랜드 자매가 태어난 거랍니다. 죽는 한이 있더라도 반드시 그 정도 경지까진 올라가야겠죠?"

케이트와 다른 종족들로부터 느껴지는 압박감으로 인해, 두 사람은 덜덜 떨 수밖에 없었다.

'이럴 리가 없어. 이건 무모할 뿐만 아니라, 정말 미친 짓이야! 아무리 라이도우 님이라도, 이런 생각을 하실 리가 없어. 저 오크 여자 분이 뭔가 착각을 하고 있을 뿐일 거야. 분명히 그럴 거야…… 제발 그렇다고 말씀해주세요, 라이도우 님…….'

에바의 상식으로는, 지금부터 시작될 일을 예측할 수 있을 리가 없었다. 하지만 최소한 그녀가 상상할 수 있는 범위의 난관이나 고통 정돈 가볍게 능가하리라는 것만은 분명하게 확신이 섰다. 핏기가 가신 루리아의 얼굴은, 완전히 흙빛으로 물들어 있었다.

"아무튼 현재 상황과 도련님의 생각, 그리고 지금부터 나아가야 할 가장 가까운 지름길까지 제시된 셈이군. 얼른 시작하세나."

이슈가 그러한 대사와 함께 뜬금없이 가볍게 손을 두드렸다.

루리아가 반응조차 못한 반면, 에바는 고장 나기 시작한 양철 장난감처럼 어설픈 움직임으로 그에게 고개를 돌렸다. 여기에 모여 있던 일동은 — 그녀들 두 사람 이외의 — 지극히 납득이 간다는 얼굴로 이슈를 향해 고개를 끄덕였다.

"뭐, 뭐죠?"

"걱정 말게, 따라오자마자 금방 알 수 있을 거야. 나머지 친구들은 다음 준비나 하고 있게."

이슈는 특별한 동의 따윈 필요 없다는 태도로, 자매의 손을 잡고 질질 끌고 가듯이 방을 나섰다. 그리고 복도를 지난 다음, 다른 건

물로 가는 통로를 지난 별채 같은 방 중 하나로 들어갔다. 방 안은 그리 넓지 않았으나, 그 중앙으론 주황색의 기묘한 안개 덩어리가 기둥처럼 자욱이 껴 있었다. 뚜렷하게 특정한 술법을 쓴 결과물임이 틀림없는 광경이었다.

토모에가 확립시킨, 아공 내부를 이동하기 위한 전이진(轉移陣)이었다.

지금은 각 종족의 주거지와 마코토의 집 사이가 직통으로 이어져 있다.

안개 기둥이라는 형상은 독특하지만, 그 효과는 기존의 전이진보다 훨씬 뛰어났다.

"우선은 우리 엘더 드워프들이 사는 곳부터 가 보세. 영차."

말이 끝나자마자, 이슈는 두 사람을 안개 기둥 속으로 집어던지더니 곧장 따라 들어갔다.

"어, 엑?!"

"히익?!"

순간적으로 눈앞이 깜빡이는가 싶더니, 두 사람의 시야로 광산 마을 같은 형상의 주거지가 들어왔다. 끊임없이 금속을 단련하는 소리와 함께 연기와 열이 감도는, 활기 넘치는 드워프들의 땅이었다. 전이한 곳은 벽 없이 지붕만 있는 건물로, 곧장 주위의 경치가 다 보였다.

"먼저 공장부터 가 보세. 말해두지만, 우리는 무기만 만드는 건 아니거든? 도로나 집은 물론이거니와 간단한 일용품까지, 뭐든지 다 만들어. 널리 알려진 우리의 명성은 거의 다 무기와 관련된 관계로, 오해받는 건 별 수 없지만 말이야. 아무튼 듣자하니 켈류네온이라는 나라는 도련님께도 중요한 곳이라더군. 그런 곳을 다시 일으키는데 어중간한 물건을 쓸 수야 없지."

『…….』

"왜 그러지? 뭘 그렇게 멍하니 있나? 자네들한텐 헛되이 낭비할 시간 따윈 전혀 없는 거나 마찬가지야. 얼른 따라오기나 하게!"

어느 틈엔가 다시금 걸음을 옮기기 시작한 이슈가, 자매에게 고개를 돌리자마자 고함을 쳤다.

망연자실한 상태였던 두 사람은, 황급히 이슈의 등 뒤로 쫓아갔다. 그 몸에 남아있던 각오 — 이미 산산이 부서지다 남은 찌꺼기나 다름없었지만 — 가 그녀들의 등을 떠밀었다.

대장장이 장인들의 마을—.

정확히 그런 인상을 주는 장소였다.

기분 탓일까? 초원이나 마코토의 집에 있을 때보다 피부를 어루만지는 바람이 뜨거웠다.

장식하는데 힘을 쏟는 학원 도시의 흔한 건축물들과 달리, 무뚝뚝한 느낌이 들 만큼 실용성을 중시한 건물들이 늘어서 있었다. 주위를 둘러볼 때마다 항상 금속으로 만든 도구나 무기들이 시야의 일부분으로 들어왔다. 드워프들의 무기는 대도시의 휴만들한테도 높은 평가를 받는다. 드워프들에게 있어선 품질이 낮은 물건들조차, 입수하기 위해선 상당한 수고를 들여야 한다.

아무렇게나 벽에 걸려 있는 도끼, 텅 빈 나무 통 안으로 몇 자루나 꼽혀 있는 검— 케이트에게 소개받은 대로 그들이 엘더 드워프들일 경우, 전부 다 한 재산 정도의 값어치는 하는 물건들이었다. 이슈 본인부터 이곳을 엘더 드워프들의 마을로 소개한 이상, 의심할 여지는 없었다.

루리아는 엘더 드워프라는 종족에 관해 잘 몰랐기 때문에 태연한 태도로 이슈를 따라다닐 수 있었으나, 언니인 에바는 이 마을의 광경으로 인해 새로운 긴장감을 느끼고 있었다.

"일단 알기 쉬운 무기부터 소개하겠네. 잘 보시게."

공장에 도착하고 나서도 발걸음을 멈추지 않은 이슈는, 곧장 깊숙이 들어갔다.

순간적으로 멈춰 섰던 자매는, 주위를 둘러볼 여유조차 없이 황급하게 그의 뒤로 따라갔다.

어떤 방 앞까지 가서야, 드디어 이슈가 발걸음을 멈췄다. 자물쇠는 걸려 있지 않은 듯이 보였다. 그는 양손으로 눈앞의 문을 밀어 열더니, 안으로 들어가라는 듯이 턱으로 가리켰다.

『…….』

벽이나 선반이 비좁게 들어찬 무기들을 목격한 자매는, 말문이 막히고 말았다. 모든 무기들이 드워프가 만든 물건들이었다. 너무나 상식 밖의 광경과 마주한 두 사람은, 할 말을 잃었다.

"모두 확실한 고급품까진 아니다만, 일반적인 용도로 써먹을 땐 충분히 역할을 다하고도 남을 물건들일세. 숫자는 대충 3000자루 정도군. 비슷한 품질의 무기들을 쌓아 놓은 보관 창고는 아직 꽤 많이 남아 있네. 이곳의 무기들은 필요에 따라 켈류네온으로 가져가게 될 거야."

"뭐라고요……?! 설마, 이 물건들을요?!"

에바의 경악을 품질에 대한 항의로 받아들인 걸까? 이슈가 타이르듯이 설교하기 시작했다.

"이봐, 잠깐? 이보다 품질 높은 물건들은 자물쇠가 있는 보관 창고에 있는데다가, 반출할 때나 양도할 때나 허가 절차를 밟아야 해. 너무 처음부터 욕심 좀 부리지 말게, 나 원 참……."

"아니, 제 말은—."

"자네들은 평소부터 도련님이나 시키 님의 무기들을 봤을 테니 부족하게 느끼는 건 이해가 가. 하지만 잘 듣게. 그 정도 수준의 장비품들은 사용자들을 가린다네. 자격 없이 손에 넣어 봤자 방에나 거는 장식품밖에 되지 않아. 경우에 따라선 쓸데없는 분쟁의 불씨가 될 뿐이야."

"저기, 이슈 씨? 언니는 아마 정반대의 의미로 놀라고 있는 것처럼 보여요."

루리아가 언니를 돕고자, 조심스럽게 입을 열었다.

"오호, 방금 전까지 조용하던 자네가 이제야 입을 뗐군. 그런데……정반대라니?"

"이런— 저희 같은 초짜들의 안목으로도 대단해 보이는 무기들을 대량으로 제공해주신 다는데 놀라고 있는 거예요. 사실은 저 역시 마찬가지고요."

"……아직 어디의 누가 쓰게 될지 전혀 모르니, 일단은 최소한 쓸 수 있는 물건들 정돈 준비해 놨다는 식으로 짚고 넘어갈 의도였는데 말이야. 이거야 원, 당혹스러운 인식이로군."

"최소한…… 이것들이 말인가요……?"

에바는 보관 창고를 가득 채운 무기들을 둘러봤다.

그럭저럭 커다란 도시로 가서 무기 상점을 들여다본들, 이곳의 무기들에게 필적할 물건은 거의 찾지 못 하리라는 확신이 들었다.

최소한 이 정도 물건들을 지급해 주겠다는 얘기는, 상식적으로 정말 터무니없는 제안이었다.

지금 에바의 심경을 비유하자면, 길을 가다가 엇갈린 낯선 사람에게 갑자기 1등으로 당첨된 복권을 양도받았을 때와 큰 차이 없을 것이 틀림없었다.

"차라리 반대로 보여주는 편이 나을 뻔 했나? 좀 더 품질 높은 무기를 보여줬다가 충분히 다룰 수 있는 자가 있을 땐 장차 이 정도의 무기까진 준비할 수 있다는 식으로 얘기하는 방법까지 고려했거든. 하지만 아무래도 이곳의 무기 정도가 딱 알맞았던 모양이야."

"그렇군요. 저나 언니나 무기에 관해선 문외한이지만, 그럼에도 불구하고 이곳의 물건들이 대단하다는 사실 정돈 알아볼 수 있었으니까요."

"흠, 그랬단 말이지? 하지만 우리 손으로 정말 제대로 완성된 작품의 경우, 일종의 분위기나 아우라라고 해야 하나? 대충 그런 기운을 띠게 된다네. 단 한 자루의 단검만으로도 지금 느끼고 있는 것보다 훨씬 강한 압박감을 받는 일조차 일어날 정도야."

"단 한 자루로, 지금보다 강하다고요?"

"음. 천 자루 이상 진열해 놓은 광경을 봤다간, 자네들 몸으론 버티다 못해 쓰러져 버릴지도 몰라. 요컨대 훈련이 필요하다는 건데…… 흠.”

압박감을 느끼는데 적응해야 한다.

타인을 상대하는 방법으로선, 루리아의 상식으로도 평범하게 이해가 가는 말이었다.

적응하는 이들을 얕볼 순 없는 법이다.

고테츠에 막 취직했을 무렵의 그녀는 당장 기본적인 접객부터 긴장의 연속이었으나, 지금은 크게 만원을 이룰 때까지 어딘가 마음의 여유를 남긴 채로 접대할 수 있는 경지까지 올랐다.

언젠가 눈앞의 환경에도 적응할 날이 온다면—.

‘아직은 도저히 적응할 날이 안 보이지만…….’

거기까지 생각한 루리아는 쓴웃음을 지었다.

언니와 함께, 터무니없는 인물과 터무니없는 약속을 하고 말았다는 사실을 깨닫기 시작했다.

상상하던 방법과 전혀 방향성이 다를 뿐만 아니라 훨씬 곤란한 길로 나아가야 한다는 사실로 인해 전율을 느끼고 있는 중이다.

하지만—.

루리아는 머릿속의 생각을 다시 한 번 되새겼다.

자신들은 저 라이도우라는 남자와 약속을 하고야 말았다.

그는 스스로 하겠다고 언급한 일은 반드시 하고야 마는 남자였다.

최소한 지금껏 루리아가 지켜봐온 라이도우는 그러한 인물이었다.

상대가 술주정뱅이건 고위 귀족인 호프레이즈 가문이건, 언제나 변함없이 자신을 지켜줬다.

‘분명히 지금 우리에게 닥친 난관 역시, 조금 각오의 종류가 달랐을 뿐이야. 어차피 언니와 힘을 합쳐 무슨 짓이든 해야 하는 건 마찬가지야. 아무리 높은 산이건 반드시 오르고야— 아니, 아니야. 우리는 그날, 켈류네온의 부활이라는 빛만이 어렴풋하게 아른거리던 어두컴컴한 골짜기로 몸을 던진 거나 다름없어. 그날의 각오가, 그때부터 이미 이런 각오였을 뿐이야.'

이미 몸을 던진 이상, 어떤 형태로든 골짜기 밑바닥으로는 반드시 다다를 수밖에 없다.

루리아는 켈류네온이라는 나라가 정말로 머지않아 부활하리라는 사실을 확실하게 깨달았다.

루리아는 언니에게 눈을 돌렸다.

책임져야 하는 것들이 루리아보다 훨씬 많았던 에바는, 아직 이 현실을 제대로 받아들이지 못한 모양이다. 하지만 루리아는 언니에게도 그다지 큰 문제는 없는 것으로 여겼다.

지금 모든 현실을 받아들이건 말건, 해야 할 일은 마찬가지였기 때문이다.

'어차피 우리들은 지금 추락하는 중이야. 아무리 고민하거나 발걸음을 멈추려 해 봤자, 이미 가능하지도 않아. 「그 순간」을 향해, 언제까지나 떨어지기만 할 뿐이야. 후후후.'

모든 것을 단념한 루리아의 얼굴로, 잔잔한 미소가 떠올랐다.

수많은 감정이나 고민들을 말끔히 극복한 것처럼 보이는, 맑디맑은 미소였다.

루리아의 변화를 깨달은 이슈가, 조그맣게 고개를 끄덕였다.

"음, 멋진 표정이군. 이제 슬슬 다음 장소로 가보겠나? 건축이나 토목과 관련된 부문일세. 고국으로 돌아간 자네들이, 아마도 처음부터 끝까지 지겹게 엮여야 하는 곳이야. 관계자들을 확보하거나 육성하는 방법에 관해선 지금부터 모색해야 할 걸세. 참으로 어려운 사안이야."

보관 창고의 문을 닫은 그는, 다음 목적지로 발걸음을 옮기기 시작했다.

에바의 손을 잡은 루리아는 그의 뒤로 쫓아갔다.

곧이어 마을의 뒤편에 해당되는 장소로 안내받은 두 사람은, 드넓은 토지를 목격했다.

잔디들은 물론이거니와 나무까지 모조리 뽑힌 결과, 땅바닥이 겉으로 드러난 장소였다.

실제로도 상당히 넓었으나, 그 이상으로 드넓게 느껴지는 까닭은 완전히 시야가 트인 공간을 조성한 탓이리라. 거기선 드워프와 다른 종족들이 힘을 합쳐 집을 짓거나 길을 뚫거나 구멍을 파거나 언덕을 조성하는 등의 다양한 공사 작업들을 진행하고 있었다.

"보다시피, 건축이나 토목 작업을 배우거나 연구하거나 터득하기 위한 자릴세. 기본적으로 자네들 이외의 인원들을 여기까지 데려올 순 없겠으나, 이곳의 구조나 쓰이고 있는 기술들을 배움으로써 모방된 시설을 현지에다가 지을 순 있을 거야."

"……대단하군요. 집을 정말 눈 깜짝할 사이에 지어 버리실 줄은 몰랐어요."

루리아가 두 눈을 크게 뜬 채로 놀라운 듯이 중얼거렸다.

지극히 당연한 반응이었다. 집 한 채를 짓는 정도야 롯츠갈드의 거리를 나다니는 이들 역시 가끔씩 구경할 수 있는 광경이지만, 실로 다양한 종류의 집들이 여러 군데로부터 동시에 건설되었다가 곧바로 철거되는 과정을 몇 차례나 되풀이하고 있다는 것은 절대로 일반적인 건축 현장이 아니었다. 심지어 다시 지을 때마다 세부가 조금씩 달라졌다.

"저기 말인가? 각 종족마다 쾌적하게 느끼는 집은 다르거든. 예를 들어 우리가 오크들의 집을 만들 땐, 오크들이 쾌적하게 느끼는 환경을 조성해야만 한다는 뜻이야. 따라서 저런 식으로 각 종족들과 얘길 나누거나 정보를 교환하는 식으로 더 좋은 집을 짓기 위해 노력하는 거지."

"잠깐만요, 저기선 뭘 하고 계신 거죠?"

무기 보관 창고를 들른 이후로 멍하니 정신을 놓고 있던 에바가, 눈앞의 광경을 보고 나서야 정신을 차린 듯이 이슈에게 질문을 던졌다. 그녀가 손가락으로 가리킨 곳으로 눈을 돌리자, 형상과 두께가 각기 다른 다양한 크기의 돌 타일 같은 부품들이 같은 간격으로 쌓여 있었다. 거기서도 드워프들뿐만 아니라 익인이나 오크, 리자드들이 잔뜩 바쁘게 돌아다니고 있었다.

"저기선 길을 포장하고 있는 것 같군. 건축 석재 옆으로 파여 있는 길이 안 보이나?"

"……예, 잘 안 보이는군요."

에바는 별로 시력이 좋지 않았다. 작업 장소 전체를 보는 정도야 아무 문제없었으나, 세부까지 확인하긴 쉽지 않았다. 동생인 루리아는 이슈가 가리킨 장소를 정확하게 바라보고 있었다.

"폭과 깊이가 제각각 다른 것처럼 보여요……."

"호오, 동생은 꽤나 눈치가 빠른 모양이군. 건축 방면에 관해선 언니보단 동생에게 그나마 소양이 있었나…… 대인관계에 관한 능력까지 그럭저럭 갖추고 있는 모양이니…… 오호라."

이슈가 조그맣게 자신에 관한 평가를 중얼거리던 소릴 알아듣지 못한 루리아는, 태평한 목소리로 되물었다.

"길이라는 건 저렇게 만드는 모양이군요. 그러고 보니 전 처음 봐요."

"맞아. 어디까지나 우리 방식이라는 단서가 붙지만 말이야. 그리고 아직 한창 연구하는 중이기도 하지. 저길 봐, 이제 막 시작되는군."

마치 그의 말을 신호탄으로 삼듯이, 작업을 하고 있던 인원들이 곧장 자리를 떠났다.

동시에 다른 이들에 의한 대규모 영창이 시작됐다. 그리고 쌓여 있던 건축 석재들이 허공으로 떠오르더니, 흡사 자신의 의지로 움직이듯이 정해진 위치로 날아갔다. 동시 진행으로 커다란 충격음이 몇 차례나 울려 퍼지다가, 건축 석재들이 땅바닥 위로 고정됐다. 불과 10분 정도의 시간 만에, 포장된 도로가 완성된 것이다.

사람이 지나가건 마차가 지나가건 전혀 문제없어 보이는 튼튼한 구조로, 멋들어진 이름을 가진 대도시의 중앙 도로와 비교하더라도 손색이 없는 완벽한 완성도였다.

자세히 보니 길은 일직선이 아니었다. 몇 킬로미터마다 폭이 바꿔거나 각도가 다른 커브가 더해져 있는 걸로 봐서, 분명하게 테스트 목적으로 건설한 도로였다.

실제로 소리가 그치면서 술법의 기척이 사라지자, 작업을 담당하던 이들은 제각각 담당하던 구역으로 달려가서 결과물을 확인하기 시작했다.

"저렇게 긴 길을 이런 단시간 동안……. 만약 이런 기술을 가지고 있다면, 쑥대밭이 된 롯츠갈드라도 분명히 순식간에 다시 일으킬 수 있을 거야."

에바가 무심코 감탄스러운 듯이 중얼거렸다.

"도련님께서 바라실 때야 그들을 도우러 갈 수도 있겠다만, 우리들로선 일단 켈류네온부터 해결하고 싶은 참이군."

"죄송합니다. 아마도 롯츠갈드 소동이 먼저 정리될 테니, 무심코 그런 말을 하고 말았군요. 옳은, 말씀이세요. 저희들은 이제 롯츠갈드가 아니라, 켈류네온을 생각해야 하는 입장이니까요."

에바는 조용히, 자기 자신을 납득시키듯이 중얼거렸다.

"길이나 집을 저런 식으로 지을 수 있다면, 거리 정돈 금방 만들 수 있을 것 같아요."

그들의 작업 속도에 놀란 루리아가, 솔직하게 감동을 표현했다.

"그렇게 쉽진 않아. 보다시피 여긴 기본적으로 평지니까, 곧장 재료를 배치할 수 있는데다가 인원까지 최대한 동원할 수 있는 지형이거든. 하지만 실제의 토지들은 어느 정도 기복과 물기가 있는 법인데다가 경사가 적지 않아. 땅을 고르는데 드는 시간과 수고는 무시할 수 없어."

"그렇군요. 말씀을 듣고 보니 납득이 가요. 황폐한 장소에다가 거리를 만들려 할 때는 0부터라기보다는 마이너스부터 시작해야 되는군요……."

두 사람은 연달아 이루어지는 건축, 토목 공사의 현장을 언제부턴가 진지한 얼굴로 바라봤다.

안스랜드 자매를 지켜보던 이슈는, 두 사람을 아공으로 불러들이고 나선 보일 기회가 없었던 만족스러운 미소를 처음으로 지어 보였다.

집을 지을 때건 길을 뚫을 때건 땅을 고를 때건, 건축물들을 완성시키기 위해선 반드시 정해진 순서가 존재하는 법이다. 우선 작업을 시작한 다음, 그 순서만은 분명하게 지켜야만 한다.

수많은 과정들을 일일이 다 지켜야 한다.

실질적인 작업 관계자로 엮일 일은 있을 리가 없겠다만, 앞으로 수많은 이들의 위로 올라서야 할 에바와 루리아에게 건축이나 토목 작업을 업으로 삼는 이들의 사고방식을 전수해주고 싶다는 것이 이슈의 생각이었다. 그리고 동시에, 반드시 터득시키고야 말겠다는 결심을 굳혔다.

잠시 시간이 지난 다음, 이슈가 다른 곳으로 가자는 취지의 발언을 입에 담았다.

"자, 다음으로 가세나. 어차피 여긴 앞으로도 자주 올 곳이야. 아직 볼 것들이 너무 많아."

에바나 루리아나, 이번엔 확고한 자신들의 의지가 깃든 눈빛으로 고개를 끄덕였다.

두 사람 다 똑똑한 발걸음으로 그의 뒤를 따랐다.

엘더 드워프가 조만간 켈류네온에게 제공할 기술이나 인적 자원, 그리고 지식—.

두 사람은 그 하나하나를 이슈의 안내로 알아갔다.

◇◆◇◆◇

땅거미가 마을을 뒤덮고 나서 어느 정도 시간이 지났을 무렵, 세 사람은 왔을 때와 마찬가지로 안개 기둥이 있는 곳까지 돌아왔다.

"첫 날은 이 정도로만 해두세. 도련님의 저택에 방을 준비했다네. 식사와 수면은 거기서 해결하게나. 연락은 이미 들어갔을 거야. 거기선 케이트가 자네들을 안내할 예정일세."

이슈가 자매에게 앞으로 해야 할 일에 관해 전달했다.

"예."

"알겠습니다!"

"왔을 때보다 기운이 넘쳐 보이는 건 좋은 일이야. 루리아는 특히 더 그렇군."

"마지막으로 보여주셨던 도자기 공예!! 그건 정말 대단했어요! 좀 더 많이 공부하고 싶어요."

루리아가 무척이나 들뜬 목소리로 도자기 공예에 대한 관심을 밝혔다.

"아니나 다를까, 도자기가 마음에 들었나 보군. 꼭 우리들뿐만 아니라, 다른 종족들 중에서도 그 도자기의 매력에 홀린 자들은 많다네. 휴만들까지 그런 걸 보니 기분이 좋군."

루리아와 대조적으로, 에바는 쓴웃음을 지은 표정으로 고개를 가로저었다.

"……저한텐, 좀 안 맞더군요. 진흙을 손으로 주무르거나 돌리는 감각은 적응되질 않아요."

하지만 그녀의 표정은 분명하게 처음 왔을 때보다 활기로 가득 차 있었다. 동시에 말로 표현하기 힘든 새로운 피로감을 느끼고 있던 것 또한 틀림없는 사실이었다. 양쪽 다 두 사람이 마지막으로 구경한 다음, 실제로 시작 부분만을 체험한 도자기 공예로 인한 반응이었다.

"그 또한 꽤나 흔한 반응일세, 에바. 너무 신경 쓰지 말게. 저 도자기 역시 도련님께서 가르쳐주신 지식 중 하나로, 물론 자네들이 켈류네온으로 가지고 돌아갈 수 있는 기술이야. 자네한텐 벅찰지도 모르겠지만, 대략적으론 체험해두게. 하지만 보아 하니 실질적인 기술을 습득하거나 켈류네온으로 도자기 공예의 새싹을 가져가는 역할은 루리아가 맡게 될 것 같군."

이슈는 오늘 하루 동안의 안내와 설명, 그리고 일부의 체험 등을 통해 두 사람과 약간이나마 친목을 다짐으로써 위화감 없이 이름을 부를 만큼 태도가 친숙해졌다.

두 사람에게 보이는 표정 또한 어느 정도 부드러워졌다.

……원래부터 험상궂은 얼굴의 장인이다 보니, 두 사람은 아직 그 변화를 깨닫지 못 했다.

"걱정 마! 내가 나서서 적극적으로 익힐 생각일 뿐만 아니라, 진짜로 빠져들 것 같거든! ……저 쓸데없는 생각 따윈 전혀 필요 없는 행복한 시간은 너무 좋아. 정말 최고야."

"크큭, 아하하하! 그렇군, 최고는 최고지. 도자기는 내 취향에도 딱 맞아. 아무래도 우리가 관할하는 부분의 대다수는 루리아와 상성이 좋아 보이는군. 말인즉슨, 나머진 언니가 많이 부담해야 한다는 뜻이야. 에바, 루리아. 더욱 정진하게나. 내일부터 또 잘 부탁함세."

"어, 나머지? 나머지라뇨?"

에바가 어리둥절한 목소리로 그가 한 말의 참뜻을 물었다.

하지만 이슈는 제대로 대답하기는커녕, 의미심장한 미소를 지을 뿐이었다.

"금방 알게 될 거야. 내 차례는 일단 끝났네. 이제 가게나, 케이트가 기다리고 있을 거야."

"예, 이슈 씨. 안녕히 주무세요! 오늘은 정말 감사했습니다!"

"그렇군. 내일 또 보세나, 루리아."

"정말 신세 많이 졌습니다. 앞으로도 잘 부탁드립니다. 안녕히 주무십시오."

"신경 쓰지 말게. 나야말로 잘 부탁하네. ……잘 자게나, 에바."

잘 자라는 말을 입에 담은 이슈의 얼굴로 약간이나마 두 사람에 대한 동정심이 떠올랐다. 그러나 그 감정은 등을 돌린 채로 안개의 기둥으로 들어가던 두 사람한테까진 전해지지 않았다.

"사실 끝난 건 첫 날이 아니라, **첫 번째 시간**이었지만 말이야. 일단 나는 가마의 상태나 확인하고 나서 일이나 시작할까?"

이슈는 그러한 혼잣말과 함께 공장으로 돌아갔다.

한편 그 무렵—.

마코토의 집으로 전이해서 돌아온 두 사람의 눈앞으로, 낯익은 하이랜드 오크 여성이 서 있었다. 눈동자에 차가운 빛을 띤 채로, 입가엔 미소를 짓고 있었다.

“잘 돌아오셨습니다, 안스랜드 자매. 두 번째 시간은 우리들 하이랜드 오크가 담당합니다. 우선은 식사군요. 물론 두 분의 몫은 준비되어 있는데다가, 강의 종료 후로 드실 시간까지 잡아 놨답니다.”

“두, 두 번째 시간이라고요?”

예상 밖의 단어를 들어 버린 루리아가, 두 눈을 깜빡였다.

“밥을 먹은 다음, 오늘은 이제부터 잘 시간 아닌가요……?”

“우후후후. 잘 시간이라니, 대단히 유쾌한 농담이군요. 물론 침실 준비는 끝나 있거든요? 과연 그 방을 쓸 수 있겠느냐는 건 전혀 다른 문제지만요.”

반박은 용납하지 않겠다는 듯이, 케이트는 등을 돌리자마자 즉시 발걸음을 옮기기 시작했다.

“그 말씀은 무슨 뜻이죠?! 이제부터 밥 먹을 시간이잖아요?! 강의라는 건 또 뭔가요?! 그리고 우리는 도대체 언제쯤 잠을 잘 수 있나요?”

루리아는 케이트의 등을 쫓아가면서, 필사적으로 질문들을 거듭했다.

“강의는 강의랍니다. 식사나 음식물에 관한 강의지요. 켈류네온이건 어디건, 농사일이나 사냥은 생존을 위한 필수요소니까요. 식사는 그 강의가 끝나고 나서야 드실 수 있답니다."

"잠 잘 시간에 관해선 전혀 대답하지 않으셨어요!"

그럼에도 불구하고 루리아는 필사적으로 물고 늘어졌다.

육체적인 피로는 이미 꽤나 쌓여 있는 이상, 수면 시간은 상당히 중대한 문제였다.

"처음에는 여러모로 시간이 오래 걸릴 테니…… 며칠 정돈 지나야 그나마 좀 잘 수 있지 않을까요? 향후의 수면 시간에 관해선 전적으로 여러분들에게 달려 있답니다. 서로의 역할을 분담하고 나선 날마다 잘 수 있지 않을까 싶군요…… 아마도."

"말도 안 돼……."

"두 번째 시간, 두 번째 시간……. 며칠 정돈 필요하다는 얘기는 최소한 여섯 번째 정도까진 있다는 뜻인가요? 틀림없이 강의를 듣다가 자 버리고 말 거예요……."

"절대로 재울 리는 없으니, 걱정 마세요. 체력은 물론이거니와 경우에 따라선 기력까지 회복시켜 드릴게요. 하지만 기력에 관해선, 「의존증」에라도 걸리는 날엔 치료하기 성가시니까 가능한 한 참아 보세요."

『의존증?!』

케이트가 입에 올린 수많은 불길한 말들 가운데, 특히나 존재감이 강한 그 단어를 듣자마자 두 사람의 목소리가 하모니를 일으켰다.

"야단스럽게 놀랄 일인가요? 참고로 여러분은 그나마 운이 좋은 편이거든요? 첫 지도를 제가 맡게 되니까요."

케이트가 말하는 운이라는 단어의 참뜻을 알 수 없었던 두 사람은, 입을 다문 채로 「도대체 어디가 운이 좋다는 건데?」라는 감정이 담긴 눈빛으로 원망스럽게 케이트를 마주봤다.

"곧바로 에마…… 정식으로 두 분을 단련시킬 아인데요, 걔한테 지도라도 받는 날엔 그야말로……."

"……그야말로?"

에바는 자신과 비슷한 이름을 가진, 여성으로 추정되는 오크의 이름을 대상으로 정체불명의 친근감을 느끼다가도 조심스럽게 다음 말을 재촉했다.

"두 사람 다 몇 번이나 고장나버렸을걸요? 도련님을 섬기기 시작한 이후로 걘, 어딘지 모르게 심지가 강해졌다고 해야 하나? 당차졌다고 해야 하나…… 꽤나 무모한 성격으로 변했거든요."

"……."

"최소한 첫 날부터 이종족의 언어 하나 정도는 익히게 하고도 남을 만큼 열중하지 않을까 싶군요."

"그런 짓을 할 수 있을 리가 없잖아요?"

에바가 가까스로 입을 열었다.

"할 수 있을 때까지 계속할걸요? 「익히실 때까지 첫 날로 계산합니다」는 말 정돈 나올 거예요. 몸과 마음을 철저하게 난도질당하다가, 아마도 끝날 때쯤엔 「에마 님」이라고 부르게 되지 않을까요? 지금까지 본 바로는 두 사람 다 요령이 좋은 편은 아닌 것 같거든요, 우후후후."

『…….』

명확하게 공포에 질린 표정을 짓고 있던 에바와 루리아를 상대로, 케이트는 신나게 웃었다.

그러나 눈은 전혀 웃고 있지 않았다.

“아니, 안심하세요. 전 그나마 부드러운 편이거든요. 에마는 아마 한참 나중에야 나설 테니까요. 켈류네온의 영웅 자매가 되실 아가씨들께서 이 정도로 겁먹진 않으실 거죠, 두 분 다?”

두 사람의 수업은, 아직 끝이 보이지 않았다.

참고로 두 사람에게 바깥세상의 동향에 관한 소식은 전혀 들어오지 않았다.

훗날의 안스랜드 자매가 언급하는 「인생을 통틀어 가장 치열한 시간」으로 일컬어지는 한 장면이 지금, 조용하고도 무자비하게 그 막을 열었다.

달이 이끄는 이세계 여행 9

1판 1쇄 발행 2020년 9월 10일
1판 5쇄 발행 2024년 5월 10일

지은이_ Kei Azumi
일러스트_ Mitsuaki Matsumoto
옮긴이_ 정금택

발행인_ 최원영
본부장_ 장혜경
편집장_ 김승신
편집진행_ 권세라 · 최혁수 · 김경민 · 최정민
커버디자인_ 양우연
국제업무_ 박진해 · 전은지 · 남궁명일
관리 · 영업_ 김민원 · 조은걸

펴낸곳_ (주)디앤씨미디어
등록_ 2002년 4월 25일 제20-260호
주소_ 서울시 구로구 디지털로 32길 30, 코오롱디지털타워빌란트 1301-1308호
전화_ 02-333-2513(대표)
팩시밀리_ 02-333-2514
이메일_ lnovellove@naver.com
L노벨 공식 카페_ http://cafe.naver.com/lnovel11

ISBN 979-11-278-5685-4 04830
ISBN 979-11-278-4112-6 (세트)

값 9,000원